デスマーチからはじまる
異世界狂想曲
19

サトゥー
異世界に迷い込んだ
アラサープログラマー
いざ、久々の馬車旅に出発——!!
ミーア
無口な音楽好きのエルフ

リザ
橙鱗族の少女
ポチ
犬耳族の少女
タマ
猫耳族の少女
ナナ
無表情なホムンクルス

ルル
クボォーク王国出身。アリサの姉
アリサ
クボォーク王国の元王女。前世は日本人
「力を貸して樹霊珠。父様や母様や兄様達やリリのお墓が――」
「――花でいっぱいになるように」

デスマーチから
はじまる
異世界狂想曲
19

★★★

愛七ひろ

Death Marching to the
Parallel World Rhapsody

Presented by Hiro Ainana

口絵・本文イラスト
shri

装丁
coil

CONTENTS

Death Marching to the Parallel World Rhapsody 19

観光副大臣

〝サトゥーです。日常を過ごしている間は意識していませんが、進学や転職などで新しい場所に移る時、自分が如何《いか》に色々な人達と関わりを持っていたか気付かされます。〟

「サトゥー・ペンドラゴン子爵、貴公に観光省の副大臣を任せたい」

オークションから数日後の朝、オレは王城に来ていた。

国王から「階層の主《フロア・マスター》」討伐の褒賞金を受け取りに来ただけだったのだが、なぜかその前に宰相の執務室に呼び出され、筋肉フルな宰相から長々しい前置きの後に、先ほどのようなオファーを受けたのだ。

「恐れながら、私では力不足でございます」

もちろん、オレは即答で断った。

観光という単語には惹《ひ》かれるが、諜報《ちょうほう》機関の体のいい隠《かく》れ蓑《みの》にしか思えない。

「それに直接の主《あるじ》であるムーノ伯爵の許可も得ず、王国の役職に就くわけには参りません」

ムーノ伯爵には悪いが断る言い訳に使わせてもらおう。

「大丈夫だ。ムーノ伯爵から勧誘の許可は貰《もら》ってある。――ニナのヤツからはたっぷりとムーノ伯爵領に配慮させられたがな」

後半の言葉は小声だったが、聞き耳スキルが拾ってきた。

どうやら、宰相はムーノ伯爵領の敏腕執政官ニナ・ロットル子爵をファーストネームで呼ぶくらい親しいようだ。

「ですが、私などより、高貴な生まれで経験豊富な方が――」

「貴公が適任なのだ」

オレの言葉を遮って宰相が断言する。

いや、断言はいいから変なポーズで筋肉を主張するのは止《や》めてください。

「観光省はいいぞ。未《ま》だ大臣である私と事務方しかおらぬが、疲れ知らずに長距離を踏破するゴーレム馬と蛮族の襲撃にも耐える装甲馬車が備品として支給されておる。完成後の話になるが、観光省専用の小型飛空艇が陛下より貸与される予定もあるのだぞ」

宰相が自分で乗り回したそうな顔でオレに訴える。意外にこういう乗り物が好きらしい。

観光用の足を提供してくれるのはいいが、オレの場合、自前のゴーレムや飛空艇があるのでさほど嬉《うれ》しくはない。大っぴらに使えるのが唯一のメリットかな？

「他《ほか》にも、貴重な長距離魔信の秘宝《アーティファクト》を貸し出そう。使用するのに等級の高い魔核《コア》が必要になるが、いつでも王都に連絡がとれるぞ」

長距離魔信というのは現在のシガ王国の技術では製造できない通信用の魔法装置らしい。旅先でのトラブル時に相談したり情報収集したりする事ができるそうだ。クレジットカードのワールドデスクみたいな感じだろうか？

便利そうだけど、こっちはヒモ付きになりそうだから遠慮したい。

「さらに、大国であるシガ王国の国威を利用して、訪問国の一般人では見られないような施設や行事を見物したり、各国の宮廷でしか味わえぬような特別な料理を口にしたりする事ができるだろう」

むむむ、それはちょっと食指が動く。

立ち入り禁止の場所でも、ユニット配置やアリサの空間魔法でこっそりと侵入する事はできるけど、それだと後ろめたくて楽しめないだろうしね。

「そして、観光省の本年度の予算である金貨千枚を湯水のごとく使用して構わぬ。むろん、使途の報告はしてもらうが、それは形式にすぎん」

最近では消費よりも収入の方が遥《はる》かに多いので、金銭的な事はどうでも良い。むしろ、常に投資先を探しているくらいだ。

だが、これだけのエサを使って、宰相は何を釣り上げたいのだろう？

「――むろん、これらの権利には義務が伴う」

オレの内心を読み取ったかと錯覚するタイミングで宰相が話を転換する。

さて、ここからが本題だ。

ここから諜報関係の話が始まるのだろう。

深入りしないうちに、上手《うま》く話を逸《そ》らして逃げだそう。

「他国や都市を訪問した際には、名所や名物などの報告書を作成してもらう。特に保存の利く名物はサンプルを確保し、確実に持ち帰るように」

——あれ？

「また、名物や特産品は調理レシピを確保するか、貴公か貴公の料理人によるレシピ考察を必ず添付する事。シガ王国にない素材の場合、代替品の考察も必要だ。植物であれば種と育て方を確保するのが望ましい」

ちょっと待て——。

宰相《あんた》、もしかして自分が気軽に国外旅行できないから、オレに代わりに行かせようと考えているだけじゃないのか？

そんな思いが伝わったのか、宰相はゴホンと咳払《せきばら》いをして、取り繕ったように建前を口にする。

「これらは此度《こたび》の通常ならざる『魔王の季節』で、各国が育《はぐく》んだ文化が消え去らないように保護する為《ため》だ。決して私の趣味や食欲を満たす為ではない」

……食欲とか言っちゃってるよ。

宰相なら本気で言っていそうだけど、演技の可能性もある。もう少し確認しよう。

「では、各国での諜報活動は不要なのですか？」

「もちろんだとも。諜報が必要な国には数十年単位、国によっては百年以上前から諜報員を派遣しておる。今さら、にわか仕込みの貴族を送り込む意味はない」

なるほど、忍者の「草」みたいに現地に溶け込んでいる人員がいるわけか。

「貴公にこの役職を与えるのは、第一に食文化を効率的に収集できる人材である事。そして収集の過程において、シガ王国に好意的な国が増える事を期待しておるからだ」

「シガ王国に好意的な？　そのような事を私ができるとも思えないのですが……」

「貴公はその事を意識する必要はない。食――文化保護を念頭において活動してくれればいい」

よく分からないけど、それでいいなら楽勝だ。

そうだ、もう一つ聞いておこう。

「もし、訪問していた国が魔物や魔王に侵略されていた場合は？」

「魔王や竜が相手ならば即座に逃げよ。それ以外で貴公らが勝てる相手ならば、助けて恩を売るも良し、見捨てるも良しだ」

どこまで本心で言っているのか分からないが、宰相にオレの行動を制限する気はないようなので、素直に首肯しておく。

「国家間の戦争の場合はシ、ガ、王、国、と、し、て片方に加担する事は禁ずる」

つまり人間同士の戦争に介入したいなら、肩書きを使わずにバレないようにやれって事か。

――おっと。

思考がいつの間にか引き受ける方に進んでいた。

さすがは大国の宰相。相手の思考を誘導するのが上手い。

「退任規定はございますか？」

「訪問国の報告書を提出してからならば任意で構わぬ」

この質問の答えからして、本気で諜報活動に使う気や外交に使う気はなさそうだ。

「それはまた……それでは受ける側が有利すぎないでしょうか？」

オレの質問は宰相に鼻で笑い飛ばされた。

「貴公は少々お人好《ひとよ》しすぎるな。慎重なのは良い事だが、相手の失言は利用するくらいの気概で行かねば、サガ帝国やガルレオン同盟などの古い国でいいように利用されるぞ」

宰相が真摯《しんし》な口調で言う。

「それに——貴公に枷《かせ》を付けず放流すれば勝手に王国の利益になる行動をとると、ニナやオーユゴック公爵が言っておったしな」

宰相が小声でそう呟《つぶや》く。

聞き耳スキルが拾ってきたが、普通ならまず聞こえない声量だ。

色々と身に覚えがあるので反論できない。

「では返答を聞こう——」

オレはしばし黙考する。

魅力的ではあるが、受けるメリットが少ない。

受けるデメリットもほとんどないのだが……。

迷うくらいなら断るとしよう。

出世なんて面倒なだけだし、無理に理由を付けて副大臣になる事もないだろう。

口を開こうとした瞬間、オレが乗り気でない事を察したのか、宰相が執務机の上に載っていた数冊の本をポンと叩《たた》く。

彼は一番上に載っていた紐綴《ひもと》じの本をオレに差し出した。

「これは？」

「私が集めた各国の名産品や美食の情報をまとめたものだ」

――なん、だと?!

「旅を好む君なら、喉《のど》から手が出るほど欲しかろう？」

くぅ、最後にこんな隠し球を出してくるとは……。

宰相、やるなっ！

「副大臣を務めるというなら、これらの本に加え、各国の有力者に書かせた紹介状を付けてやる。気難しい料理人相手でも交渉の手間が省けるだろう」

――GJ《グッジョブ》!!

ここまでされては仕方ない。

宰相がやけにいい笑顔なのは少し悔しいけど、ここは彼に華を持たせよう。

しばし、黙考の末――。

宰相に、オレは諾と答えた。

◆

「セリビーラの迷宮上層の『階層の主』討伐の褒賞として、ペンドラゴン子爵率いるチームペンドラゴンに金貨八七〇〇枚を授ける」

「謹んでお受けいたします」

宰相から副大臣のオファーを承諾した後、オレは仲間達と一緒に国王の御前で「階層の主」討伐の褒美を受け取っていた。

褒美と言っても、その大部分は戦利品を先日のオークションで売却したお金だ。

中層の「階層の主」を討伐した「紅の貴公子」ジェリル氏達の褒賞金より四〇〇〇枚近く多い。ジェリル氏達が少ないのではなく、オレ達の褒賞金が多すぎるのだ。オークションの時に全力でサクラ入札をしたお陰だろう。

このお金は等分して仲間達に渡そうと思う。皆《みんな》が大人になった時にお金が必要になる事もあるだろうからね。

「褒賞の儀は以上である」

宰相に促されて、オレ達は謁見の間を去る。

忙しい国王は、この後も色々と謁見する人がいるようだ。

「凄《すご》い金額だったわね。また、エチゴヤ商会に投資するの？」

謁見の間を出るなり、そう尋ねてきたのは淡い紫色の髪を金髪のカツラで隠した幼女アリサだ。

「このお金は皆で等分しようと思う」

「えー、そんなのダメよ！　わたし達の育成にたくさんお金を使ったでしょ？　その補填《ほてん》にあててよ。前に皆で話し合ったんだから」

そうなのかとアリサの横を歩く橙鱗《とうりん》族のリザに視線を向けると、落ち着いた声で「はい」と言って頷《うなず》いた。彼女の手首や首下を彩る橙《だいだい》色《いろ》の鱗《うろこ》の煌《きら》めきや尻尾《しっぽ》が凛々《りり》しく揺れるのを見る限り、不満に思っている様子はない。むしろ、どこか誇らしげだ。

「あれは皆への投資じゃなく、養育費の一環だから気にしなくていいよ」

「それはそうかもしんないけどさ～」

アリサはまだ納得していない感じだ。

「なら、使い道を皆で決めるかい？」

一人あたり金貨千枚以上あるから、色々できると思う。

「マスター、幼生体の養育費に使うのを推奨します」

特徴的な言葉遣いで無表情に告げたのは、高校生くらいの外見をした金髪巨乳美女のナナだ。

幼生体――幼い子供達をナナはそう呼ぶが、彼女は生後一年ほどのホムンクルスなので、幼児達よりもよほど年下だったりする。

「ん、順当」

ミーアがこくりと頷くと、ツインテールに結った彼女の淡い青緑色の髪が揺れ、エルフの特徴である少し尖《とが》った耳が覗《のぞ》く。幼い外見だが、ナナとは逆に一〇〇歳を超える長生きさんだ。

「どうせなら、ルルも迷宮都市に料理学校とか作る？」

「うん、いいかも！　迷宮都市には料理を覚えたいって子がいっぱいいたから」

輝くような笑顔でそう言うのは、太陽さえ彼女の前ではくすんで見えそうな超絶的な美貌《びぼう》を持つルルだ。彼女が歩くたびに、艶《つや》やかな黒髪の表面を光が楽しげに流れていく。

「ポチはお肉料理をいっぱいいっぱい教えるといいと思うのです！」

キラキラした瞳《ひとみ》でシュピッと手を挙げたのは、茶色の髪をボブカットにした犬耳犬尻尾の幼女ポチだ。

「看板屋さんも楽しそう～？」

ポチの横でマイペースな顔をしているのは、白い髪をショートにした猫耳猫尻尾の幼女タマだ。

絵画の隠れた巨匠であるタマは、迷宮都市の屋台に看板を提供し、売り上げアップに多大な貢献をしている。画材は比較的高いけど、迷宮都市ならコストダウンもできそうだ。迷宮素材を使った画材レシピを作って、商業ギルドに提供してみよう。

「――ペンドラゴン卿《きょう》、少しいいか？」

そう声を掛けてきたのは、赤い鎧《よろい》を着た「紅の貴公子」ジェリル氏だ。

その腰には氷の魔剣『氷樹の牙《きば》』が下げられている。謁見の間では外していたはずなのに、もう回収してきたらしい。

「なんでしょう？」

「貴公や黒槍《くろやり》殿はシガ八剣候補を辞退したという話だったが、今も変心はないのか？」

「はい、私もリザもシガ八剣になる気はありません」

彼もシガ八剣候補なので気になったのだろう。

「い、いや、なる気はない、か……。その気があれば、いつでもシガ八剣になれるとでも言いたいのか？」

ジエリル氏の声にわずかな怒気が篭《こ》もる。

言葉尻《ことばじり》を捉《とら》えて噛《か》みついてくるなんて、理知的な彼らしくない。

けっこうナーバスになっているようだ。

「私の言葉がお気に障ったなら申し訳ありません。私やリザにはシガ八剣候補たる資格がないと判断したので辞退したまでです」

オレは詐術スキルと弁明スキルの助けを借りて、ジェリル氏を宥《なだ》める。

「シガ八剣候補たる資格？」

ジェリル氏はそのポイントを気にしたが、「シガ王国への忠誠心に欠けるから」なんて馬鹿《ばか》正直に言うのも憚《はばか》られたので、苦笑を返すだけで明言を避けた。

ジェリル氏もそれ以上突っ込んでくる事はなかったので、「ジェリル殿が新たなシガ八剣に選出されるのを心待ちにしています」とリップサービスをして別れた。

まあ、彼なら実力的にも最有力候補だし、「剛剣」ゴウエン氏がビスタール公爵暗殺未遂で除籍された今、シガ八剣の空席が三つもあるから可能性は高い。

「――ペンドラゴン閣下」

今度は王城の侍従さんだ。

ミーアやアリサの友人であるシスティーナ王女からの使いかと思ったが、意外な事に軍務大臣のケルテン侯爵からだった。

なんでもケルテン侯爵から手紙と伝言を預かってきたらしい。

「誰《だれ》から？」

「ケルテン侯爵だよ。チナちゃんのお祖父《じい》さんから、チナちゃんを助けてくれたお礼がしたいからお屋敷に遊びに来てくださいっていう招待状だよ」

前半はアリサに、後半は招待されているタマとポチに話す。

「マブダチのお家《うち》にお呼ばれなのです！」

「わ〜い、楽しみ〜」

ポチとタマの二人がくるくると踊る。

親友であるチナ嬢の家に遊びに行けるのが楽しくて仕方ないようだ。

その後、何度か色々な人に呼び止められ、最後にシスティーナ王女の使いが来て、皆と一緒に王女のサロンにお呼ばれした。


「——サトゥー様、ミーア様、アリサ、よく来てくれました」

オレ達がサロンに到着すると、システィーナ王女が笑顔で迎えてくれた。

彼女が王国で一般的に尊敬されるボルエナンの森のエルフであるミーアだけでなく、格下の爵位しか持たないオレまで様付けするのは、オレの呪文《じゅもん》開発能力に興味を持っているからだ。

「誰？」

首をこてりと倒したミーアが見るのは、システィーナ王女によく似た幼女だ。

「ミーア様、ご紹介させていただきます。この子は私の同母妹のドリスです」

システィーナ王女が紹介すると、ドリス王女が立ち上がってミーアにお辞儀した。

「はじめまして、ボルエナンの森のミサナリーア様。私はシガ王国第十二王女のドリス・シガ、一〇歳です」

ロリロリした容姿をしているからもっと年下かと思った。

「ボルエナンの森の最も年若いエルフ、ラミサウーヤとリリナトーアの娘、ミサナリーア・ボルエナン」

「ポチはポチなのです！」

「タマはタマ～？」

ミーアの正式な自己紹介に釣られて、ポチとタマも名乗る。

「まあ！　二人は耳族なのね！」

ドリス王女に乞《こ》われて二人が耳を触らせてあげている。

それが一段落したところで、オレが代表して残りのメンバーを王女達に紹介する。

ドリス王女はポチとタマを気に入ったようで、自分の左右に座らせて仲良くお菓子を食べている。

「ミーア様にお会いしたいとねだるから同席を許したのに……」

困った子、と言いながらも、システィーナ王女はドリス王女を愛《いと》おしげに見ている。

しばしの間、システィーナ王女と呪文談義に興じる。アリサやミーアはリラックスしていたが、リザとルルは終始緊張状態でかわいそうだったので、失礼にならない程度に早めに切り上げる事にした。

なお、ナナはいつものマイペースを発揮して場に馴染《なじ》んでいたのは言うまでもない。

「そうだわ、サトゥー様。サトゥー様さえ宜《よろ》しければ、ソルトリックお兄様をご紹介いたしましょうか？」

「ソルトリック様というと、王太子殿下の？」

「ええ、お兄様は私やドリスの同母兄なので、私のお願いなら会ってくださると思います」

システィーナ王女は親切心から次期国王であるソルトリック第一王子とコネを繋《つな》いでくれようとしているのだろうけど、できれば遠慮したい。

実のところ、オークションの一件で、あまり良い印象を持っていないんだよね。

「せっかくのご厚意ですが、私のような若輩者に王太子殿下の貴重なお時間を割いていただくわけには参りません。殿下のお時間はシガ王国の為《ため》にお使いくださいますよう」

「あら、サトゥーはお兄様がお嫌いなのね」

ドリス王女が身も蓋《ふた》もない発言をした。

「そうではありませんよ、ドリス。サトゥー様は真面目《まじめ》で奥ゆかしいお方だから、お兄様のお仕事の邪魔をしたくないと仰《おっしゃ》っているのよ」

「――そうなの？」

「ええ、システィーナ殿下の仰るとおりです」

システィーナ王女がフォローしてくれたので、全力で乗っかっておいた。

「今日はゆっくりしてくださるのでしょう？　ご一緒に夕飯はいかが？　オーミィ牛の良いシモフ

リ肉が入ったと婆《ばあ》やが言っていたの」

システィーナ王女の言葉に獣娘達が目を輝かせたが、残念ながらこの後は用事があるのだ。

「すみません。離宮の方に少し用事があって」

「ゴウ——いえ、分かりました。それなら仕方ありませんね。今度——王都を発《た》れるまでに一度、夕食をご一緒しましょう」

システィーナ王女の誘いを笑顔で了承し、仲間達を連れてお暇《いとま》した。

次の目的地は王城の敷地内にある貴人を幽閉する離宮だ。


「ルル先生！　ナナ先生！」

「こんにちはシェリンちゃん」

「訓練はしていますかと問います」

「もちろんです！」

オレ達を笑顔で出迎えてくれたのは、元シガ八剣のゴウエン・ロイタール氏の長女シェリンだ。

彼女はルルとナナの指導で訓練を行い、晴れて今春から王立学院の騎士学舎に入学する事が決まっている。

「はろ〜？」

「こにゃにゃちわなのです」

「タマちゃん、ポチちゃんも！」

シェリンが年相応の顔で、タマとポチにハイタッチする。

二人とは騎士学舎の特別教室と幼年学舎の春期教室が合同で行った春期遠征実習で、共に死地をくぐり抜けた事で仲良くなったそうだ。

「サトゥー」

仲良く話している子達を見守っていると、中庭の方から美女と童女を連れた巨漢——ゴウエン氏が現れた。一緒にいるのは彼の妻と次女だ。

「シェリンの事を気に掛けてくれて感謝する」

「いえいえ、私は大した事はしていません。感謝はあの子達に——」

微苦笑を浮かべたゴウエン氏が、「では、そうしよう」と言ってシェリン嬢と歓談する仲間達の方へと向かう。

「ルル殿、ナナ殿。君達のお陰で、シェリンは戦いの場で冷静に対処し、生き延びる事ができた。騎士学舎に合格した事も含め、君達の教育に感謝する」

「いえ、そんな——」

「イエス・ゴウエン、感謝を受け入れると告げます」

おろおろするルルと超然としたナナが対照的だ。

「あの人達がお姉ちゃんの先生？」

「そうよ。ルル先生はああ見えて、とっても強いんだから」

「へー、凄《すご》いんだー」

耳打ちする次女にシェリンが答える。

「父様、ポチちゃんとタマちゃんも」

「そうだったな――ポチ殿、タマ殿。君達が強大な魔物を倒してくれたお陰で、娘と再び会う事ができた。その武勇を讃《たた》え、この通り感謝する」

「にへへ～」

「なんだか照れちゃうのです」

二人が身体《からだ》をくねくねさせて照れた後、「おっきな魔物に止《とど》めを刺したのはヒカルなのです」と補足していた。

「ヒカル――ミツクニ女公爵閣下の事か？」

ゴウエン氏が尋ねてきたので首肯する。

彼はヒカルの事を知っていたらしい。

「閣下には既に礼を言ったから安心しろ」

その言葉にタマとポチが首肯する。

なんでも、事件の翌日に、ヒカルが遊びに来ていたそうだ。

ヒカルやシェリン嬢の事で歓談していると、離宮の監督官の指示でお暇する事になった。

「サトゥー、機会があったらでいい。ソミエーナ様の事を気に掛けてさしあげてくれ」

ゴウエン氏が主君であるビスタール公爵を殺さずに済んだのは、公爵末娘であるソミエーナ嬢が身体を張って止めたからだ。彼はそれを恩義に感じているのだろう。

「分かりました。力になるとまでは約束できませんが、悩みを聞くくらいはいたしましょう」

「それで十分だ。感謝する、サトゥー」

せっついてくる監督官をスルーしてゴウエン氏と握手を交わし、シェリン嬢や奥さん達にも手を振って、離宮を後にした。

◆

「さて、国王陛下から報酬も貰《もら》った事だし、『祝福の宝珠《ギフト・オーブ》』を誰に使うか決めようか」

今日の用事は極秘なので、オレ達は秘密基地に来ていた。もちろん、ナナの姉妹達やヒカルも一緒だ。

「オークションで手に入れた宝珠は『麻痺《まひ》耐性』と『水魔法』だっけ?」

「そうだよ」

オレ達が「階層の主」の優先戦利品として受け取った「物品鑑定」の宝珠は、既にルルが使ってスキルを取得済みだ。

「前に話してた通りでいいんじゃない? 盾役のナナか回復役のミーアに『麻痺耐性』を、盾役のナナか後衛のルルに『水魔法』を持たせる感じで」

「麻痺耐性はどっちが使う?」

「ナナ」

ミーアが即答した。

「確かに盾役が持っていた方がいいかもね」

仲間達からは特に異論がなかったので、ナナが麻痺耐性スキルを取得する事になった。

「水魔法は？」

「辞退すると告げます」

「私も遠慮します。術理魔法もほとんど使っていませんし、回復を考えるならアリサの方が無詠唱で使えるからいいんじゃないかしら？」

「うーん、わたしの場合、スキルレベル一で使えるような魔法なら、ちょっとした頭痛を我慢すれば、スキルなしでも使えるからいらないわ。アディーン達はどう？　そっちは誰も回復魔法を使えないでしょ？」

譲り合いの末、アリサが№1こと姉妹の長女アディーンに話を振った。

「私達がいただいて宜しいのですか？　回復魔法は使えませんが、止血したり自己治癒を加速したりする理術なら全員使えるのですが……」

「はい！　はいはい！　ユィットは回復魔法が使ってみたいと主張します」

遠慮しようとするアディーンの言葉を遮って、№８のユィットが発言する。

「却下」

№２のイスナーニがそれを即座に否定した。

「どうしてですかと問います」

「ユィットだと治療を忘れて行動しそうだと告げます」

「同感。堅実なフィーアがいいと推奨します」

№5のフュンフがイスナーニに賛同し、№6のシスが№4のフィーアを推薦した。

「それならトリアも！　トリアも回復魔法に興味があります！」

「あなたは斥候や罠《わな》設置で離れる事が多いから適任ではありません」

ぴょんぴょん跳ねて主張する№3のトリアを、アディーンが理由を挙げて否定した。

「しょぼん、トリアは残念です」

「ミト——ヒカルはどう思いますか？」

「私もフィーアちゃんが適任だと思うけど、フィーアちゃんはどう？」

アディーンに話を振られたヒカルが、フィーアに意思確認する。

「……やってもいい」

フィーアがぽそりと呟《つぶや》く。

この子はわりと無口だ。

「マスター、水魔法をフィーアに使わせて宜しいですか？」

「いいとも。君達の選択を信じるよ」

オレはナナの姉妹達に首肯する。

こうして、ナナが麻痺耐性スキル、フィーアが水魔法スキルをゲットした。

「フィーアには水魔法の魔法書を渡しておくよ。こっちの三冊がシガ王国で一般的に使われる水魔法。こっちが軍用の水魔法で、最後の一冊はオレが作ったオリジナルだから、他人には見せないようにね」

「イエス・マスター」

フィーアがこくりと頷《うなず》いて、自分の妖精鞄《ようせいかばん》に魔法書を収納した。

ボルエナンの森の修行を終える時に、彼女達にも専用の妖精鞄が与えられている。

夕飯の準備があるからとルルが屋敷に帰ったところで、自由行動を許可した。

獣娘達は夕食前の運動に、ナナ姉妹達はフィーアの水魔法訓練を応援するようだ。

「ご主人様、もしかしてそれはオークションで手に入れた巻物？」

「ああ、今のうちに使っておこうと思ってね」

アリサと話しながら開けた場所に行く。ミーアとヒカルも一緒だ。

オークションで手に入れた巻物は三本。

空間魔法の「物質転送《マテリアル・トランスファー》」は小さな非生物を転送する。本来は小石くらいの物を転送する魔法だが、メニュー魔法欄からだと岩でも転送できた。プチ・メテオとかできそうだ。

「凄い」

「物質転送でメテオって……」

「サトゥー一人で攻城戦ができるね」

見学のミーア、アリサ、ヒカルが感想を呟く。攻城戦なら元からできるから今さらだ。

続いて、召喚魔法の「伝書鳩召喚《サモン・ピジョン》」を使う。

これは伝書鳩《でんしょばと》を召喚し、特定の場所や特定の人物に手紙を届ける。残念ながら魔法欄から使っても効果が変わらなかった。

「普通ね」

「古老鳩《エルダー・ピジョン》くらい召喚するかと思ったのに」

「かわいい」

アリサとヒカルには受けなかったが、人懐っこい鳩《はと》に、ミーアが目を細めて頬ずりしていた。

その次に使った繁茂迷宮産の水と風の複合魔法の「臭気空間《スメル・フィールド》」はヤバかった。

巻物からだと臭いおなら程度の不快な空気だったが、メニューから使うと催涙弾並みの効果があった。最大まで威力を高めると、デミゴブリンがバタバタ死んでいたので、使い方には注意が必要そうだ。

「まるで生物兵器ね」

「うん、デミゴブリン達に同情しちゃう」

「酷《ひど》い」

見学者達には不評だった。

最小まで威力を絞ったら、一般人の注意を逸《そ》らすのにも使えそうだから、迷宮のデミゴブリン達には使い慣れるまで威力調整に協力してもらおう。

「これだけ？　なんだか、シーメン子爵から怪しげな巻物を貰ってなかった？」

アリサに言われて思い出した。シーメン子爵に貰った謎《なぞ》の巻物も使っておこう。

「なんの呪文《じゅもん》なの？」

「影魔法の『影鏡《シャドウ・ミラー》』っていう魔法だよ。どんな呪文かは不明だ」

トラザユーヤの揺《ゆ》り篭《かご》で手に入れた「不死の王《ノーライフキング》」ゼンの影魔法の魔法書にはなかった。

「ヒカルたんは知ってる？」

「うん、マイナーだったけど、フルー帝国で得意とする人達がいたよ」

幻桃園っていう困った連中がいたとヒカルが過去を振り返って怒っていた。

「それでどんな効果なの？」

「影を通して、別の影から見える光景を映し出すの。音声も聞こえるんだけど、双方向だから偵察には不向きだね。どっちかっていうとビデオ通話型の『遠話《テレフォン》』って感じ」

術者によっては都市間での通信に使えたそうだが、ほとんどの術者は数キロの通話が限界だったらしい。

「それでも顔を見て直接会話できる魔法は少なかったから、フルー帝国の権力者は『影鏡』使いを重用していたわ。だからこそ、迷惑集団の幻桃園がのさばる原因になったんだけどね」

ヒカルが苦々しげな顔で後半の言葉を付け加えた。

よっぽど、その幻桃園っていう組織に煮え湯を飲まされたのだろう。

本格的に実証実験を行う前にルルが呼びに来たので、今日は魔法欄に登録するだけで終わりにした。他《ほか》にも宰相の伝手《つて》で、軍用の土魔法「鉄筍《アイアン・トス》」や風魔法の「乱気流《タービュランス》」と「落気槌《フォールン・ハンマー》」などを手に入れていたので使っておく。

シーメン子爵に追加発注している品は、王都を出発するまでに届く事はないだろうから、頃合《ころあ》いを見計らって「ペンドラゴン子爵家御用商人アキンドー」として受け取りに行こう。

◆

離宮を訪れた翌日、オレは獣娘達を伴って軍務大臣のケルテン侯爵の屋敷を訪れていた。

軍閥系の家らしい厳《いか》めしい門構えの奥には、可憐《かれん》な花が咲き乱れる美麗な庭があった。

「ポチ、タマ！」

「マブダチなのです！」

「シャテイ達もいるる〜？」

庭では園遊会が開かれているようで、ポチやタマの親友でケルテン侯爵の孫娘であるチナ嬢の他に、シャテイと呼ばれる弟子と友達の中間みたいな少年少女達もいるようだ。

オレを見上げて許可を求めるポチとタマに、遊びに行っていいと頷いてやる。

「サトゥー君」

走っていく二人を見守っていると、色っぽい声で呼び止められた。

振り返るとねっとりとした色気がトレードマークのラユナ・ラッホル子爵夫人がいた。その後ろには彼女の親友で、王都の門閥貴族に絶大な影響力を持つエマ・リットン伯爵夫人もいる。

「こんにちは、ラユナ様、エマ様」

オレがそう挨拶《あいさつ》すると、周りの貴族達の間にざわめきが起こった。

きっと、彼女達を名前呼びした事に驚いているのだろう。これまでのお茶会経験でだいたい分かる。

「あなたがケルテン閣下のサロンに来るなんて珍しいわね。観光副大臣になったのに、軍にも人脈を広げたいのかしら？」

さすがはリットン伯爵夫人。情報が早い。

「サトゥー君はシガ八剣に知り合いが多いから、次は高級武官や近衛《このえ》騎士団の幹部あたりがお勧めよ」

人脈作りの為《ため》に来たわけじゃないので、二人の助言に礼を言った後、誤解を訂正する。

「今日お邪魔したのは、チナお嬢様と私の仲間が幼年学舎の春期教室で仲良くさせていただいていたので、その繋《つな》がりです」

「まあ、そうなのね。それより、見てこのネックレス」

「私はこのイヤリングよ」

リットン伯爵夫人とラッホル子爵夫人がオークションの戦利品を見せてくれる。

エチゴヤ商会からオークションに出した魔法宝石を使ったヤツだ。

一通り、彼女達の宝飾品や彼女達自身を褒めた後、近日中に王都を発《た》って諸国を旅して回るという事を伝えておいた。

「まあ、せっかく仲良くなれたのに残念だわ」

「いつ頃まで旅をされるの？」

「申し訳ありません。お二人にご依頼された品が届く頃には王都に戻る予定です」

彼女達からサトゥーとして仲介を依頼された家紋入り宝石は、南洋の島国にいる宝石師が作製する事になっているので、まだ半年以上の猶予がある。

別れを惜しみつつ、情報通の彼女達が知る近隣諸国の面白い場所を教えてもらう。

話が終わりに近付いた頃、園遊会の端の方で歓声が上がった。

「何かしら？」

「軍閥の殿方達ね。シガ八剣の方でもいらしたのかしら？」

そんな事を話しながら、オレ達も物見高くそちらに向かう。

「素晴らしいですぞ、ケルテン閣下！」

「まさに達人の証《あかし》！　鉄製の鎧《よろい》が真っ二つだ！」

軍閥貴族達が褒めそやす中心には、魔剣を手に持つケルテン侯爵がいた。

「ケルテン侯爵が？」

「あの方の剣技はそんなに凄《すご》かったかしら？」

リットン伯爵夫人とラッホル子爵夫人がひそひそと言葉を交わす。

「閣下！　もう一度、お願いします！」

「ぜひとも、私にもお見せください！」

「ふむ、そこまで言うなら」

ケルテン侯爵が魔剣に魔力を流す。

ほのかに赤く灯《とも》った魔剣に、薄らと赤い光の刃《やいば》が生まれた。

「――魔刃だわ」

「オークションで落札されたのね」

リットン伯爵夫人とラッホル子爵夫人が、赤光の刃の正体を言い当てた。

「もう、お祖父《じい》様ったら、またやっているわ」

オレの横に現れた少女が呆《あき》れた様子で腕を組む。

チナ嬢にそっくりな顔をした少女で、AR表示される情報から、ケルテン侯爵家の令嬢でデュモリナという名前だと分かった。

「ごしゅ〜？」

「ご主人様なのです」

後ろから来たタマとポチがオレの足に抱きつく。どうやらチナ嬢と一緒に来たようだ。

真面目《まじめ》な子だからか、チナ嬢はちゃんと淑女の礼付きで挨拶してくれる。

「聞いてよ、チナ。この間も周りに乞《こ》われるままに魔刃を使いすぎて魔力切れで倒れたばかりだっていうのに、また調子に乗っちゃって。あれが軍閥のトップかと思ったら情けなくなってくるわ」

姉のデュモリナ嬢は可愛《かわい》い顔に似合わず毒舌家のようだ。

「ははは、デュモリナは手厳しいな」

そう言うのはチナ嬢やデュモリナ嬢の父親であるケルテン名誉子爵だ。彼はケルテン侯爵の次男で、王国軍の主計局長をしている。容貌《ようぼう》は侯爵にそっくりだ。

「お父様、こちらがペンドラゴン子爵様です」

「ほう、君が噂《うわさ》の。聞いていたよりも若くて驚いたよ」

挨拶を交わした後、チナ父からポチやタマにチナ嬢が救われたと礼を言われた。

二人には既にお礼を言った後らしい。

「見て見て、なのです！」

「これ貰《もら》った～？」

タマとポチが満面の笑みでチナ父から貰った飾り篭を見せてくれる。

中身は綺麗《きれい》にラッピングされた高級ハムやソーセージの詰め合わせだ。きっとチョイスは「マブダチ」であるチナ嬢によるものだろう。

「正式なお礼は君の屋敷に届けてある。裏の意味などないから、快く受け取っておいてくれたまえ」

チナ父がそう耳元で囁《ささや》いてから、侯爵を呼びに行き、彼を連れて戻ってきた。

「ペンドラゴン卿《きょう》も見てくれたかな？」

「ええ、ここから閣下の魔刃を拝見させていただきました」

ケルテン侯爵は上機嫌だ。

「ポチもできるのですよ！」

「タマも～？」

オレが止めるよりも早く、チナ父から貰った篭から取り出したソーセージを構え、魔刃を出してみせた。

「ま、魔剣以外に魔刃を⁈」

ケルテン侯爵がショックを受けている。

だが、さすがは軍務大臣にして軍閥の頂点に立つ男だ。すぐに立ち直った。

「さすがはミスリルの探索者！　幼くとも達人なのだな」

ケルテン侯爵はそう言って、タマとポチの頭を撫《な》でた。

「ペンドラゴン子爵、貴君の家臣達が孫娘を窮地から救ってくれた事、礼を言う。我がケルテン家で力になれる事があれば、なんでも言ってきてくれ」

大盤振る舞いなケルテン侯爵の発言に、周りの軍閥貴族達がざわめく。

オレは無表情《ポーカーフェイス》スキルの助けを借りて、無難に「過分なご厚意感謝いたします」とだけ答えておいた。

「シガ八剣の候補選出は済んだが、その最終選抜はビスタール公爵領に出発する反乱鎮圧軍の第二陣で行われる」

そういえば反乱鎮圧軍の第一陣は、ビスタール公爵領の都市を一つ奪い返した後に壊滅したって号外に書かれてあったっけ。

「出発は明日だが、ペンドラゴン卿がその気なら参陣を推薦するぞ？」

「いいえ、従軍経験のない私では足手まといになるだけです」

「誰《だれ》でも初めてはある。なんなら王国騎士団に士官待遇でねじ込んで――」

ケルテン侯爵が妙に乗り気で困る。

「――おおっと、そこまでだ！」

「然《しか》り然り！　我らのサトゥー殿を軍などで消費しようなど、言語道断の行いだぞ！」

オレに助け船を出してくれたのは公都の食いしん坊貴族――。

「ロイド侯にホーエン伯か。貴公らが仲良くしているのを見ると、空から槍《やり》でも降るのではないかと心配になるな」

ケルテン侯爵が微妙な顔で二人の方を向く。

「ふん、いがみ合いなど、エビ天の前には些末《さまつ》な事よ」

「紅ショウガのテンプラの偉大さを知る者に、つまらん権力争いなど無意味」

――意味が分かりません。

「お二方、ペンドラゴン卿の料理が素晴らしいのはワシにも分かり申すが、シガ八剣への推挙など武人にとって最高の誉れではございませぬか？」

そう言って二人に声を掛けた武人には見覚えがある。

海龍諸島で遭難していたところを救助したオーユゴック公爵領の貴族、ジートベルト男爵だ。

「お久しぶりです、ジートベルト閣下」

「これは挨拶もせずに失礼した。ご無沙汰《ぶさた》している――おります、ペンドラゴン子爵。ワシを閣下と呼ぶ必要はございませんぞ。子爵への陞爵《しょうしゃく》、実にめでたい」

ジートベルト男爵が途中で言葉遣いを直しながら、オレの陞爵を祝ってくれた。

「王国会議での再会を約束したにもかかわらず、遅参した事、この通りお詫《わ》び申す」

そういえばオーユゴック公爵領の貿易都市スウトアンデルで彼と別れた時にそんな事を言っていた気がする。

「その詫びにはならぬが、約束通りシガ王国沿岸や半島の名品珍品を揃《そろ》え申した。後日、お屋敷の方へお届けする」

なかなか律儀な人だ。

ジートベルト男爵とチナ父は王立学院の騎士学舎で同期だったらしく、学生のノリを思い出してか、園遊会の片隅でアームレスリング大会を開催していた。

なお、優勝はうっかり本気を出してしまったリザだった事を記しておく。

◆

「陛下、領地への帰還報告に参りました」

王城の小謁見の間で、レオン・ムーノ伯爵が国王に挨拶している。

今日はムーノ伯爵のお供で、ニナ・ロットル執政官と一緒に来ていた。

珍しく国王の傍らに宰相はいない。後ろに控えるのはシガ八剣第三位の「聖盾」レイラス氏と侍従達だけだ。

「報告ご苦労。シガ王国と領民達の為、領地の発展に努めよ」

国王はそこで言葉を止めムーノ伯爵を見つめ、続きの言葉を口にした。

「――レオン。ムーノ伯爵領を頼んだ」

「は、はい！　承知いたしました」

ムーノ伯爵が深々と頭を下げる。

あとで聞いた事だが、王都でドナーノ准男爵として勇者研究をしていたレオン氏を、旧ムーノ侯爵領の領主へ抜擢《ばってき》したのが現国王だそうだ。その事もあって、ムーノ伯爵の事を気に掛けているのだろう。

そんな事を考えているうちに謁見タイムが終わり、小謁見の間を後にする。

「ムーノ伯爵、貴公も次の飛空艇で領地へ戻るのか？」

廊下でそう声を掛けてきたのはクハノウ伯爵だ。

彼はこれから領地への帰還報告をするらしい。

「はい、その通りです。クハノウ伯爵もですか？」

「うむ。道中よろしく頼む」

王国北東部への旅路は、オーユゴック公爵領までは飛空艇で、公爵領の北端までは大河の船、そこからは馬車で北上するので、ムーノ市まではクハノウ伯爵も同じコースになる。

「ペンドラゴン卿もムーノ伯爵と共に？」

「いえ、私は迷宮都市に寄った後に、諸国を旅する予定です」

「そうか、若いうちの旅はいい。見聞を広め、ムーノ伯爵の良き助けになってやれ」

クハノウ伯爵の激励に首肯し、「魔禍払いの儀式」の一件で彼の愛剣を貸してくれた事について礼を言う。

「何、構わん。領主にとって剣など飾りだからな。それよりも、貴公から戻ってきた剣だが、どこの工房で整備させたのだ？」

「私の知り合いに頼んだのですが、何か不手際が？」

「いや、見事な研ぎ具合に感心してな。試し切りをしてみたら、いつもの倍は切れ味が鋭くなっていた。それで、その名匠を紹介してもらいたいのだ」

ごめんなさい。オレがやったので紹介は無理です。

「研ぎはヘパイストスという鍛冶師《かじ》に頼みました。彼は腕は確かなのですが気まぐれで、すぐに居場所を変えるので今はどこにいるのやら」

「流浪の天才鍛冶師か――ペンドラゴン卿の人脈にはいつも驚かされるな」

詐術スキルのお陰か、クハノウ伯爵は素直に信じてくれた。

「では、その天才鍛冶師殿がクハノウ伯爵領に来る事があったら、私の城に顔を出すように言っておいてくれ。ヘパ――」

「ヘパイストス」

「――ヘパイストスだな。分かった、ヘパイストス殿の名は門番や太守達にも通達しておく」

「では、ヘパイストス殿に連絡が付く時に必ず伝えておきます」

けっこう気に入ってくれているようだし、クハノウ伯爵領に寄る事があったら新しい変装マスクを用意してお邪魔してみよう。

領都のクハノウ市にはまだ行った事がないしね。

クハノウ伯爵と別れ、ニナ女史達と雑談しつつ廊下を進む。

「さっき、諸国を旅するって言ってたけど、観光副大臣の職務かい？」

「ええ、それもありますね」

基本は物見遊山だ。

「それにしても、あんたが副大臣なんて役職を受けるとは思わなかったよ。お陰でムーノ伯爵領は王国の配慮で小型飛空艇の優先権と英傑の剣や槍を一〇本、それから免税特権の二年延長を受けられたからね」

さすがはニナ女史。なかなかガッツリと宰相に出させたようだ。

「ところで旅に出るなら、カリナ殿はどうするんだ？　連れていくのかい？」

「いいえ、カリナ様は迷宮都市での修行をご希望でしたよ。私の仲間——ナナの姉妹達が迷宮で修行をするので、彼女達と一緒に活動していただこうと思っています」

「あのナナ殿の姉妹か……腕は？」

「エルフの里で修行していましたから、迷宮都市に到着した頃《ころ》の仲間達と同程度には強いはずです。それにカリナ様にはラカもついていますから」

カリナ嬢単独ならともかく、「知性ある魔法道具《インテリジェンス・アイテム》」のラカがサポートすれば大抵の困難は乗り越えられるはずだ。守りも鉄壁だしね。

「……ふむ。伯爵はどう思う？」

「父親として危ない事はしてほしくないが、それがカリナの願いであれば叶《かな》えてやりたい」

「相変わらず、あんたは甘いねぇ」

ニナ女史があきれ顔でムーノ伯爵を見た後、視線をオレに向けた。

「あんたと所帯を持って落ち着いてくれるのが一番なんだけど」

「カリナ様にそんな事を強要したら、また城から飛び出していきますよ」

「……ああ、あたしが牢獄《ろうごく》にいる時に、巨人に助けを求めに飛び出したんだったね」

迷宮都市へ修行に戻れるようにサポートするとカリナ嬢に約束していたので、頑張ってニナ女史を説得する。

「分かった。一年だけ様子を見ようじゃないか。伯爵もそれでいいかい？」

「ああ、もちろんだ」

ニナ女史の言葉にムーノ伯爵が首肯する。

まあ、一年もあったらレベル五〇くらいになるだろうし、迷宮での修行も飽きるだろう。

「サトゥー、あんたも上級貴族になったんだから、一年以内に嫁さんを貰いなよ」

「私にはまだ早い――」

「国法で決まっているんだよ。嫡子のいない未婚の上級貴族家当主は、一年以内に嫡子を儲《もう》ける事ってね。だから、正夫人でも妾《めかけ》でもいいから嫁を貰って子供を作る必要があるんだよ」

「ご冗談を――」

「そんなわけないだろ？　言っておくが、三年以内に子供ができなきゃ、第二夫人や新しい妾が必要だから」

――マジか。

一夫多妻――女性当主の場合は多夫一妻を法律で強制するとは……。シガ王国、恐るべし。

まあ、「嫡子のいない」と前置きがあるという事は、後継者さえいれば問題ないはずだ。結婚を強要されそうになったら、誰か貴族家の当主になりたい利発な子を探して、ペンドラゴン子爵家の養子にでもすればいいだろう。

「エマやラユナに聞いたけど、あの子らのサロンやお茶会でモテモテらしいじゃないか。誰か気になる娘やお持ち帰りしたメイドの一人はいなかったのかい？」

顔が広い事に、ニナ女史は門閥貴族のリットン伯爵夫人やラッホルト子爵夫人とも知り合いらしい。

「残念ながら」

「なんだいだらしないねぇ。まあ、一年経《た》っても嫁ができなきゃ、カリナ殿を娶《めと》ればいい。姉さん女房も悪くないぞ」

年上は好きだが、オレの主観だとカリナ嬢は若すぎるのだ。

オレは「考えておきます」と問題を先延ばしにする定型ワードでお茶を濁し、国王から貰《もら》った屋敷の確認に行くというムーノ伯爵達に付き合った。

◆

新しいムーノ伯爵邸を見学した日の晩、オレは王都出立前の仕事を熟《こな》しにエチゴヤ商会に来ていた。

「お帰りなさいませ、クロ様」

「支配人、出迎えご苦労」

金髪美女のエルテリーナ支配人が輝く笑顔で出迎えてくれる。

「クロ様からご依頼を受けていた各種インゴット、および屑《くず》宝石、精錬屑を集め終わりました。貴金属のインゴットは地下金庫に、それ以外は量が量なので工場の空き倉庫に入れてあります」

「仕事が速いな、ティファリーザ」

支配人秘書で銀髪美女のティファリーザが目録を渡してくれる。

インゴットは各種錬成や魔法道具《マジック・アイテム》作製に使うのでまとめ買いしてみた。屑宝石は魔法宝石の材料、精錬屑は希少金属の抽出などに使う。後者は捨て値で大量買いできたそうだ。

オレはホクホク顔を無表情スキルで押さえ込み、目録に目を通す。

「プラチナやイリジウムとは珍しい。どこか新しい取引先を開拓したのか？」

「はい、金属インゴットを集めている事を聞きつけたスァーベ商会が、売り込みに参りました」

スァーベ商会というと、鼬《イタチ》人族のホミムードーリ氏が会頭を務めている商会だ。

どちらのインゴットも加工が難しい為《ため》、売り先がなかったらしく、金インゴットと変わらない値段で買えたそうだ。他《ほか》にも死霊魔法の巻物を三本ほど売り込んで来たが、購入は保留しているらしい。

「死霊魔法の巻物？　オークションに出ていたアンデッド召喚系のヤツか？」

「おそらくそうです」

サトゥー《オレ》のところにも売りに来たけど、死霊魔法の巻物はシガ王国の風聞的にグレーだったから、購入を断ったんだよね。

それで今度はエチゴヤ商会に売り込みに来たらしい。

「保留というのは？」

「死霊魔法の巻物は取り引きがタブー視されているので、クロ様の許可を得てからにしようと」

「そうか。だが、買い取ったとして売り先はあるのか？」

商会内で使うような用途もないしね。

「ペンドラゴン子爵が巻物の蒐集《しゅうしゅう》家ですので」

「恩を売るのか？」

「いえ、どちらかというと、私どもの方に借りが多いので、少しは返せるかと」

——はて？　貸しなんてあったっけ？

「そうか。購入は問題ない。最終的な判断は支配人に任せる」

オレはホラーが得意じゃないから、アンデッドを扱う死霊魔法はあんまり使いたくないんだよね。

もっとも、死霊魔法の「骨加工《ボーン・クラフト》」は便利に使っているけどさ。

「他の物資も倉庫か？」

「はい、冷凍保存の必要な物は二番倉庫に入れてあります」

消耗気味だった穀物や調味料を中心に色々と大量購入しておいた。個人だと目立つけど、エチゴヤ商会ならわりと普通に買い集められるんだよね。

流通量の少ないサガ帝国産のコーヒー豆や一般商店で売られていないオーミィ牛の特上肉もたっぷりと仕入れられた。商会を作って良かったよ。

「それとペンドラゴン子爵から依頼されていた遺品の件ですが、最後の一つの引取先が見つかりました。カゲゥス女伯爵家の係累のモノと判明いたしましたので、伯爵家の王都邸に引き渡しておきました」

「そうか、ご苦労」

遺品というのは砂糖航路で漂流船や沈没船から回収したモノの事だ。

サトゥーとして持ち主に配るのが面倒だったので、エチゴヤ商会に依頼して秘密裏に返却してもらっていた。持ち主からのお礼の品や謝礼は、エチゴヤ商会の手数料を引いた後、慈善事業の原資として使ってもらう事になっている。

「ですが、ペンドラゴン子爵の名を伏せて、本当に良かったのでしょうか？」

「それがあの小僧の条件だったのだろう？」

「はい、それはそうなのですが、多くの貴族に恩を売り縁を結ぶ絶好の機会を、私達が奪ってしまう事になったのが心苦しくて」

「気にするな、支配人」

迂闊《うかつ》に縁を結んで望まぬ縁談が増えても困る。

「それを惜しむなら、最初から『名を伏せろ』などとは言うまい」

「……はい」

支配人は真面目《まじめ》だね。

腑《ふ》に落《お》ちない顔の支配人に代わって、ティファリーザが書類を片手に次の用件に移った。

「クロ様、宰相閣下より人材の受け入れを打診されています」

「どんな人材だ」

「その……」

「怪盗ピピンと怪盗シャルルルーンの二人です」

支配人が言いにくそうにした後、ティファリーザが続けた。

ピピンとはクロの姿で、シャルルルーンはサトゥーの姿で縁がある。ピピンはオークション会場から「祈願の指輪」を盗んだ件で捕まえ、シャルルルーンは王城で秘宝「竜の瞳《ひとみ》」を盗んだ件で捕縛した。どっちもシガ王国の官憲に突き出して、裁判後に奴隷落ちしたはずだ。

「怪盗？　商会でどう使うのだ？」

むしろ、宰相麾下《きか》の諜報《ちょうほう》部隊で活躍の場があると思う。

「宰相閣下からは勇者ナナシ様の情報収集や各種工作に使ってはどうかと」

なるほど、そういう人材は確かに不足している。だけど、我が強そうなあの二人を簡単に御せるとは思えない。余計な苦労を背負い込むくらいなら、空間魔法と無駄にたくさんあるスキルでなんとかするよ。

「ナナシ様にそのような人材は不要だ」

「他にも、支店出店時などの情報収集や犯罪ギルドへの繋《つな》ぎなど、色々と使い道はあります」

「商会で使い道があるなら構わん。逃げ足の速いヤツらだ。機密情報には近付けるな」

「承知いたしました。ただ、奴隷受け入れには一つ条件があるとの事で……」

「――条件？」

「ピピンとシャルルルーンがそれぞれ一つの願い事があるそうです」

「どんな願いだ？」

「それはクロ様にお会いしてから話すと」

「分かった」

ちょっと気になるし、エチゴヤの仕事と物資回収を済ませたら行ってみよう。

オレは開拓村や鉱山の進捗《しんちょく》を確認し、日本人転移者のアオイ少年や彼の師匠である回転狂のジャハド博士からの研究報告を受ける。

「さすがはジャハド博士。もう新型の試作に入っているのか」

「はい。助手のアオイ君の方も、二重回転式空力機関を使った『ドローン』というのを開発しているそうです」

実に日本人転移者らしい発想だ。

できれば軍事転用できる技術じゃなく、泡ポンプボトルとか日常生活で役に立つモノを開発してほしい。

アオイ少年には迷宮下層の転生者達から聞いた神々に禁忌扱いされる技術について伝えてあるから、最悪の事態は起こらないと思う。でも、科学者という人種は得てして好奇心で突っ走る事があるから、なるべく頻繁にチェックする体制を作っておいた方がいいかもしれない。


なお、怪盗二人の願いの件だが、シャルルルーンの頼みは犯罪ギルドに攫《さら》われた弟の救出で、ピピンの方は彼の姉を弄《もてあそ》んだ上に殺した悪徳貴族を潰《つぶ》してほしいとの事だった。

マップ検索ですぐに調べられたのでサクッと弟君を救出し、ついでに犯罪ギルドを物理的に壊滅させ、悪徳貴族の方も悪行を調べ上げて社会的に破滅させておいた。

翌朝にその事を彼らに伝えたら、弟君と共にやたらと感謝されてしまった。片手間仕事で感謝されるのは悪くないが、妙に本気の顔で忠誠を誓われるのはちょっと遠慮したかった。

エチゴヤ商会の支配人が自分の代理人だと伝えたので、あとは支配人やティファリーザが上手《うま》く元怪盗達を使ってくれるだろう。元怪盗二人の主《あるじ》には支配人を指名しておいた。

◆

「……どうして、人は争うのかしら」

ビスタール公爵邸のベランダから、夜空を見上げてアンニュイな雰囲気を出しているのは、公爵の末娘である幼いソミエーナ嬢だ。

「困ったものだよね～」

「ど、どなたですか?!」

オレが闇《やみ》の中から話しかけると、ソミエーナ嬢が警戒心も露《あら》わに懐剣に手を掛けた。

「こんばんは、いい月だね」

「――勇者様！」

ビスタール公爵邸襲撃事件で会ったのを覚えてくれていたようで良かった。

サトゥーで来ようと思ったのだが、ビスタール公爵が反乱鎮圧軍の第二陣と一緒に王都を出発した後だったので、それを理由に令嬢との面会を拒否されてしまったのだ。

「どうして私の所に？」

「うーん、実は知り合いが君の事を気に掛けていてさ。何か悩んでいたら愚痴だけでも聞いてあげてほしいって頼まれたのさ」

「知り合い――そうですか、あの方が」

ソミエーナ嬢が両手を組んで黙祷《もくとう》する。

「勇者様になら、戦争を止める事はできますか？」

「ボクは人間同士の諍《いさか》いには介入しない事にしているんだ」

ソミエーナ嬢には悪いが、屈強な職業軍人達でさえＰＴＳＤになるような場所に首を突っ込むのは遠慮したい。精神耐性スキルや恐怖耐性スキルでなんとかなるとは思うけど、血で血を洗うような殺伐とした場所は苦手なのだ。

「そう、ですよね……でしたら、お兄様――トーリエル兄様に手紙を届けてくださいませんか？　優しいお兄様なら、きっと戦争を止めてくださるはずです」

「分かった。それくらいなら、手伝ってあげるよ」

自分の理想を推し進める為、実の親さえ手に掛けようとする人間に、優しい彼女のお願いが届くとは思えない。でも、それで彼女の気が晴れるならそれはそれでいい。

オレはソミエーナ嬢が手紙を書き終えるのを待ち、彼女の愛用のリボンが添えられた手紙をアイテムボックスに収納する。

「確かに受け取ったよ。この手紙は必ずトーリエル君に届けるから安心して」

「はい、勇者様」

頷《うなず》くソミエーナ嬢の目尻《めじり》に浮かんだ涙を指で拭《ふ》き、彼女に手を振って夜空に舞い上がる。

見下ろした彼女は、いつまでもオレを見つめていた。

ヨウォーク王国での用事を済ませたら、戦争終結に少しくらい力を貸してもいいかもね。

◆

「システィーナ殿下、わざわざ見送りありがとうございます」

「いえ、弟子としては当然の事です。先生が王都に戻られるまでに課題を熟《こな》しますね」

出立の日、わざわざ王都邸までシスティーナ王女が見送りに来てくれていた。護衛メイドの二人や「桜守り」のアテナ嬢も一緒だ。

「ボルエナンのミサナリーア！　前は惨敗だったけど、次は負けないんだからね」

「ん、期待」

アテナ嬢の挑戦を、ミーアが余裕の表情で受け流す。

「カリナお姉様、サトゥー様を絶対に落としてくださいませ」

「わ、わたくしはサトゥーに一度振られていますもの」

「そんな弱気でどうしますか！　一度振られるくらいがどうしました！　お姉様のその美貌《びぼう》と身体《からだ》で迫れば、年頃《としごろ》の男の子なんてイチコロです。何度も挑めばサトゥー様だってコロリとほだされますわ」

メネア王女が小声でカリナ嬢を焚《た》き付《つ》けるのを、聞き耳スキルが拾ってきた。

カリナ嬢の魔乳は攻撃力絶大なので、本当にコロリとほだされそうで怖い。

――客は他《ほか》にも多い。

タマの所には彫刻工房の人達が見送りに来ている。

「まだ内定だが、お前の彫刻が品評会で審査員特別賞を取ったぞ」

「おう、ぐれいと〜？」

それは凄《すご》いね。後でお祝いしよう。

「若様、これ支配人から」

「こっちは従業員の有志一同からっす」

エチゴヤ商会からは支配人の名代として石狼《せきろう》に乗った貴族娘ロゥーナと赤毛のネルが来ていた。

「ありがとう、ロゥーナ殿、ネルさん。エルテリーナ支配人や皆さんにサトゥーが感謝していたと伝えてください」

「うん、伝えておく」

「わかったっす！」

梱包《こんぽう》してあったが、餞別《せんべつ》の品はクロで寄った時に話が出ていた巻物三本だ。必要になるまでは死蔵でいいだろう。

ネルの方は焼き菓子や桜鮭《さくらじやけ》の骨せんべいが包まれていた。旅のオヤツに丁度良いね。

別れがある程度済んだところで、観光省の装甲馬車を先頭に、追加の貸し切り馬車三台に分乗する。

「それじゃ、もう行くよ」

ヒカルが寂しそうな顔をしていたので、馬車に乗り込む前にもう一度声を掛ける。

「夜中にでも遠話する」

「うん、旅の安全を祈ってる」

「ありがとう。オレもヒカルが『ヒカルの鈴木《すずき》一郎《いちろう》』に会えるように祈っているよ」

「……うん」

ヒカルの表情が少し晴れたのを確認し、オレは馬車に乗り込んだ。

名残惜しいが、見送りの人達に手を振って出発する。


「「「ミーア先生ー！　アリサ先生ー！」」」

王都の南門前にはミーアやアリサを慕う魔法学舎の校長、教師、生徒達が待ち構えていた。

その中には、ポチとタマのマブダチやシャテイ達もいる。

互いに別れの言葉を十分に交わしたところで、後ろ髪を引かれつつも馬車を発進させた。

「旅立ちの曲」

聞こえてきた曲にミーアが耳を澄ます。

王都の外壁塔の上では、楽聖さん達がミーアやオレ達の為《ため》に見送りの曲を奏でてくれていた。

なかなか派手な旅立ちだ。賑《にぎ》やかな見送りに、王都の人達も興味津々な視線を向けてくる。

「ルル先生ー！　ナナ先生ー！」

「シェリンちゃん……」

「生徒シェリン、また会う日まで精進するようにと告げます」

動き出した馬車を追いかけて、シェリン嬢が走りながら手を振る。彼女も見送りに駆けつけてくれたようだ。

「ポチ、タマー！」

「「「ポチさーん！　タマさーん！」」」

「マブダチ～」

「シャテイもまた会おうなのですよ！」

転びそうな感じに馬車を追いかけるシャテイ少年少女達や屈強な騎士に抱えさせて追いかけるチナ嬢に、タマとポチが窓から身体を乗り出して手を振り返す。

やがて、馬車は速度を上げ、子供達の姿が街道の向こうに見えなくなった。

仲良くなった人との別れは寂しいけれど、またいつでも遊びに来られるし、旅先ではまた新たな出会いもある。別れを悲しむよりも、再会した時に愉快な土産話ができるように旅を楽しむのがいいと思う。

ぽかぽかとした春の日差しが、楽しい旅を予感させてくれていた。

迷宮都市

〝サトゥーです。業務の改善や効率化は社会人に必須《ひっす》な事柄ですが、上司がコストカッターだと自分の首が絞まります。日々の余裕こそが素晴らしい商品の源泉だと思うのですが……。〟

「こうして馬車の旅をするのも久々ね」

王都を出発したオレ達は、四台の馬車に分乗して移動していた。

「ご主人様、南門から出た時から気になってたんだけど、まっすぐ迷宮都市に向かうんじゃないの？」

そういえば詳しい説明をしていなかったっけ。

「南にあるミマニの街まで馬車で行って、そこから川下りの舟で分岐都市まで行くんだ」

「へー、川下りなんて、なんだか楽しそうね」

迷宮都市と王都の間は基本的に空路か転移だったから、リットン伯爵夫人のサロンで聞いて一度乗ってみたかったんだよね。

そんな会話をしつつ、オレ達の馬車は湖の畔《ほとり》にあるミマニの街へと辿《たど》り着《つ》いた。

貸し切り馬車は街で折り返し、観光省のゴーレム馬と装甲馬車はカリナ嬢達の目がない場所で、アリサの空間魔法「格納庫《ガレージ》」で作った亜空間に収納してもらった。

「湖」

「ここは保養地《ほようち》なのですよ！」

「チナが言ってた～」

ミマニの街は王都からほど近い、貴族を始めとした富裕層の保養地となっている。

ポチとタマの二人は幼年学舎の遠足で来た事があるから、その時にケルテン侯爵家令嬢のチナから保養地だと聞いたらしい。

「ふーん、保養地だけあって綺麗《きれい》な町並みね」

「イエス・アリサ。家々のベランダに飾られた花々が小さくて可愛《かわい》いと告げます」

「湖から吹く風が爽《さわ》やかです」

アリサ、ナナ、ルルもこの街が気に入ったらしい。

「ユィットはくるくる回るのが気になります！」

「あれは風車だと報告します」

「近くで見たいと宣言します」

末妹ユィットを先頭に、ナナの姉妹達が街の中に建つ風車塔をめがけて駆けていった。

「――ちょっと！　待ちなさいあなた達！」

長姉アディーンが姉妹達を止めようと慌てて追いかける。

いつの時代も常識人が割を食うようだ。

オレは姉妹の後ろ姿を見守りながら、空間魔法の「遠話《テレフオン》」でアディーンに慌てなくていいと伝える。

「湖との境に小さい舟がいっぱい泊まってますね」

「あれは漁船～？」

「網でいっぱいお魚を獲《と》るのですよ！」

リザの発見に、タマとポチの二人が補足する。

「美味《おい》しい魚が期待できそうですわ」

「ご飯が楽しみっすね、カリナ様」

カリナ嬢と護衛メイドのエリーナが期待に目を輝かす。

「お二人とも、この綺麗な風景を見て言う台詞《せりふ》がソレですか……」

主人と先輩の会話を聞いた新人ちゃんが、苦笑しつつそんな事を呟《つぶや》いていた。

まあ、食欲があるのはいい事だよ。


「桜鮭じゃなくて、鱒《ます》料理とは意外だったわ」

「鱒のヒトも美味しかったのですよ！」

「いえすぅ～？」

ポチとタマに抗議されたアリサが「もちろん、美味しかったわよ」とフォローの言葉を続けた。

王都のサロンで噂《うわさ》に聞いた町一番というレストランは、その評判に違《たが》わぬ味だった。

「焼き魚も良かったですが、バターの風味が濃厚なムニエルも美味しかったです」

「ええ、あれは絶品でした」

ルルの言葉にリザが頷《うなず》く。

「トリアはムニエルの作り方が気になりました！」

「迷宮都市に着いたら、一緒に作りましょう」

「イエス・ルル。トリアは楽しみです！」

姉妹の三女トリアがルルとそんな約束を交わす。

「焼き茸《きのこ》、美味」

「イエス・ミーア。食後の甘味も美味しかったと告げます」

「あの焼きリンゴはルルやサトゥーが作るモノに匹敵する美味しさでしたわ」

「ん、同意」

「ユィットは甘い物なら幾らでも食べられると告げます！」

末妹ユィットが言うと、姉妹の他の子達も首を揃《そろ》えて頷いた。

ここの料理は新鮮な食材に特産品であるオーミィ牛のバターやララギ産の砂糖をふんだんに使ってあって、実に贅沢《ぜいたく》な味だった。

皆《みんな》が気に入ったようだったので、街を発《た》つ前に新鮮なミマニ湖の碧玉鱒《へきぎょくます》とオーミィ牛のバターを仕入れておこう。

◆

「市場で時間を食ったから間に合わないかと思ったわ」

「ギリギリだったね」

まあ、間に合わなくてもミマニの街に泊まればいいんだけどさ。

舟は八人乗りだったが、年少組は小さいので二つの舟に乗る事ができた。

二艘《そう》目にはナナを含めた姉妹達が乗り、残りがオレと一緒の一艘目に乗っている。

「船長のヒトは棒で戦うのです？」

「この川はめったに魔物なんて出ないぜ。この水棹《みさお》は舟を進ませたり、舟の向きを整える舵《かじ》の代わりをしたりするんだ」

「おうぐれいと～？」

ポチに尋ねられた船頭が気さくに答えた。

後ろの舟でも好奇心旺盛《おうせい》なユィットや姉妹達に尋ねられた若い船頭が、真っ赤な顔で答えている。

「ノンビリした船旅もいいわね～」

「ん、雅《みやび》」

風も気持ちいいし、この川下りは正解だったね。

「あ！　お魚が見えたのです！」

「とれそ～？」

「お嬢ちゃん達、身を乗り出したら落ちちまうよ」

「だいじょうび～？」

「そうなのです！　ポチ達は落ちたりしないのですよ」

「二人とも、船頭さんを困らせてはいけません」

リザがタマとポチの腰帯を引いて席に座らせる。

ちなみに、カリナ嬢も二人に釣られて身を乗り出そうとしていたが、落水する未来しか見えなかったので、エリーナと新人ちゃんに目配《めくば》せして阻止しておいた。

「そろそろ急流が始まるから、舟の手すりや安全綱に掴《つか》まっておいてくれよ。小さな子はお姉さんとお兄さんがしっかり抱っこしてあげてくれ。水しぶきに濡《ぬ》れたくないなら、足下に防水布があるぞ」

船頭の注意が飛ぶ。

雅な川下りはしばらく中断らしい。

「ん、抱っこ」

「ミーア、独り占めはダメよ！」

「半分こ」

オレの膝《ひざ》に二人乗るより、左右に座った方が安定すると思うが……。

タマが膝取り合戦に参加しようとしゃかしゃか動いていたが、リザの強固なホールドに負けて諦《あきら》

めていた。耳をぺたんと伏せた顔が可愛い。

「急流に入るぞー！」

船頭が水しぶきで白くなった急流に舟を滑らせる。

「「「きゃあああ」」」

櫂《かい》の音を谷間《たにあい》に響かせながら舟が回頭するたびに歓声が上がり、舟縁《ふなべり》を越えて水しぶきが飛び込んでくるたびに楽しげな悲鳴が谷間に響く。

風魔法や術理魔法で水しぶきを阻止しようとも思ったが、水しぶきを浴びるのも急流下りの楽しみだと思い直して魔法は使わなかった。急流が終わってから、生活魔法で乾かせばいいしね。

「ふああ、楽しかったー」

アリサの発言かと思ったらルルだ。

キラキラの瞳《ひとみ》で頬《ほお》を紅潮させている。現代の遊園地に連れていったら、ジェットコースターやフリーフォールに嵌《は》まりそうだ。

「もう一回！　ポチはもう一回きゅうきゅう滑りがしたいのです！」

「タマも、わんもあちゃんす～？」

「機会があれば、私ももう一度乗ってみたいです」

「新人ちゃんはタフっすね」

「わたしも一回でいいわ。目が回りそう」

タマやポチ、新人ちゃんの三人もルルと同様に急流下りが楽しかったようだ。

カリナ嬢も楽しかったようだが、舟から落ちまいと力みすぎて手すりを握りつぶしてしまい、びっくりして川に落ちかけていた。

意外な事にエリーナやアリサは一回で十分らしい。

「川岸には魔物がいませんでしたが、崖鹿《がけじか》や灰色熊《ぐま》はけっこういました。岩陰には魚影が濃かったですし、川沿いの旅も楽しいかもしれません」

リザは優れた動体視力で、狩りの獲物を物色していたようだ。実にリザらしい。

オレも楽しかったし、今度はヒカルや王都の知り合いを誘ってみるのもいいかもね。

急流下りから半時間ほどで船着き場に到着し、そこからは駅馬車に分乗して分岐都市ケルトンへと向かった。

ここで貴族向けの宿で一泊し、翌朝は土魔法で作り出した人数分のゴーレム馬を普通の馬に偽装したモノに乗り、迷宮都市へと駆け抜けた。疲れを知らないゴーレム馬は速かったよ。

◆

「到着〜？」

「久々の迷宮都市ね」

迷宮都市に到着したオレ達は、東側にある貴族用の門から入る。

「ここまで肉串《にくぐし》の香りがするようなのです！」

「オレは太守閣下への挨拶《あいさつ》があるけど、皆は好きな所に遊びにいっていいよ」

眼《め》を細めてくんくんと匂《にお》いを嗅《か》ぐポチに苦笑しつつ、皆に夕飯まで自由行動を許可する。

挨拶するとは言っても、砂や土埃《つちぼこり》を被《かぶ》った旅装のまま訪問するのは失礼にあたる。屋敷で身だしなみを整えてから訪問する予定だ。

「あー！　若様だ！」

「お帰りなさい、若様！」

迷路のような迷宮都市の道を進むと、ちらほらとオレ達に気付いた街の人達や探索者が手を振ってくれる。

オレや仲間達はそれに応《こた》えて挨拶を返しつつ、屋敷へと戻った。

「「「お帰りなさいませ、旦那様《だんなさま》」」」

迷宮都市に着いた時に新人ちゃんを先触れに出していたので、メイド長のミテルナ女史を筆頭に屋敷の少女メイド達や幼女メイド達が整列して出迎えてくれた。

「ポチはギーとダリーに挨拶してくるのです」

「タマはソーとリューに、ただいまのご挨拶〜？」

ポチとタマの二人が、厩舎《きゅうしゃ》にいる馬や走竜を見に走っていった。

「「「ししゃくさまー」」」

「「「おかえりなさーい」」」

オレ達を見つけた子が教えたのか、養護院の子供達が倒《こ》けつ転《まろ》びつ正門に駆けつけて、お帰りの挨拶をしてくれた。

「「「若様ー！」」」

今度は探索者学校の卒業生「ぺんどら」達だ。見覚えのない顔もいるから在校生も一緒らしい。

その後ろには教師をするカジロ氏やアヤゥメ、それに「麗しの翼」のイルナとジェナの姿も見える。

「サトゥー殿！」

「ペンドラゴン士爵――じゃなかった。子爵様、陞爵《しょうしゃく》おめでとうございます」

「そうそう、忘れるところだったのじゃ。子爵への陞爵を祝福するのじゃ」

ノロォーク王国のミーティア王女とデュケリ准男爵令嬢のメリーアンがやってきた。彼女達の後ろには太守三男のゲリッツ君やトケ男爵家のルラム君を始めとした少年達もいる。

「ありがとうございます。ミーティア殿下とメリーアン殿も成人おめでとうございます」

オレの祝福に二人が少し恥ずかしそうに微笑《ほほえ》んだ。

さらには隣近所の人達や契約農家の人達までやってきたので、その対応に追われているうちに夕日が落ちてしまった。

仕方ないので、太守への挨拶は明日にしよう。

アポイントもなしに行くのもマズいから、ミテルナ女史に言って手紙を届けさせる。

執務室で急ぎ仕事をするオレの耳に、庭でバーベキューをする子供達の声が聞こえてきた。

「アリサー！　俺、文字覚えたぜ！」

「アリサちゃん、あたしは計算も覚えたよ！」

養護院の年長組がアリサに留守中の成果を伝える。

「へへん、あたしなんて詠唱できるようになったんだよ！」

おっと、それは凄《すご》い。

迷宮都市を出発する時に生活魔法でスカートめくりしていた男子とは別の女の子だ。

なかなか頑張っているみたいだし、学業が優秀な子達を王都の幼年学舎に留学させてやるのもいいかもね。

「子供達が下宿すればヒカルの寂しさも紛れるかな？」

そんな独り言を呟《つぶや》きつつ、適当なメモ用紙に思いつきを書き留めておいた。

「ご主人様ー！　早く早くー！　お肉がなくなっちゃうわよー！」

庭からオレを呼ぶアリサに「すぐに行く」と叫び返し、執務室を出た。

ゼナさん達セーリュー伯爵領の皆さんもバーベキュー大会に呼ぼうと使いを出したのだが、迷宮に遠征中で留守との事だった。ちょっと残念だ。また日を改めて招こう。

その後も、酒瓶片手にギルド長や酒好きなギルド職員の皆さんが現れたり、狐《きつね》将校と隊長さんをお供にエルタール将軍がお忍びで訪れたり、はめを外しすぎて火魔法で宴会芸をし始めたギルド長を秘書官のウシャナさんや相談役のセベルケーア嬢が慌てて止めたり、失言をした狐将校が隊長さんに拳骨《げんこつ》を落とされる一幕があったりと、実に賑《にぎ》やかな夜だった。

◆

「ペンドラゴン卿《きょう》、貴君の陞爵を祝福する」

オレは太守の宮殿で、元緑貴族ことポプテマ前伯爵と再会していた。

魔族の精神魔法で操られていた頃《ころ》と違って、今の彼にはザマス口調や緑色の化粧がないので普通の貴族のようだ。

「ポプテマ閣下のご快復をお慶《よろこ》び申し上げます」

「うむ、これもエリクサーを手に入れてくれた太守夫人と、そのエリクサーを『階層の主《フロア・マスター》』討伐で得たペンドラゴン卿のお陰だ」

前に会った時は魔族ルダマン騒動で下半身を失い、太守宮殿の魔法装置で生きながらえている状態だったが、今は太守夫人がオークションで落札したエリクサーによって、健康な状態に戻っている。

「うふふ、二人ともそんな場所で話していないで着席なさい」

上機嫌の太守夫人に促され、オレ達はサロンの座り心地の良いソファーに腰掛ける。

「今日のお茶会の話題はペンドラゴン卿が名誉士爵から子爵へ陞爵した奇跡について、なんてどうかしら？」

「あれは私の知らない場所で、いつの間にか決まっていた事なので、さほど話せる事は——」

一応、そう前置きしてから、オレが知る限りの事を語る。

「まああ、男爵の奏上で子爵へ陞爵したの？」

「それは凄い。ならば陛下が准男爵や男爵では不足と判断し、子爵への陞爵をお決めになったのであろう。これは私が知る限り、過去になかった事だ」

「私も寡聞にして知らないわ」

事情通のポプテマ前伯爵や太守夫人がそう言うなら、よっぽどのレアケースだったのだろう。

国王の前でどんな事をしたのかと問われたが、聖騎士団の本部でオレや仲間達がシガ八剣の面々と訓練したり、魔禍払いの儀式に乱入した大型の魔物退治に協力したりした程度だと事実を語る。

クロやナナシとしても色々と暗躍しているが、それは「サトゥー」の功績ではないので除外した。

「なるほど、それだけの活躍をしたのなら、陛下が将来に期待してしまうのも道理だ」

「今からでもシガ八剣候補に名乗り出てはどうかしら？　ペンドラゴン卿やキシュレシガルザ殿なら十分にその資格があると思うわよ？」

太守夫人の冗談半分の唆しを、笑顔で否定する。

シガ王国の守護者なんてポジションは、世界を旅して回りたいオレにとっては枷《かせ》にしかならないからね。

そういうのはもっと愛国心や野心に溢《あふ》れた人に任せるよ。

「それに宰相閣下から観光省の副大臣に任命されましたので、しばらくはそちらの職務に邁進《まいしん》したいと考えております」

太守夫人とポプテマ前伯爵は顔を見合わせ、「ああ、あの」と言いたげな顔になった。

「ペンドラゴン卿なら適任かもしれませんね」

「あの犬猿の仲のロイド侯やホーエン伯を取り持つ事ができたペンドラゴン卿なら大丈夫でしょう」

「そういえば、気まぐれと気難しい事で有名なブライブロガ王国のスマーティット王子とも仲良くなったとエマが手紙に書いていたわ。どうやって、あの王子と仲良くなれたのかしら？」

オレは怪盗シャルルルーンが盗んだブライブロガ王国の秘宝《アーティファクト》の話を、面白おかしく二人に開陳する。

話は概《おおむ》ね好評だったのだが、ブライブロガ王国の料理が美味《おい》しかったという部分に関しては微妙な顔をされた。あの国の料理はあまり一般受けしないようだ。

「観光副大臣に就任したのなら、また王都に行ってしまうのかしら？」

「いえ、王都には参りません。新しい仲間達が修行する準備を整えたら、諸国を旅する予定です」

「諸国――大陸西方に行くのであれば、戦乱に巻き込まれないように情報収集を怠らないようにしたまえ。特にパリオン神国周辺は紛争が絶えない。かの国はパリオン神の威光で周辺諸国の紛争に介入して仲裁を行っているのだが、周りの国からはあまり良く思われておらん。立ち寄るなら特に注意したまえ」

ポプテマ前伯爵から忠告を受けた。

オレ達の当面の目的地はシガ王国の北にある中央小国群なので、パリオン神国へ観光に行くのは当分先だとは思うけど、メモ帳に今の話は書き留めておこう。

「旅にはカリナ殿もご一緒されるの？」

「いいえ、彼女は迷宮都市に残って修行を続けるそうです」

ついでに、カリナ嬢やナナ姉妹の後見を太守夫人に頼んでおいた。

太守夫人が快く引き受けてくれたので、そのついでに彼女がエリクサーに注ぎ込んだのと同額の金貨を迷宮都市の事業に投資したいと申し出たら、水くさいと怒られてしまった。

順番のせいで、後見の対価と受け取られてしまったようだ。

ちゃんと訂正したら、投資を受け入れてくれた。

投資した資金は実験農場の拡張と見習い職人や事業を始めたい若者への貸し付けに使われるそうだ。なんだか、ベンチャー企業支援みたいだね。

◆

太守夫人に挨拶した日の午後、オレはナナの姉妹を連れて西ギルドへやってきていた。

「登録を希望すると告げます！」

姉妹の末っ子であるユィットが自信満々に受付に申請する。

「あれって若様のところの新しい子かな？」

「美人ばっかりだぜ」

「お前らの目は節穴か！　あれって全員、盾姫と同じ顔じゃねぇか！」

「盾姫があんなに？　今度は若様達だけで『階層の主』を討伐する気か⁉」

周囲の探索者達がざわざわと姉妹達を噂《うわさ》している。

受付嬢がお盆に載せて差し出した探索者証を見て、ユィットがこてりと首を傾《かし》げた。

「木証ではないのですかと問います」

「あんたらの実力は昨日の宴会でサトゥーが保証していたからね。最初から青銅証で構わないさ。赤鉄の方はちゃんと魔核《コア》の定期納品で手に入れな」

ユィットが青銅証をギルド長から受け取っている。

昨日のバーベキュー大会で姉妹の探索者登録をするという話をしたから、気を利かせて先に準備してくれていたようだ。

「ギルド長のご配慮に感謝します」

「あんたは普通の話し方なんだね。せいぜい大怪我《けが》をしないように励みな」

長姉アディーンにギルド長が助言をする。

すぐにでも迷宮に入りたいという姉妹の引率は、ナナとミーアの二人に任せる。獣娘達は朝からカリナ嬢達のお供で迷宮に入っているはずだ。

一緒に迷宮に入った後、アリサと二人で別行動をとる。

「起点はいつもの第一一区画にする？」

「いや、最近はあそこも人が多くなってきたから、不人気な第九区画にしよう」

オレ達が話しているのは転移鏡を設置する場所選びだ。この転移鏡を設置する事で、ナナの姉妹達が迷宮奥地まで足を延ばせるようにしたいと考えている。

「誰《だれ》もいないわね〜。相変わらず過疎な区画だわ」

「だから選んだんだよ」

第四区画と第九区画の境界まではアリサの空間魔法でショートカットし、そこから先はアリサを抱えて天駆で移動した。

「この辺かしら？」

「もう少し奥にしよう」

マップを見たら、この先の袋小路に手頃《てごろ》な段差があり、転移鏡を隠して設置するのに最適だと分かったからだ。

さくさくっと天駆で移動する。

通路側から見えない位置に土魔法の「石製構造物《ストーン・オブジェクト》」で階段を作ろう。

「よくこんな場所を見つけるわね」

「アリサの空間魔法でも分かるはずだよ」

「えー、こんな入り組んだ場所の調査は、よっぽどじゃなきゃやらないわ」

アリサと話しながら転移鏡を取り出す。

「でっかっ」

アリサが大型の転移鏡を見て驚いた。

この転移鏡は王都邸と秘密基地を結ぶのに使っていたモノとは違い、装置が巨大な上に一対の装置間でしか転移できない下位互換品だったりする。その代わり比較的低コストで作製できる上に、その巨大さが盗難防止に役立つので、あながち悪い事ばかりではない。

この場所からは迷宮の三箇所に転移できるようにする予定なので、三組の鏡を用意した。

転移鏡の手前に、使い方説明を書いた石碑を土魔法の「石製構造物」で作っておく。アリサの提案で文面を「なぞなぞ《リドル》」風にしたので、いかにもな雰囲気が出せた。

「転移先にはどうやって行くの？」

「オレ達が狩りに使っていた場所だから、普通に帰還転移《リターン》で行けるよ」

転移先は危険の少なめな魔物が多い場所を選んだ。それぞれ、レベル一〇台、レベル二〇台、レベル三〇台での狩りに最適なポイントになっている。

サクサクと移動し、アリサに手伝ってもらって先ほどと対になる転移鏡を設置していく。転移鏡に付いている投入孔に、魔核を投げ込む事で起動する仕組みだ。

「ここって、カリナサマや姉妹達だけに開放するの？」

「いや、ゼナさんやぺんどら達にも開放する予定だよ」

「セーリュー伯爵領の兵隊さん達も？」

「もちろんさ。最終的には一般の探索者達にも開放するつもりだしね」

使用を制限する為《ため》に、最初のうちは特定のアイテムを持つ者だけが通れるようにする予定だ。

アイテムは転移鏡に管理者権限で登録さえしておけば、青いリボンでも、踊る蛙《かえる》の人形でもなんでもいい。

「三箇所だけだと、すぐに飽和しない？」

「大丈夫だよ。この三箇所は隣接する区画にも行けるから」

途中に「区画の主《エリア・マスター》」が通る危険地帯もあるが、どいつも図体《ずうたい》が大きいから、よっぽど騒々しく移動していない限り接触を回避できるはずだ。

オレはそんな話をしながら、ゼナさん達用に作った狩り場施設と同じモノを、転移先の区画に作って回った。

今日は疲れたし、姉妹達やカリナ嬢に教えるのは明日にしよう。

◆

翌日から、さっそく姉妹達がナナや獣娘達のエスコートで、転移鏡の先にある迷宮の探索に出かけた。カリナ嬢達も一緒だ。

レベル一〇コースには迷宮蛙《メイズ・フロッグ》エリアがあるので、今日の夕飯は蛙肉の唐揚げで決まりだろう。

ゼナさん達もまだ迷宮を探索中みたいだし、子供達の留学の件で王都のヒカルに会いに行く事にした。

ミツクニ公爵邸に転移すると、ヒカルが笑顔で迎えてくれる。

ここにはメイドさん達もいるので、フードを目深に被《かぶ》っての訪問だ。

「イチロー兄ぃ！」

前は「サトゥー」呼びだったのに、また「イチロー兄ぃ」呼びに戻っていた。

ヒカルがメイドさん達を退出させたのでフードを下ろす。

「今日はどうしたの？　何日も経《た》っていないのに、私に会いたくなった？」

「鱒《ます》料理のお裾《すそ》分《わ》けと、ちょっと相談したい事があってね」

ヒカルは「ミマニ湖の碧玉鱒《へきぎょくます》料理だ！　これ美味しいのよ〜」と喜んだ後、「相談って？」と尋ねてきた。

「迷宮都市で養護院しているって前に言っただろ？　あそこの成績優秀な子達を王立学院に留学させてやりたくてさ。ヒカルに後見と下宿先の寮母さんをお願いしたいんだけどいいかな？」

「やるやる！　寮母さんやりたい！」

すごく乗り気だ。ここまで好反応だと、王都に置き去りにした事が少し後ろめたい。

お気楽そうに見えて寂しがり屋なところがあるから、子供達の世話ができるのが楽しみなのだろう。

「寮にする場所はオレの王都邸を考えているんだけど、幼年学舎に近い場所に新しく借りた方がいいかな？」

「うーん、ペンドラゴン邸は少し遠いから、その方がいいかな？」

「なら、エチゴヤ商会に手配依頼の手紙を出しておくよ」

「それくらいだったら、私がやるよ」

かもーん、と手招きするヒカルに、ささっと書いた手配依頼の手紙と、予算の金貨が入った袋を渡す。

「そうだ！　ヒヨコがぴよぴよしているエプロンと竹箒《たけぼうき》も用意しなきゃ！」

それはアパートの管理人さんだ。

オレは心の中でツッコミを入れながら、ストレージから取り出したエプロンと竹箒をプレゼントする。

ヒカルは変なところで古い名作漫画のネタを出してくるんだよね。

叔母さんの薫陶だって言っていたかな？

「用意がいいの、ね？」

「エプロンはナナの趣味だよ」

ナナはヒヨコ柄が好きなので、ストレージに何枚かストックしてあったのだ。

オレはそのまま三時のティータイムをヒカルと過ごし、名残を惜しむヒカルと一緒に王都の街の散策に付き合った。さすがにフードだけだと誰かに身バレしそうなので、変装マスクを着けて、だったけどさ。

これくらいで、ヒカルの寂しさが紛れるなら、また遊びにこよう。

◆

「マスター、行ってくるぞと逞《たくま》しく宣言します」

「トリアも！　トリアも頑張ってきます」

ユィットが宣言すると、トリアも負けじと主張する。

王都から戻った三日目の朝、ナナの姉妹達はカジロ氏の指導で試験探索に出発した。

カリナ嬢も同行するはずだったのだが、ムーノ伯爵領から彼女宛《あて》の荷物が太守公館に届いているという報《しら》せのせいで不参加だった。

もっとも、そのお陰で、迷宮から戻ったゼナさんがプレゼントしてくれた「幻の宮廷料理」というタイトルの古文書に書かれたレシピを一緒に再現する事になったのだから、あながち悪い事ばかりじゃない。

特に、料理の再現にはカリナ嬢のミラクルが光っていたしね。

この日に再現したのは「ドラゴン・ステーキ」「ベヒモスとマンドラゴラのシチュー」「フェニックス・サラダ」の三種だけだったが、どれも非常に美味だった。

もちろん、三種の料理は迷宮に行っていたナナの姉妹達だけでなく、王都のヒカルやボルエナンの森のハイエルフ、愛《いと》しのアーゼさん、さらにはラクエン島のレイとユーネイアにも届けて、いずれも大好評を博した。

「ご主人様、お願いしていた方に料理教室の先生を引き受けていただけました。料理教室用のレシピを後で見ていただけますか？」

「ああ、構わないよ」

「マスター、養護院の木工教室を引退探索者にも広げたいと打診があったと報告します」

「先生達がいいって言うなら、オッケーだ。資金や場所が必要なら言ってくれ」

「サトゥー、音楽教室」

「そっちはもう準備できているよ。ルルの料理教室と同じ建物に防音の教室を作っておいた。楽器類や練習用の楽譜も商会に発注してある」

「旦那《だんな》様、泥蠍《どろさそり》のスコピ様から、下町の職業訓練施設の件で問い合わせがきております」

「すぐに返事を書くから、使いの者は待たせてくれ」

オレは矢継ぎ早に案件を片付ける。

案件は地上だけでなく、迷宮の話もあった。

「マスター、ユィットは走竜が欲しいと告げます」

「何に使うんだ?」

「迷宮内の移動に使うと報告します。斥候に便利だと主張します」

オレはユィットの提案を考察する。

走竜は踏破能力に優れるし夜目も利くから、迷宮内で使うのはアリかもしれない。

迷宮都市内だと走竜達が活躍する場所がほとんどなかったから、裏の牧場で走るくらいしかしてなかったんだよね。

「分かった。一度、試しておいで。走竜が嫌がったら、その案は却下するけど、いいね?」

「イエス・マスター。走竜は乗り気だったと告げます」

どうやら、既に試した後らしい。

オレは安全に気を付けるように言い含めて許可を出す。

そんな感じで、一週間ほどの迷宮滞在は、なかなか濃い日々だった。


そして、迷宮都市を旅立つ日——。

「サトゥーさん、パリオン神殿でいただいた旅の安全を祈願するお守り《タリスマン》です」

「ありがとうございます、ゼナさん」

見送りに来てくれたゼナさんから、交通安全的なお守りを受け取る。

「私達は一年ほどは迷宮都市にいる予定ですが、もしかしたら来月くらいに中間報告を届ける為、セーリュー市に戻る任務を命じられるかもしれません」

「なら、セーリュー市の近くに寄った時には、お城か兵舎にも顔を出しますね」

今の予定だと、ヨウォーク王国に寄った後は、中央小国群をうろうろしてから、サガ帝国の勇者召喚陣の見学に行くつもりだけど、ゼナさんのマーカー位置次第では、セーリュー市に寄り道してもいいかもしれない。

なんと言っても、あそこは知り合いが多い。ポチやタマは門前宿のユニちゃんに、ミーアはなんでも屋の店長さんやナディさんに、リザも昔なじみに会いたいだろうしね。

「サトゥー、これを」

「これは――」

カリナ嬢が差し出したのは意外な品だった。

「――『魔封じの鈴』ですか？」

「ええ、旅先で魔族に遭遇するかもしれないから、サトゥーに預けた方がいいとラカさんが」

『サトゥー殿には不要かもしれぬが、魔族どもが無辜《むこ》の民に憑依《ひょうい》した時に、追い出す手段があった方がよかろう』

なるほど、確かに魔族リムーバーはあった方が便利だね。

迷宮都市周辺の魔族は掃討済みだし、しばらくは魔族達も手を出してこないだろう。

「ありがとうございます、カリナ様。ラカも気遣いありがとう」

オレは礼を言って鈴に手を伸ばす。

その手をカリナ嬢がぐいっと引っ張った。

「――え？」

頬《ほお》に柔らかな感触がする。

一瞬だったが、カリナ嬢がほっぺたにキスをしたらしい。

「ぎるてぃ！」

「ちょっと！　何しちゃってるのよ！」

鉄壁ペアがカリナ嬢を引き離す。

「こ、これは旅の安全を祈願しただけなのですわ」

カリナ嬢が顔を赤くして言い訳している。

「タマもして～？」

「ポチも安全祈願のチューをしてほしいのです」

タマとポチがカリナ嬢にせがむ。

「カリナ様、偉い！」

「いやー、カリナ様なら途中でへたれると思ったんすけどねぇ」

「ちょっとエリーナさん、急にやさぐれないでくださいよ。嫉妬《しっと》するくらいなら、子爵様にハグの一つもしたらどうですか？」

カリナ嬢の護衛メイドであるエリーナと新人ちゃんがそんな会話を交わす。

「ちょっと、ゼナっち！　ぼやぼやしてないで反対側のほっぺにキスしなきゃ！」

「そうだぜ！　今頑張らねぇと、脱落するぞ！」

「ちょっとあなた達……」

「――はい！」

同僚のリリオとルウさんに唆《けしか》けられたゼナさんが、意を決してオレの傍《そば》に駆け寄り、本当に反対側のほっぺたにキスしてくれた。

なんとなくゼナさんと見つめ合ってしまう。

「……旅の安全祈願です」

目を伏せたゼナさんが、カリナ嬢の言い訳をマネした。

勢いで行動して、今ごろ恥ずかしくなってしまったようだ。

「さあ、出発よ！　他《ほか》の子達が行動を起こす前に！」

「ん、急ぐ」

うがーっと吼《ほ》えたアリサが、御者役のルルに合図を出した。

オレの手を引っ張って馬車に乗り込んだミーアも、ルルに出発を促す。

「「「いってらっしゃーい、若様」」」

「「「旦那様、お気を付けて」」」

「「「マスターの旅に幸多からん事を！」」」

慌ただしい出発に、見送りに来てくれた人達が賑《にぎ》やかに見送ってくれる。

ゼナさんやカリナ嬢も他の人達に負けない声で「サトゥーさーん」「サトゥー」と叫んで手を振ってくれた。

オレ達はそんな人達に見えるように大きく手を振り返す。

たまには、こんな賑やかな旅立ちもいいものだ。

帰ってきた時は、美味《おい》しい異国の珍味と一緒にたっぷりと土産話をしよう。

荒れた領地

〝サトゥーです。立場が違えば考え方や求めるモノが違います。相手の立場で考える事で、自分に足りなかった事や相手が誤解している事を察し、相互理解への一歩を踏み出せる気がします。〟


「この辺なら迷宮都市からも峠の物見塔からも見えないかな？」

「うん、細い間道も近いし、いいんじゃないかしら？」

「――じゃあ、飛ぶよ」

オレ達は盆地を囲む山を越える途中で、馬車を収納してから空間魔法の「帰還転移《リターン》」を使って分岐都市ケルトン手前のポイントまでショートカットする。地上の旅を楽しむという方針だが、何度も通った道に真新しい事は少ないだろうし、ちょっと省略した。

分岐都市には寄らず、王家直轄領の中央街道を北に向かいゼッツ伯爵領、レッセウ伯爵領、カゲゥス伯爵領を抜けて、アリサとルルの故郷である旧クボォーク王国を併合したヨウォーク王国へと旅する予定だ。

「けっこう山奥なのね」

転移ポイントになっている半地下の建物から外に出たアリサが周囲を見回しながら呟《つぶや》いた。

「猟師さんと鉢合わせしても嫌だから、翼がないと来られない場所に転移用の刻印板を設置しているんだよ」

ここは山頂付近にあり、遠くに分岐都市が見下ろせる。

オレ達は本物の馬に偽装したゴーレム馬に分乗して山を下りる。山を下りる途中にお昼用の山鳥や緑葉猪《いのしし》を確保した。緑葉猪は臭みのない豚肉のような美味《うま》さらしい。

「山葡萄《やまぶどう》」

「すっぱ〜?」

ミーアが見つけた山葡萄をぱくりと口に入れたタマが、あまりのすっぱさに顔面を米印マークのように顰《しか》める。

「そっちの紫色のはダメなのです。こっちの赤いのは甘いのですよ」

「本当だ。さすがはポチね」

香りマイスターのポチが、鼻をすんすんさせて甘い山葡萄を選別してみせた。

旅を始めた頃《ころ》の棘《とげ》甘草でも発揮されたように、ポチの食いしん坊センサーは優秀なようだ。

「少しオヤツに摘んでいこう」

「はい！　余ったら干しぶどうにします」

皆《みんな》で山葡萄狩りを楽しみ、十分な量を採取できたところで移動を再開した。

乗馬で長距離を行くのはわりと疲れるので、振動対策に簡易空力機関を搭載した半浮遊馬車をストレージから出して馬に繋《つな》ぐ。馬車は六人乗りの箱馬車なので、二人は交代で護衛役をする為《ため》に乗馬だ。

「やっぱ、ゴーレム馬は速いわね」

アリサがゴーレム馬を褒める。

休憩いらずな上に、馬車を曳《ひ》いても通常の馬の二倍近い速さで走れるので、一日の旅程は五倍から十倍近い。

「ギーとダリーも負けていないのですよ」

「ういうい～」

ポチとタマが迷宮都市の屋敷に置いてきた馬車馬のギーとダリーを擁護した。

「マスター、街道上に疲労した人々が多いと告げます」

馬車に馬を寄せたナナが報告してきた。

彼女が言うように、痩《や》せてふらふらな人達が分岐都市方面を目指して歩いている。

どうやら、レッセウ伯爵領からの難民のようだ。

「ご主人様、怪我《けが》人や病人も多いようです」

反対側の窓からリザが教えてくれた。

街道沿いの木々の下で休憩する人々の中には、血が滲《にじ》んだ包帯や布を巻く人や具合の悪そうな顔をした者もいる。

「サトゥー」

ミーアや他の子達がオレを見る。

どうやら、皆も困っている人達を放置できないようだ。

「ちょっと早いけど、この辺で昼休憩にしようか」

オレは馬車を路肩に止め、ルルとリザに昼ご飯の支度を頼む。

もちろん、自分達の分だけではなく、満足な栄養を摂《と》れていない感じの人達に振る舞う分も含めてだ。さっき狩った緑葉猪や山鳥だけじゃ足りないので、大量ストックしてある魔物肉も追加する。

「ミーアは魔法で怪我人の治療を頼む。ナナはミーアの護衛だ。オレはアリサと一緒に病人の治療をする。ポチとタマは街道を走って、食事を振る舞うと宣伝してきてくれ。動けない病人や怪我人がいたら、運んできてほしい」

オレが指示すると仲間達が行動を始める。

タマとポチだけだと信じない者が多いかもしれないと考え直し、ナナに口上を頼んだ。

「街道を行く人々よ！　ムーノ伯爵家臣、ペンドラゴン子爵様が食事と治療をお与えになると告げます。希望する者は集まるようにと告知します」

ナナが大きな声で宣伝する。文言はアリサが考えたヤツだ。

明らかな売名行為だが、難民達が受け入れやすい理由を作る為だと言われて同意した。

「病気は魔法薬で治すの？」

アリサの問いに首肯する。

「何人かを除いたら、風邪か過労と栄養不足が原因の体調不良だから、手持ちの薬でいけると思う」

数名の例外も、希釈した万能薬で治せるだろう。

「娘の熱が下がらないんです」

「ばあちゃんの咳《せき》が止まらないんだあ。ばあちゃんを助けてけれ、若様」

「うちの息子の顔色が――」

そんな感じで訴える人達に、魔法薬を大盤振る舞いしていく。

「ご主人様、こんなにポンポン使って大丈夫なの？」

「ああ、これくらい問題ないよ」

迷宮都市の「蔦《つた》の館《やかた》」にある大型の錬成釜《がま》で色々な魔法薬を量産して、樽《たる》単位でストックしてあるので、この程度の放出は問題ない。

足りなくなったら、「蔦の館」に戻って再生産すればいい。一晩もあれば再補充できるだろう。

「ありがとうございます。娘の熱が下がりました。なんとお礼を言っていいのやら。大した物はありませんが、町で売ろうと作った草履が――」

「ありがとう、若様。ばあちゃんの咳が止まっただ。こんなに顔色のいいばあちゃんは村にいた頃以来だあ」

「息子が目を覚ました！　ありがとう、貴族様。ほんっとうにありがとう」

病気を治した子や親が口々に感謝する。なまりの有無は出身地によるようだ。

中にはなけなしの品をお礼にと差し出してきたが、それは気持ちだけ受け取って物品そのものは丁重に断った。

「母ちゃん、お腹《なか》減った」

「もうこの子ったら」

どうやら、元気になったら食欲が出てきたようだ。

「幼生体。こっちに炊き出しがあると告げます」

「皆さんも、どうぞ。精のつく物を食べて、旅の英気を養ってください」

戸惑う人達に、ナナやルルが炊き出しの具だくさんシチューが入った椀《わん》を配る。

「うめぇえぇ」

「美味しいね、母ちゃん。美味しいね」

「こんな美味いのは、収穫祭でも食べた事ねぇだよ」

人々が涙を流しながらシチューや肉串《にくぐし》を貪《むさぼ》る。

よっぽど粗食に耐えてきたのだろう。

「お代わりもたくさんありますから、落ち着いて食べてください」

「後で保存食も配りますから、今ある料理は全部食べてくださいね」

リザやルルが人々に言って回る。

調理用の乾燥魔法道具を作った後に、魔物肉で干し肉や干しクラーケンを大量に作ったので遠慮は無用だ。

特に干しクラーケンの材料である蛸型海魔《オクトパス・クラーケン》や烏賊型海魔《スキッド・クラーケン》は、どれも排水量一万トン超えの巨体なので水気を抜いても冗談みたいな量になった。正直、作りすぎたと反省している。

「貴族様はお情け深い方だなや。若様領主も、もう少し領民の事を考えてくれてたらなあ」

「そんなヤツだったら、おら達が村を捨てる事はなかっただよ」

「ムーノ伯爵領ってどこにあるんだ？　俺達もそこに移住しよう」

「んだ。税金が高くとも、情けのある領主様の方がええだよ」

ちょっと大げさな反応だけど、オレへの評価はともかく、人口が少なめのムーノ伯爵領への移住希望は双方にメリットがありそうだ。

「だども、ムーノ伯爵領なんて領地、聞いた事もないだよ。王都より向こうにあるだか？」

「ここからだと、丁度フジサン山脈の反対側ですね」

「お山の向こう！」

「そりゃあ、無理だあ。お山の向こうにゃぁ、竜やワイバーンしかいけねぇべ」

明るい顔になっていた人々の顔色が再び暗くなった。

確かに、王都やシガ王国西部からムーノ伯爵領への移民は大変そうだ。移民用の大型飛空艇を作って、それを使ってみようかな？

使い終わったら、エチゴヤ商会で貿易事業を始めるのもいいかもね。

今度、王都のエチゴヤ商会に寄った時にでも、支配人に話を振ってみよう。

「いい話なんて、そうそうないんだべなあ」

おっと、余計な事を考えているうちに、周りがお通夜みたいな雰囲気になってきた。

「ムーノ伯爵領は遠いですが、王都のエチゴヤ商会でも開拓村の移民を募っていますよ」

「開拓村かあ……。うちは祖父《じぃ》ちゃんが村さ開拓しただども、えらい大変で、食えるようになるまで冬のたびに人が死んでたって言ってただよ」

老人が祖父や親から何度も聞かされたであろう話を語る。

「大丈夫ですよ。エチゴヤ商会の移民募集は開拓済みの村ですから」

「開拓済みだか？　そんなに旨《うま》い話があるんだか？」

旨すぎる話だったせいか、人々に猜疑心《さいぎしん》が芽生えたようだ。

「ええ、エチゴヤ商会はシガ王国の勇者ナナシ様が作られた商会ですから、慈善事業も行っているんです」

「勇者様が！」

「それなら、きっと大丈夫だあ」

「んだ、んだ」

勇者のネームバリューは凄《すご》いね。

たぶん、サガ帝国の歴代勇者達のお陰だろう。

「おら、食っていけるなら、小作人からでもええだよ」

「これで希望を持って王都を目指せるだな」

「んだ。子供達に未来を残してやる事ができそうだあ」

難民の若者や老人達が希望に満ちた顔で言葉を交わす。

小作人じゃなく農地持ちの農民なんだけど、それをここで言っても信じてもらうのが大変そうなので、訂正しなかった。

こんな感じの施しや善行を続け、オレ達は予定より少し遅れて王家直轄領の北にあるゼッツ伯爵領へと辿《たど》り着《つ》いた。

この領地では難民の受け入れをしていないらしく、難民達は都市の外に留め置かれているようだ。

「ここでは炊き出しをやらないの？」

「ゼッツ伯爵に睨《にら》まれるのも嫌だし、都市内の神殿に寄付して、施しや治療は彼らに任せようと思う」

オレ達はそんな事を話しながらファウの街へと入る。

今日のお昼はヒカルやナナの姉妹達がアルバイトしていたという飯店だ。けっこう歴史のある飯店で、建国の頃からあるらしい。王祖ヤマトが好んだという焼き飯が名物との事で、小さく刻んだ蜜柑《みかん》の皮が入っている。焼き豚ではなく、小さな山羊《やぎ》のモツがその代わりをしているようだ。

オレ達は焼き飯定食を頼んだので、焼いた川魚や茹《ゆ》で野菜が添えられていた。

オレの知るチャーハンとは違ったが、なかなか美味かった。川魚の白身がよく合うし、卵が絡んだご飯もパラパラしていて食感が良く、刻んだ蜜柑の皮がモツの臭みを消していて後味がさっぱりしていた。

満腹になったところで、ファウの街の市場を散策する。

「蜜柑」

ミーアが蜜柑を満載した荷馬車を見てオレの袖《そで》をクイクイと引っ張る。

「ゼッツ伯爵領の蜜柑は美味《おい》しいらしいから、滞在中にたくさん買っておこう」

「ん、賛成」

普通の蜜柑に加え、はっさくのような大きなものも何種類かあるようだ。

「蜜柑以外には特徴のない街ね」

「建物は王都とは少し違う感じだね」

ここは森林が豊かなせいか、平屋や二階建ての木造建築が多い。

そんな風にファウの街を眺めながら歩いていると、通りの向こうで何やら騒ぎが起こった。

「盗人《ぬすびと》だ！　捕まえてくれ！」

拳《こぶし》を振り上げる露店主の方から人混《ひとご》みを縫うように駆けてくるのは、不健康に痩せた少年だ。

露店主との距離は離れる一方だが、少年の逃亡が成功する事はなさそうだ。

「捕まえたぞ、このガキ！」

焼き鳥の屋台前でサボっていた衛兵が、持っていた槍《やり》の柄で少年の足を引っかけて転ばせ、立ち上がる前に足で踏んづけて取り押さえた。

「貧民街のガキなんか街の外に追い出しちまえ！」

「そうだ、そうだ！」

追いついた露店主や周りの露店主が、少年に罵声《ばせい》を浴びせる。

「ま、街の外は嫌だ！」

少年が青い顔で訴える。

「追放が嫌なら、奴隷落ちだぞ！」

「あんな場所に行って野垂れ死にするくらいなら、奴隷の方がマシだ」

街の外はそんなに酷《ひど》いのか……。

「ご主人様、いつものお節介はしないの？」

「不当に暴力を振るわれているわけでもないし——お節介は彼が罰を受けた後にするよ」

衛兵に連行されていく少年を眺めながらアリサに答える。

オレ達は街の神殿を回って寄付を行い、難民や貧民街への炊き出しや治療に快く応じてくれた神殿には、大量の食材や各種魔法薬を寄贈した。

驚いた事に、幾つかの神殿はその足で炊き出しを始めてくれた。寄付額が多かったからか、神殿の人達も以前から難民や貧民街の事を気に掛けていたからか、それは分からないが、善行のフットワークが軽いのは良い事だ。

「養護院はあるのよね？」

「どこも手狭みたいだよ」

神殿の多くには養護院が併設されていたが、どこも規模が小さくて、収容しきれない子供達が浮浪児となってしまい、中には先ほどの少年のように犯罪に手を染める者もいるそうだ。

「仕事自体はあるのかしら？」

「神殿長さんの話だと、貧民街の口入れ屋が日雇い仕事を斡旋《あっせん》しているみたいだよ」

もっとも、その仕事が足りていないようだ。

「何か仕事が作れたらいいんだけど……」

「ご主人様、蜜柑のドライフルーツとかどうでしょう？」

アリサの呟《つぶや》きに頭を悩ませていると、ルルがそんな提案をしてくれた。

「ドライフルーツか……。誰《だれ》かがやっていないかな？」

「さっき市場を見た限りでは、普通の蜜柑ばかりでドライフルーツにしたものは見当たりませんでした」

単にこの季節は採れたての蜜柑があるからかもしれないけれど、ドライフルーツなら保存も利くし、何より軽い。迷宮都市や貿易都市に持ち込めば探索者や船乗りに大量に売れそうだ。

「乾燥用の魔法道具があれば誰でも作れそうかな？」

「そんな高価な物を与えても、悪い大人が盗んじゃうんじゃない？」

「それもそうだな……」

周囲を見回したオレの視界に、エチゴヤ商会の看板が目に入った。

そういえばシガ王国の都市や街で、支社の設立準備を進めさせていたっけ。

「仕入れや販売もあるし、エチゴヤ商会を巻き込むとしよう」

「なるほど、面倒は人に丸投げするのね」

人聞きの悪い。商会で新しい事業を始めるだけだよ。

「――ドライフルーツ工場ですか？」

「うむ、ゼッツ伯爵領では蜜柑が豊作のようだ。探索者や船乗り向けに良かろう？」

オレは夜中のうちに、エチゴヤ商会の王都本社を訪れ、エルテリーナ支配人や秘書のティファリーザに、ゼッツ伯爵領でのドライフルーツ事業のスタートを提案した。

乾燥用の魔法道具は干し肉や干しクラーケン量産の為《ため》に作った事があったので、それを安価に作れるように再設計した設計図と製品見本数個をエチゴヤ商会に提供する。

「明日にでも、設計図と見本を契約している魔法道具職人に渡して見積もりを取ります」

「クロ様、どこかで試験運用をして採算がとれるか確認するべきだと思います」

ティファリーザが良い提案をしてくれたので、王都から一番近くにあって蜜柑の産地でもあるファウの街で試験運用を始めるように指示しておいた。

「ファウの街ですね。丁度、支社の建物を確保できたと報告がありましたから、開店準備担当者にドライフルーツ工場の試験運用を指示しておきます」

本格運用は一月くらい後になると思うが、開店準備担当者には貧民街の雇用拡大の為に奮闘してほしいと思う。

貧民街はこれで良し。

さらに急ぎの案件ではないと前置きした後に、大型飛空艇を用いた移民事業を考えている事を二人に伝えた。二人には問題点の洗い出しや関係各所への根回しなんかを任せたい。使い終わった大型飛空艇は貿易に使う事も提案してある。

ちょっと二人の顔が引きつっていた気がするが、きっと気のせいだろう。

王都からファウの街に戻ったオレは、クロの姿のまま、街の外で生活する難民達の下へと向かった。

難民キャンプには焚《た》き火《び》や篝火《かがりび》もなく、真っ暗な場所に簡素なテントが並んでおり、その下で難民達が肩を寄せ合って眠っている。

「止まれ！　この先になんの用だ！」

テントの陰から、棒を持った男達が現れた。

痩《や》せ細《ほそ》っていたが、農作業で鍛えたらしき筋肉は健在のようだ。

「我は商人だ。貴様らに売りたいモノがあってやってきた」

「ハンッ、なんの冗談だ？　俺達は見ての通り、街に入る金さえない貧乏人ばかりだ。女達も病や過労で身体《からだ》を売る事もできない有様さ。そんな俺達に何を売るって？」

「希望と未来だ」

街道で助けた難民達が言っていた言葉だが、ちょっと気に入ったので使ってみた。

「希望だと？　ここには絶望しかない！　未来だと？　ここには明日さえ来るかどうか分からないような病人や半死人ばかりだ！」

男の一人がキレ気味に叫ぶ。

声が大きかったからか、テントで眠る人達が身を起こして、こちらを覗《うかが》っている。

神殿の炊き出しが行われたからか、少しは血色が良くなっているようだ。

「王都に行け。王都のエチゴヤ商会がお前達の希望だ。そこで開拓村の移民募集に乗るがいい。開拓村での生活がお前達の未来だ」

オレは説得スキルを意識しつつ、男とその背後にいる難民達に向けて演説する。

「仮面の兄さん。俺の曾祖父《ひいじい》さんはレッセウ伯爵領で開拓をして村を作った。俺はその時代を知らないが、曾祖父さんから開拓にまつわる壮絶な話を幾つも聞いて育った。山や森を切り開いて村を作るのは地獄だ。仕事が大変なだけじゃない。作物が育つようになるまで何年もろくに食う物もなく、冬のたびに子供や年寄りが餓《う》えや寒さで死んでいくんだ」

街道で助けた老人も同じような事を言っていたっけ。

魔法なしの開拓は想像以上にヘビーらしい。

「その心配はない。村は開拓済みだ。あとは畑を耕す人間を送り込むだけでいい」

「そんな絵空事が信じられるか！」

「そうだ、そうだ！」

まあ、信じられないよね。

今回は炊き出しや病気の治療というステップを踏んでいないので、勇者のネームバリューだけじゃ信じてもらえない気がする。

「なら、信じさせてやろう」

オレは周囲を見回し、難民キャンプにほど近い岩や樹木がある場所を指し示す。

「あそこがいい。実演してやろう」

男達を引き連れて向かうと、難民達も寝床から起き上がってついてきた。

信じられない絵空事と言いながらも、心のどこかでオレの話を信じたいのだろう。

手頃《てごろ》な場所で足を止め、魔法で光源を出して暗闇《くらやみ》を払拭《ふっしょく》する。

「《耕作》」

オレは石製構造物《ストーン・オブジェクト》で作った大きな魔法宝石を掲げ、小声で詠唱のまねごとをする。

手頃なタイミングでメニューの魔法欄から土魔法の「農地耕作《カルティベーション》」を使う。

範囲を二〇メートル四方に設定して実行してみた。

「「「おぉおおおおおお」」」

男達が漏らしたどよめきが、難民達の間に広がっていく。

「は、畑ができた?!」

「岩や木まで畑に変わったぞ！」

「そんな馬鹿《ばか》な事があるか！　これは幻覚だ！　あいつは魔法で俺達を騙《だま》しているんだ！」

疑い深いヤツがいる。

「触って確かめてみればいい」

「ああ、触ってやる！　俺は絶対に騙されないぞ！」

肩を怒らせた男が畑になった場所に手を突っ込む。

土を掌《てのひら》に取った男が「柔らけぇ、しかも肥えたいい土だ」と呟くのが聞こえた。

その声が聞こえたのか、他《ほか》の男達や難民達が次々に畑になった場所に行って同じように土を触りだした。人々は興奮した様子で言葉を交わし、未《いま》だに半信半疑な人達に土を触ってみろと誘っている。

やがて大多数が納得したところで、さっきの男を先頭に難民達がやってきた。

全員がオレの前で平伏する。

「俺が悪かった。あんたを詐欺師呼ばわりしたのは俺とこの二人だけだ。後のヤツらは関係ねぇ。だから、罰するのは俺達だけにしてくれ。後ろのヤツらはあんたが言う開拓地へ連れていってやってほしい。――この通りだ！」

言葉の最後で、男達三人は地面に額を打ち付けるほど頭を下げた。

「お前達を罰する気はない。信じられない話なのは承知している」

オレはそう前置きしてから、全員を開拓村で受け入れる用意がある事を告げ、王都までの旅に必要な保存食や道具が入った背嚢《はいのう》をプレゼントする。身バレしないように、サトゥーとして配った物とはラインナップを変えておいた。

ついでに老人や子供の運搬用に荷車数台と、「石製構造物」と「地従者作製《クリエート・アース・サーバント》」の魔法で作った牛ゴーレム数頭を用意する。護衛用の石狼《せきろう》も追加しておこう。

「お、おいらも連れていってくれ！」

そう言ってオレの前に飛び出してきたのは、昼間見かけた貧民街の少年だ。衛兵は宣言通り彼を街の外に追放したらしい。

「良かろう。真面目《まじめ》に働く気があるなら受け入れてやろう」

農業は大変だけど、少年には頑張ってほしい。

「この手紙を王都のエチゴヤ商会に届けろ。王都の門や関所で止められたら、こちらの書面を見せればいい」

支配人宛《あ》ての手紙とエチゴヤ商会が彼らの後見を務めるという書類を渡す。

ついでに、王都に向かう途中に出会った難民達も、彼らの判断でメンバーに加えていいと言っておいた。

「困難な道だが弱者を脱落させる事なく、王都へ連れていけ」

転移でパパッと送らないのはわけがある。

人は簡単に「与えられた」モノよりも、苦労して「勝ち取った」モノの方が価値があると思うものだからね。

「分かった——いや、分かりました。このモーテの命に懸けて、必ずや皆を王都へと導きます。そして、開拓村で粉骨砕身働いて、クロ様にご恩を返します」

男の名前を初めて聞いたけど、なんだか海を割りそうな感じだ。

「うむ、期待しているぞ」

オレは再び平伏する彼らを残し、仲間達の下へと帰還転移した。

>称号「希望をもたらす者」を得た。

>称号「フォーチュンテラー」を得た。
>称号「予言者」を得た。

占い師になった覚えはないのだが、称号システムが変なのは今に始まった事ではないので、軽くスルーしよう。

◆

翌朝、街を発《た》つ時に難民キャンプを確認したが、既に人々の姿はなくなっていた。

きっと今ごろは、希望に満ちた未来の為に王都を目指している事だろう。


「ようやく領都ね」

ゼッツ伯爵領の領都でも、都市の外は難民で溢《あふ》れていた。

オレ達は最初に訪れたファウの街以降、ほとんどの街や都市で同じような人助けを繰り返している。難民達が抱えている問題は共通しているものも多かったので、それまでの事例を参考に仲間達にも手伝ってもらった。

「没個性」

「イエス・ミーア。他の街や都市ほど地方色が豊かではないと告げます」

「お店の料理は王都風みたいですね」

「肉類が少ないですが、建物は立派ですよ。平屋の建物がほとんどありません」

建築技術こそ、領内で一番な感じだけど、そこ以外に特色がないのは同感だ。

「ここも名産は蜜柑《みかん》だけなのかしら？」

「ゼッツ伯爵領は癖のないワインでも有名だから、葡萄《ぶどう》も育てていると思うよ」

ここのワインは特別美味《おい》しいわけじゃないけど、飲みやすい初心者向けワインなので、酒問屋を訪れて気に入ったモノを樽《たる》買いして回る。

そんな少し派手な行動が人の耳目を集めてしまったのか、買い物を終えて宿に戻ると領主のゼッツ伯爵から晩餐《ばんさん》への招待状が届けられていた。

「あまり時間がないか……」

急な招待だと、手土産を用意する時間がなくて困る。

上級貴族向けの宝飾品や美術品を適当にチョイスし、それだけだと面白みがないので、旅の間にルルと一緒に開発した蜜柑スイーツの中から、貴族向けの何品かを選んでみた。残りの大多数はレシピと一緒にエチゴヤ商会へ提供予定だ。


「ようこそペンドラゴン子爵」

ゼッツ伯爵領の領主は小柄な男性だ。

「なんだ、子供じゃないか。竜退者でミスリルの探索者というから、どんな勇猛な大男かと期待したのに」

そんな風にオレを評したのは、ゼッツ伯爵の三女さんだ。

一七歳とは思えないほど大人びた人で、プロレスラーのような立派な体格をしている。

「失礼だぞ、ホォールナ！　彼は鎧《よろい》も着けず、巨大なワイバーンに挑む素晴らしき剣士だ。ペンドラゴン卿《きょう》、娘の非礼をお詫《わ》びします」

娘さんとよく似た領主夫人が、ムキムキな腕で娘の頭を強引に下げさせながら、自分も一緒にオレに頭を下げた。

どうやら、彼女はゼッツ伯爵と共に年末の魔禍払いの儀式に参加していて、オレがシガ八剣のリュオナ女史と一緒に邪王飛竜《カオス・ワイバーン》を倒したのを見ていたようだ。

一悶着《ひともんちやく》あった訪問だったが、オレが持ち込んだ蜜柑スイーツは好評をもって受け入れられ、夫人の懇願に負けて蜜柑スイーツのレシピを幾つか伝授した。

ゼッツ伯爵は奥方にベタ惚《ぼ》れらしく、彼女の口添えもあって、レシピの対価にゼッツ伯爵領を旅する難民達の援助を約束してもらえた。これで、オレが去った後でも移動に難儀する人達が減る事だろう。

◆

「なんていうか、この寂れ具合は昔のムーノ領を思い出すわね」

「まあ、あれだけ住民が流出していたらそうなるだろう」

ゼッツ伯爵領を抜けた先にあったレッセウ伯爵領は、アリサが言うようにかつてのムーノ領を思わせる。寂れ具合といい、肌寒さといいそっくりだ。後者は気候調整に割り振られた都市核《シティ・コア》の力が少ないのだろう。

廃村や置いてけぼりにされた老人ばかりの限界集落を何度も見かけたし、食い詰めて盗賊になる者も少なくないようだった。

ここまでは王国軍が通過した事もあって、噂《うわさ》だけで盗賊そのものは見た事がなかったのだが――。

「金目の物を置いていけ！」

「食い物もだ！」

「お、女も置いていけなんだな！」

行く手に数本の矢が刺さったと思ったら、ボロボロの革鎧を着た男達が剣や槍《やり》を手に道を塞《ふさ》いだ。

前方に六人、後方に五人だ。

『テンプレな盗賊ね』

アリサが「戦術輪話《タクティカル・トーク》」で仲間達を結ぶ。

『弓持ちは二時と十時の方向に三人ずつ、八時の方向にも二人潜んでいる。左右の草むらには伏兵が五人ずつ隠れているから注意して』

『マスター、伏兵は投網を構えていると報告します』

オレがマップ情報を仲間に伝えると、理術で藪《やぶ》を透視していたナナが情報を付け加えてくれた。

『左側』

ミーアが口元を袖《そで》で隠し、小声で「急膨張《バルーン》」の魔法詠唱を始める。

左側の伏兵を担当してくれるようだ。

『右側の投網は私が防ぐと告げます』

『なら、矢はわたしが防ぐわ』

『それじゃ、前方の射手は私が』

『後ろの射手はタマ〜？』

『ポチは前の敵をジュウリンするのです！』

『では私は後方の敵を』

仲間達が速やかに盗賊退治の役割分担をする。

『皆、この盗賊はかなり弱いから手加減を忘れないようにね』

念の為《ため》、釘《くぎ》を刺しておこう。

ポチとタマが腕力抑制ブレスレットを操作し、武器も「柔　打《ソフト・スタン》」を発動した木魔剣《もくまけん》に変更する。

「おいおいビビっちまってるぜ？」

「ぎゃははは、かわいがってやるんだな」

盗賊の一人が伏兵に合図するのが見えた。

『来るよ』

オレの言葉とほぼ同時に、ミーアの「急膨張」が発動して左側の盗賊達が吹き飛ぶ。

「くそっ！　バレてるぞ！」

右側の盗賊達が投網を投げたが、それは全《すべ》てナナが作り出した「自《フレキシブル・シールド》在盾」が受け止め、そのまま勢いを緩めず襲ってきた自在盾のシールド・バッシュで一網打尽にされた。

「射手！　魔法使いを殺せ！」

「——させないっての」

飛んできた矢をアリサの「隔絶壁《デラシネーター》」が受け止める。

その射手達も——。

「えい、えい！」

「しゅばばばばっ」

ルルが両手に持った拳銃《けんじゅう》サイズの魔法銃で前方の樹上に潜む射手達を、後方の茂みに潜む射手達はタマが妖精鞄《ようせいかばん》から次々と補充する石つぶてを喰《く》らって排除された。

「成敗」

「なのです！」

前後の敵をリザとポチが叩《たた》きのめす。

「むっ」

腕輪プラス柔打木魔剣のポチはともかく、リザの手加減は少し足りなかったようで、盗賊が思ったよりも重傷を負ってしまったようだ。

相手は盗賊だし気にする必要はないのだが、荒廃した領内の事情を考えると、多少なりとも情状の酌量の余地がある。魔法薬で後遺症が残らない程度の治療はしておいてやろう。

「ご主人様、お手数をお掛けして申し訳ございません」

「大した手間じゃないから気にしなくていいよ。それより、盗賊達の後始末を先にしよう」

盗賊達は武器防具を取り上げて近くの樹木から吊《つる》し、近くの砦《とりで》に盗賊達を引き取りに来るよう伝《でん》書鳩《しょばと》で手紙を出しておいた。「伝書鳩召喚《サモン・ピジョン》」は意外に使える魔法かもしれない。

これで盗賊の後始末は終わりでいいだろう。

オレ達は騎乗し、旅路に戻る。

「――そうだ。リザ、ナナ、次の戦闘で手加減が必要なら、これを使って」

リザとナナにもタマやポチが使っていた旧型のパワーセーブ腕輪を渡しておく。

「お揃《そろ》い～？」

「ぺあるっく、なのです！」

四人だからペアじゃないけど、ポチの言いたい事は伝わったようなので、細かなツッコミをするのは止《や》めておく。

「わたしもミーアみたいに対人制圧魔法が欲しいわね」

「空間魔法なら空気を圧縮して吹き飛ばすのはどうだ？」

「いいわね。それなら既存の魔法でなんとかなりそう」

アリサがそう言って、空間魔法を使ってバシュバシュと音を立てる。

既に盗賊達を吊した場所からそれなりに離れていて街道にも人影がなく、しばらくは誰《だれ》かに見られる事もないので好きにさせた。

「――できた！」

アリサが突き出した手の先に空間魔法で急圧縮した空気を生み出し、近くの木に叩き付ける。

メキメキと人の腰くらいの太さがある木が折れた。

「威力が高すぎると評価します」

「ちょっと失敗しただけよ。実用にはもうちょっと練習が必要ね」

アリサが木に向けて練習する。

その横では獣娘達やナナも手加減の練習を始めた。

「ご主人様、風杖《かぜづえ》の威力が低いのってありますか？」

練習を眺めていると、ルルがおずおずと尋ねてきた。彼女も非殺傷用の武器が欲しいらしい。

風杖は火杖《ひづえ》よりも殺傷力が低いけど、それでも一般人なら全身打撲で重傷になってしまうし、打ち所が悪ければ普通に死んでしまう。

オレはストレージから取り出した短杖《たんじょう》に、針のようにした魔刃で先端に細長い穴を空け、その底に風石《かぜいし》を嵌《は》めてみる。

収束回路はないけれど、杖に魔力を流したら風が吹き出すはずだ。

「これでどう？」

ルルが試すと風が出るもののすぐに拡散してしまい、対人制圧できるほどの威力はなかった。

穴を螺旋《らせん》状にしたり、風石にルーンを刻んだりして調整するといい感じになった。

「あわわ、なのです」

調整時に削った風石の粉をつんつんしていたポチが、うっかりと魔力を流して発生した突風に押されてころんと転がっていた。

「にゅ〜？」

タマが粉を掌《てのひら》に載せて何か考え込んでいる。

「にょわわ〜」

魔力を流しては風が起こるのを試した後、自分の服やポチの服をパタパタさせて喜んでいた。

「風遁《ふうとん》の術〜？」

タマが風石の粉でナナやルルのスカートをはためかせる。

「きゃっ、タマちゃん！　イタズラをする子はオヤツ抜きよ」

「ごめんなさい〜」

スカートを押さえたルルがタマを叱《しか》る。

「あはは、それは風遁じゃなくて神風ね」

アリサが丸っこい忍者が出てくる名作漫画の術名を出して笑う。

「火石《ひいし》で火遁もできそうね」

「やってみたい〜」

「ポチもやってみたいのです！」

子供だけで火を扱うのは危なそうなので、オレがタマとポチの横について練習させてみる。

「カトンボの術～？」

的用のゴーレムにタマが火石の粉を使った火遁の術を使う。

「ポチもカトンボの術なので――あわわわわ」

案の定、ポチが火石の粉で火達磨《ひだるま》になりかけたが、ユニット配置で即座に引き寄せて事なきを得た。

「――なのです。ポチはお侍さんだから、忍術は向いていないのです」

よほど怖かったのか、ポチは居合い抜刀の練習を始めてしまった。

オレも対人制圧の手段を増やした方がいいかな？

臭気空間《スメル・フィールド》も加減を間違えたら人を殺してしまうし、あらかじめ防毒マスクをしていないと味方までダメージを負ってしまう為、使い勝手が悪い。暴徒の拠点制圧には使えそうだが、咄嗟《とっさ》に使うのは向いていない。

――そうだ。

新しい風魔法の「落気槌《フォールン・ハンマー》」は空飛ぶワイバーンさえ叩き落とす魔法なので人に使ったらバラバラになってしまう事が予想されるが、もう一つの「乱気流《タービュランス》」なら気流を乱すだけだから、面倒なロックオンなしに対人制圧をできるかもしれない。

「ちょっと試してみるか――」

皆《みんな》が試している森とは反対側に向けて、魔法欄から「乱気流」を使用する。

魔力を最小限まで絞って放ったから威力は控えめ――。

メキメキメキと音を立てて森の木々が揺れたと思ったら、バキバキという音に変わって、一抱えもあるような木が根っこから抜けるほどの嵐《あらし》に発展してしまった。

オレは素早く魔法を中断し、風魔法の「密談空間《シークレット・フィールド》」や「気壁《エア・クッション》」で乱気流の影響を抑え込む。

「ちょ、ちょっと！　何やってるのよ、ご主人様！」

「対人制圧に使えないかと思って、少し試したんだが……」

眼前に広がる大型台風が通過した後のような光景に冷や汗が流れる。

「これをさっきの盗賊に使ったら、死屍《しし》累々ね」

「そうだな……」

気流を乱すだけだから大丈夫だと思ったのだが、風系の攻撃魔法並みの威力が出てしまった。

やっぱり、対人制圧用は威力固定のオリジナル呪文《じゅもん》を巻物化するしかないようだ。これからも対人制圧には「誘導気絶弾《リモート・スタン》」を使っておこう。ターゲットをロックオンする時間が気になるけど、無差別に制圧するような事はそうそうないだろうしね。

オレは反省も篭《こ》めて、「理力の手《マジック・ハンド》」で森の破壊痕《あと》をなるべく原状復帰する。偽装スキルも併用したので、街道からはそんなに目立たなくなった。

その頃《ころ》には街道に人影が見え始めたので、手加減練習から逸《そ》れた仲間達の訓練を中断して、旅路に戻った。

「道中で耳にしたほど魔物が出ませんね」

騎乗したリザが周囲を見回す。

「それはビスタール公爵領への遠征軍の仕事だよ」

王国会議で決められた通り、王国軍は道中の魔物を掃討する任務を全うしたらしい。

主街道から外れた場所は放置のようだったので、オレ達が夜営するたびに閃駆《せんく》で村々を回って、「誘導矢《リモート・アロー》」の乱れ撃ちでおおよその魔物は討伐してある。

なぜか途中にあった領都の奪還は終了していなかった。レッセウ伯爵領の軍隊が領都内の魔物を一生懸命討伐していたので、彼らの名誉を尊重して手を出していない。

近くの村落で聞いた話だと、王国軍が領都の魔物掃討を申し出てくれたにも拘《かか》わらず、領主サイドが領軍だけでの奪還を強硬に主張した結果らしい。

そんな事を思い出しながら馬を進めていると、併走していたタマとポチが前方を指さした。

「きらきら～？」

「ご主人様、山の向こうにキラキラしたのがいるのです！」

「もう追いついたみたいだね。心配いらないよ。それはビスタール公爵領へと向かう王国軍だ」

山越えする王国軍の槍《やり》や鎧《よろい》が光を反射しているのだろう。

身体《からだ》が温まるお鍋《なべ》のお昼ご飯を終えたオレ達は、王国軍に追いつく前に馬車を収納し、五頭のゴーレム馬に分乗して王国軍の隊列を追う。

「サトゥー」

「マスター、前方から軍使が来ると告げます」

前方の偵察に出ていたミーアとナナが報告してくれた。

まあ、王国軍の隊列に高速で近付く複数の騎馬がいたら警戒するよね。

「それがしは王国軍、聖騎士団第八中隊所属バウエン――リザ殿！」

軍使が名乗りの途中で、リザの名を呼んだ。

たぶん、聖騎士団の駐屯地を訪問した時に出会った人だろう。

「リザの知り合いかい？」

「はい、王都で何度か手合わせした方で――」

「そちらの少年が『傷知らず』殿でござるか！　それがしは『風刃』のバウエン・ガンリウ――サガ帝国辺境の生まれだが、貴公と同じシガ八剣候補の一人でござる」

バウエン氏の「ござる」言葉にアリサが反応していたが、話がややこしくなりそうなのでスルーする。

彼の名前は元シガ八剣の「剛剣」ゴウエン・ロイタール氏と名前が似ていて紛らわしいが、筋肉質なゴウエン氏と異なり、バウエン氏はスレンダーな感じの剣士だ。背負っているのは大剣ではなく、反りのある長刀らしい。

たぶん、迷宮都市の探索者学校で教師をしてくれているジィ・ゲイン流のカジロ氏と同様に、サガ帝国のサムライなのだろう。

「初めまして、バウエン殿。あなたもビスタール公爵領への遠征ですか？」

「そうでござる。とはいえ、聖騎士団は街道沿いの魔物狩りが主な仕事でござるよ。賊軍に勇猛な騎士や優れた魔物使いがいるそうでござるから、その相手もするのかもしれんでござる」

バウエン氏の所属する聖騎士団第八中隊は、シガ八剣末席の「草刈り」リュオナ女史が隊長を務めているようだ。

「今回の遠征は拙者達、シガ八剣候補の最終選別を兼ねているそうでござるから、できるだけ手強《てごわ》い相手が出てほしいものでござる。やはり、貴殿らも最終選別に参加する為《ため》に？」

笑顔で問いかけてくるが、目は笑っていない。わりと真剣な感じだ。

「いいえ、私もリザもシガ八剣候補を辞退しています。目的地もビスタール公爵領ではなく、カゲゥス伯爵領の向こうにある中央小国群ですから」

「そうでござるか……。それがしの『風刃』を初見で破ったリザ殿と雌雄を決する事ができないのは残念でござるが、それはまたの機会で――」

きっぱりと否定すると、ようやくバウエン氏の笑顔が本物になった。

観光副大臣のメダリオンを見せたのも効いているようだ。オレが武官ではなく文官としての栄達を望んでいると解釈したのだろう。

バウエン氏と会話しつつ馬を進め、山頂付近で王国軍の隊列に追いつく。

「マスター、軍列の途中に民間人らしき馬車があると指摘します」

「ああ、あれは行軍に便乗した商人達でござる」

軍隊と一緒なら、道中の魔物や盗賊を恐れないで済むしね。

バウエン氏の話では行軍の邪魔をしないという条件で黙認されているとの事だ。

街道は軍列で埋まっていたので、オレ達は路肩の草の上を騎馬で駆け抜ける。

なぜか、バウエン氏が原隊に復帰した後、小隊長の許可を得てオレ達に付いてきてしまった。

「せっかくなので、本陣にいるビスタール閣下や将軍達に紹介するでござるよ」

――いえ、結構です。

余計なお世話と言いたいところだが、上級貴族になってしまった今ではビスタール公爵や将軍達の近くを挨拶《あいさつ》もなしに通り過ぎるのは不敬にあたる。

オレ達は仕方なく、バウエン氏と本陣へ向かう。

唯一の救いは、彼らも行軍中なので短時間の面会で済む事だろう。

「よく来たなペンドラゴン子爵。やはり参陣して手柄を立てたくなったのか?」

「ビスタール閣下におかれましては戦場においても、ますますご隆昌《りゅうしょう》の事と拝察いたします。今の小官は陛下より賜りし観光副大臣の職務を遂行中ゆえ、閣下の軍列に参陣する事が叶《かな》わぬ事をお許しください」

宮廷作法の口上を思い出しながら、遠回しに「他《ほか》の仕事があるから参戦しないよ」とビスタール公爵に告げた。

「ふん、栄誉あるシガ八剣の道よりも、宰相に尻尾《しっぽ》を振る道を選んだか――モサッド男爵、貴様の目は節穴だったようだぞ」

ビスタール公爵の近くに控えていたシガ八剣候補の「紅の貴公子」ジェリル・モサッド男爵が

「御意」と短く告げて頭を下げた。

ここを訪れた当初は、彼や他のシガ八剣候補達からライバル視されたのだが、さっきの説明を聞いて「風刃」バウエン氏と同様に安堵《あんど》してくれたようだ。

オレが自分の利益にならないと悟ったビスタール公爵が、「挨拶ご苦労、下がってよいぞ」と告げて退出を許してくれた。人間性はともかく、彼の判断が速いところは嫌いじゃない。

「サトゥー！　戦友のあたしに挨拶一つしないで行くなんて水くさいじゃないか」

シックスパックに割れた腹筋を見せびらかしながら現れたのは、シガ八剣の「草刈り」リュオナ女史だ。彼女のトレードマークである大きな戦鎌《ウォー・サイス》を肩に乗せている。

戦友云々《うんぬん》というのは、魔禍払いの儀式に乱入してきた邪王飛竜を一緒に倒した事を言っているのだろう。

「公爵から聞いたが、お前が参陣しないってのは本当かい？」

「ええ、事実です」

リュオナ女史がガバッと肩を組んできた。

「一緒に来ないか？　今度はとびっきりの化け物が相手だよ？」

「とびっきりの化け物？」

「ああ、城塞《じょうさい》都市を落とした二つの騎士団を、たった一匹で壊滅させたヤツだ」

王都で反乱鎮圧軍が壊滅したとは聞いていたが、たった一匹の相手によって壊滅させられたとは知らなかった。

情報提供は嬉《うれ》しいが、軍事機密を簡単に話すのは止《や》めてほしい。

「上級魔族ですか？」

もしそうなら、勇者ナナシとして急行して殲滅《せんめつ》してこないと。

「そいつは調査中だ。従軍神官や従軍巫女《みこ》の話だと、魔族の可能性は低いそうだぜ」

リュオナ女史が魔族説を否定した。

「他に二つの騎士団を壊滅させるような相手というと――」

「――竜《ドラゴン》だ。あたしの予想する敵は竜だよ」

「成竜ですか？」

「ばーか。そこまでのバケモンだったら、ジュレバーグの旦那《だんな》やレイラスが出張ってくるさ。人間の軍隊を相手に暴れるなんてぇのは若い下級竜だろうけど、絶対に戦い甲斐《がい》があるぜぇ」

リュオナ女史が怪しい笑顔で舌なめずりする。バトルジャンキー全開な顔だ。ここにリザ達を連れてこなくて良かった。こんな話を聞いたら戦いたがってしまうに違いない。

「それは良かったですね。ご武運を遠い空の下でお祈りしております」

「なんでぇー、本当に来ないのかよ。お前が手伝ってくれたら、デカワイバーンの時みたいに楽しく戦えるんだがなー」

一身上の都合で、竜とは殺し合いをしたくないのですよ。

まあ、被害状況がセーリュー市を襲った下級竜と違いすぎるから、きっと下級竜じゃなくてヒュドラあたりの亜竜だろうけどさ。

「私が手伝わなくても、シガ八剣候補の皆さんがいるじゃないですか」

「あー、あいつらか。ジェリルとバウエン以外はどんぐりの背比べなんだよなー」

そう言いながらも、「しゃーねーか」と納得してくれた。

壊滅した騎士団の規模や被害状況から考えて、対象はレベル四五からレベル五〇くらいとの事だ。それ以上のレベルなら、周辺領地で過去に目撃例があるはずらしい。

リュオナ女史もレベル四八だし、シガ八剣候補の半数がレベル四〇代後半なので、レベル五〇前後の下級竜相手でも一方的に虐殺される事はないだろう。

オレ達は王国軍と別れ、南北に長いレッセウ伯爵領を進み、仮の領都となっているセウス市へと辿《たど》り着《つ》いた。

◆

「うわー、なんだか戦争映画の敗戦国の都市って感じ」

アリサが失礼な表現を口にしたが、オレ達が訪れたセウス市はまさにそんな印象の都市だった。

品物が少なく、活気のない市場。治安が悪く、スリや物取りが多い。たまに通りを歩く人達も、生気のない沈んだ目をしている。裏通りには浮浪児が座り込み、噂《うわさ》では違法な人買いや人攫《さら》いが横行しているそうだ。

エチゴヤ商会の支社はあるが開店休業中状態らしい。

倒産した工場や用地は多いのに、地元の商会による妨害で手に入らないそうだ。

「ちょっと骨を折ってみるかな？」

せっかく来ているので、セウス市の城にいるレッセウ伯爵を訪問する事にした。

取り次ぎに少なくない賄賂《わいろ》を要求されたが、賄賂さえ渡せば速やかに行動してくれたので、その日の晩には領主主催の舞踏会に参加する事ができた。

「……なんというか」

住民の苦労とは裏腹に、貴族達は贅沢三昧《ぜいたくざんまい》。舞踏会の会場という事を加味しても、城の外とは別世界だ。

「まあ、奥様の宝石は『天涙《てんるい》の雫《しずく》』ではありません事？」

「そうですのよ。ドセウ子爵家の正夫人としては、このくらいのお品を持たないとね」

「ジッス卿《きょう》のご子息は領都解放に出向かれているとか？」

「先祖伝来のレッセウ市を王国軍の好きにさせるわけには参りませんからな」

「さすがさすが。それに比べて、我らが領主様は王都の海千山千な狐《きつね》や狸《たぬき》に丸め込まれて、魔核《コア》の割り当てをなくされてしまったとか」

「嘆かわしい話です。我らの鉱山や工場はいったいいつになったら再開できるのやら」

「いやはや、魔核の供給がないのは困りますな」

「全くです。その話を耳にした時、やはり領主に相応《ふさわ》しいのは年若いクルマース様ではなく、老練なジルゴース様だと思ったものです」

「さすがにそれは不敬ですぞ」

「そうですな。気を付けましょう」

貴族達の会話に耳を傾けていたのだが、基本的に薄っぺらい自慢話か、自分達の権益が停止している事への不満、もしくは若い領主をこき下ろして悦に入るかのいずれかだ。

魔物という外患だけでも大変なのに、年若いレッセウ伯爵には内憂も多そうだ。

ティファリーザやネルの件で先代レッセウ伯爵には思うところがあるが、息子の彼には少しくらい手を差し伸べてもいいのかもしれないね。

「ペンドラゴン卿、遠いムーノ伯爵領からようこそ！」

どうやら、レッセウ伯爵はオレがムーノ伯爵領からはるばるやってきたと思っているようだ。

王都のサロンや舞踏会で話す機会もなかったし、それも仕方ない事だろう。

「若、応接間の方に」

「分かっている」

執政官の老人に耳打ちされたレッセウ伯爵が、オレを応接間へと案内する。

どうやら、オレに何か用事があるようだ。

応接間に腰を落ち着ける間もなく、少年領主が本題を切り出した。

「──投資、ですか？」

「そうだ。我が領土では有志から投資を募っておるのだ」

投資という名の借金の申し込みのようだ。

「むろん、見返りはあるぞ」

オレが呆《あき》れて黙り込んだのを、少年領主は見返りの催促と判断したようだ。

「我が従姉妹殿《いとこどの》は先の魔族騒動で婚約者を失って傷心の淵《ふち》に沈んでおる。貴公が望むなら、茶会にて従姉妹殿と話す機会を作ろうではないか」

その傷心に沈んでいるはずのお姫様は、軽食コーナーで樽《たる》のようなボディを披露しておいででしたよ。

「いえ、私のような若輩者に高貴なる姫君の憂いを解く事は不可能でしょう」

「では何を求める？」

おっと単刀直入に聞いてきた。

彼は腹芸が苦手らしい。

「それはそちらが求められる投資額によります」

「なっ……」

問い返されるとは思わなかったのか、少年領主が視線で同席していた老執政官に助けを求める。

「金貨五千枚――と言いたいところですが、領外の貴族にそこまで負担させるわけにも参りますまい。金貨千枚ほどではいかがでしょうか？」

最初の金額提示で無茶な金額を言い、あとから本命の金額を飲ませる手法だろう。

オレ個人の資産からしたら大した額じゃないけれど、一般的にはそれなりに高額だ。観光副大臣の年間予算並みだし、オークションでアシネン侯爵夫人が落札したエリクサーもそのくらいだったはず。

「金貨千枚もの投資に見合うモノですか……」

これまで見てきた疲弊したレッセウ伯爵領で手に入れたいモノなんて――あるな。

「知り合いの商会から口利きを頼まれていたのですが――」

オレは養護院の開設を希望し、ついでにエチゴヤ商会が欲しがっていた建物や倒産工場を要求してみた。

「養護院？　倒産工場？」

オレの答えが予想外だったのか、少年領主が戸惑いの顔で老執政官を見る。

老執政官が頷《うなず》くのを見て、少年領主は前者を簡単に承諾してくれたが、後者は配下の貴族の持ち物だったらしく、少し難色を示した。

「若、お受けなさい。説得は臣にお任せを」

「分かった。爺《じい》がそういうなら任せよう」

老執政官の取りなしで、なんとかオレの要求が受け入れられた。

養護院の運営はエチゴヤ商会に委託するつもりだ。建物や工場をエチゴヤに売却した金額を、今後十年間の養護院運営費にあててもらおうと思う。

レッセウ伯爵領の辺境のワイナリーで作られる「レッセウの血潮」の優先販売権を貰《もら》おうとも思ったのだが、口にする前に思いとどまった。

下手な事をして、強欲貴族の横やりで流通が滞っても困る。件《くだん》の銘柄は、セリビーラの迷宮下層に住む吸血鬼《ヴァンパイア》の真祖《しんそ》にして転生者のバンがこよなく愛するワインなのだ。

「――時にペンドラゴン子爵。貴殿は高名な探索者であられるそうですな」

話がまとまり、書面にサインが終わったところで、老執政官がそんな話題を振ってきた。

「なんでも、セリビーラの迷宮で『階層の主《フロア・マスター》』を倒されたとか？」

「はい、その功績で陛下より勲章をいただきました」

「それは素晴らしい」

オレの回答に、間髪を容《い》れず少年領主が称賛した。

まるで最初から決まっていた手順をこなしたかのような不自然な速さだ。

「仲間達の協力のお陰です」

「それは重畳。ペンドラゴン子爵には良きお仲間がおられるのですな」

老執政官がわざとらしい追従をする。

そろそろ本題が来そうだ。

「レッセウ伯爵領の外れに、古代フルー帝国の遺跡があるのはご存じかな？」

「いいえ、寡聞にして存じません」

マップ検索したところ、近くに廃村と廃坑がある以外は、半径一〇キロ圏内に何もない山奥に遺跡が存在していた。

遺跡にある宝物や守護者の配置から見て、ほとんどの部屋は探索済みのようで、最下層の一部だけが未探索で残されていた。

最近は遺跡を探索する者もいないのか、最寄りの村からの道が所々で途切れている。

「そこの探索権を一〇年間金貨五〇〇枚で譲りたい」

「金貨五〇〇枚で、ですか？　ずいぶん安価ですね。もしかして、探索済みの遺跡ですか？」

「ここ一〇〇年は誰《だれ》も探索に入っておらんぞ」

「つまり一〇〇年以上前に探索が終了した遺跡という事ですか？」

近くの廃村のマップ情報からも、それくらいは経《た》っていてもおかしくない。

「――遺跡には隠し扉がつきものだ。高名なペンドラゴン子爵なら、見つけ出せるのではないか？」

「ですが、長い探査の末に未踏区画がないと判断された遺跡なのでしょう？　過去の探索者達が全て私達より運や実力が劣るとは思えません」

「そうかな？　ペンドラゴン卿ほど強運の持ち主なら見つけられるのではないか？」

微妙に失礼な発言だ。

彼もそれに気付いたのか、「むろん、実力の裏打ちあっての強運だが」と付け加えた。

「運試しに金貨五〇〇枚は少し額が大きすぎますね。それに、遺跡で何か見つけたとしても物品の優先権はレッセウ伯爵にあるのでしょう？」

探索にも費用が掛かりますから、と老執政官を牽制《けんせい》する。

「むろん――」

老執政官がオレの真意を読もうと見つめてきたので、無表情《ポーカーフェイス》スキル先生の助けを借りて無関心な表情を作った。

「――非課税だ。物品の優先権は付けぬが、我が領地にも世間体というものがある。希少な品が見つかったら声を掛けてほしい」

レッセウ伯爵領で見つかった希少品をレッセウ伯爵が知らない、となると彼のメンツを潰《つぶ》す事になるからね。

「それは剛毅《ごうき》ですね。ですが、大枚を叩《はた》いて遺跡見物ではミスリルの探索者としての矜持《きょうじ》が許しません」

「ならば、道中の魔物退治で得た素材は非課税にしよう。むろん、魔核は相場で売っていただきますぞ」

もう一声。

「近くの山に廃坑がある。五〇年前までは豊かな資源を産出していた。そこの採掘権を二〇年分ほど付けよう」

老執政官が詐欺師も顔負けな空手形を切った。

「廃坑でどれだけ希少な金属や宝石を得ようと、五年間は非課税にする。それでどうかな？」

普通は廃坑を採掘可能にするのに何年もかかるだろうし、エチゴヤ商会の支配人によると鉱山開発から五年間の非課税は短いらしい。

しかも、採掘権が二〇年分という事は、鉱山が軌道に乗ったところでレッセウ伯爵に権利が戻るという事だ。

おまけにマップ検索したら、長年放置した廃坑には千数百匹のデミゴブリンなどの魔物が住み着いているのが分かった。

「鉱山開発が義務ではないという事ならば」

「むろんだ」

開発範囲が山一つ分という取り決めをし、金貨五〇〇枚で遺跡と廃坑の権利をゲットした。

なお、廃坑は完全に枯れていると考えているようだが、彼らが採掘していた三倍の深度に金鉱脈がある。遺跡の方も、未踏エリアに手付かずの宝物があり、フルー帝国金貨だけで千枚以上あったので確実に元が取れるだろう。

なお、その翌日に仲間達と遺跡の未踏エリアの探索を済ませ、さらに数日掛けて金鉱脈から大量のインゴットをゲットし、最終的に掛け金の数十倍のリターンを得た事を記しておく。

つくづくメニューと全マップ探査の魔法の組み合わせはチートだね。

大儲《おおもう》けさせてもらった代わりに、廃坑で倒したデミゴブリンから得た千数百個の魔核は全《すべ》てレッセウ伯爵にプレゼントしておいた。等級の低い魔核でも、魔力炉の燃料としては役に立つだろう。

これで魔核不足が少しは解消されるかな？

◆

「ご主人様、あそこで誰かが戦っているのです！」

「戦争〜？」

南北に長いレッセウ伯爵領の北端峠にさしかかった時、ポチが遠くに戦場を見つけた。あの辺りはビスタール公爵領のはずだ。

「砦《とりで》の攻防戦のようだと報告します」

ナナが遠見筒《とおみづつ》を覗《のぞ》き込みながら言う。

王国軍と反乱軍の戦いらしい。都市を占領後に全滅させられた部隊とは別だろう。

攻め手はゴーレムや投石機《カタパルト》に加え各種攻城兵器を用い、砦側は魔力砲で応戦している。双方ともに魔法使いは少なめのようだ。攻め手の側は土魔法使いを使った塹壕《ざんごう》や城壁で陣地構築をした形跡もある。なお、砦側が王国軍だ。

「ずいぶん、辺鄙《へんぴ》な場所で戦っているのね」

「あの峠はビスタール公爵領の北回り街道の要所みたいだよ」

オレはマップで知った情報をアリサに伝える。

ここを押さえておかないと、王国軍も反乱軍も後背を気にしながら戦う事になるようだ。

「なかなか派手な戦いね」

アリサが遠見筒で戦場を眺める。空間魔法の「遠見《クレアボヤンス》」を使わなかったのは、グロ映像をはっきりと見たくなかったからだろう。

攻め手側の司令官は無能だったらしく、前線の兵士が魔力砲に薙《な》ぎ払《はら》われてバタバタ死んでいる。

……人間同士の戦争は凄惨《せいさん》すぎる。

観戦する気の失《う》せたオレは、街道に戻ろうと馬首を巡らせた。

「あれ……クボォークの紋章だわ」

アリサの言葉に、思わず振り返る。

マップ情報をチェックすると、攻め手側の歩兵部隊の一つがヨウォーク王国の奴隷兵部隊だと分かった。

オレも遠見筒でそちらを見る。

彼らの持つ盾に描かれた紋章が、アリサの故郷である旧クボォーク王国の紋章なのだろう。ヨウォーク王国の人間がやったのか、わざわざ紋章に黒い塗料でバッテンが描かれている。

「行きましょう」

「助けなくていいのか？」

「死んでるのはクボォークの兵士だけじゃないわ」

アリサが俯《うつむ》いたまま首を横に振った。

しばらくすると反乱軍サイドが兵を引き、奴隷兵を含むヨウォーク軍も後退を始める。

オレはそれだけ確認すると、馬首を巡らせ、先行するアリサ達を追いかけた。

◆

「マスター、領境の関所が何か物々しいと報告します」

レッセウ伯爵領からカゲゥス伯爵領へと抜ける渓谷に、カゲゥス伯爵領の砦があった。

ナナが言うように、砦には多くの兵士が詰めており、通行する商人達へのチェックも厳しい印象だ。難民は全て追い返しているそうで、最近ではこちらに向かう者はいないらしい。

ちょっと身構えて関所に入ったのだが、オレ達は子爵の身分証と観光副大臣のメダリオンのお陰で、すんなりと関所を通り抜ける事ができた。

領境を越えたところで、久々に「全マップ探査」の魔法を使っておいたけど、要警戒な人物や魔族などは見つからなかった。ここは平和に過ごせそうだ。

「肉〜？」

「あれは羊さんなのです！　ジンスギカンにすると美味《おい》しいのですよ！」

関所のある山を越えると、羊達が平和に草を食《は》む高原地帯へと出た。

「なら、今日のお昼は羊肉を使ったジンギスカンにしようか」

「わ〜い」「なのです！」

高原の村で、食《た》べ頃《ごろ》の羊肉を分けてもらい、風光明媚《ふうこうめいび》な場所でジンギスカンを楽しむ。

戦場を目撃してから少し塞《ふさ》ぎ込みがちだったアリサの顔にも笑顔が戻った。美味しい料理と爽《さわ》やかな景色が、彼女の憂いを癒《い》やしてくれたのだろう。

草原や林の領地を進み、その日の夕方には領都であるカゲゥス市へと辿《たど》り着《つ》いた。

「なんだか、懐かしい感じなのです」

「ういうい〜？」

「ここはセーリュー市と雰囲気が似ていますね」

獣娘達が故郷を懐かしむような顔になる。

アリサとルルの件をなんとかしたら、次はセーリュー市に行ってみるのもいいかもね。

「サトゥー」

ミーアがオレの袖《そで》を引っ張る。

彼女の示す方に視線を向けると、髭面《ひげづら》の男がこちらを凝視していた。

「どうしたの？」

アリサがそちらを振り向いた瞬間――。

『ア、アリサ様でねぇが！』

男が訛《なま》りのある声で、アリサの名を呼んだ。

思わぬ再会

〝サトゥーです。携帯電話やメールが普通にある現代でも、音信不通になる知り合いというのはいます。疎遠な相手なら構いませんが、仲の良い相手だと少し心配になりますよね。〟


『……ベン！　あなたなの！』

カゲゥス伯爵領の領都でアリサの名を呼んだ男がいた。

どうやら、二人は顔見知りらしい。ＡＲ表示によると、髭面の彼はベン・ファーマーという家名持ちだが、今は爵位を持っていないようだ。

『アリサ様ぁ、良かったべ、生きててくれたんだなや』

『ベンこそ！　よく生き延びてくれていたわ』

アリサとベン氏が涙で顔をぐちゃぐちゃにしながら、再会のハグをする。

クボォーク国語を使用しているところを見ると、王女時代の知り合いのようだ。

「知り合いか？」

「はい、アリサの家臣だったファーマー士爵様です」

横で驚いた顔をしているルルに確認してみた。

なんでも、ベン氏はアリサの内政改革を実証実験してくれていた人物で、アリサの右腕とも言うべき股肱《ここう》の臣だったらしい。

農地に腐葉土を鋤《す》き込む事から始め、堆肥《たいひ》作り、養蜂、四輪農法、途中からは彼の親族も巻き込んで、新しい工具や器具の製造まで、アリサの改革を下支えしてくれていたそうだ。

『他《ほか》の親族も一緒なの？』

『んだ。アリサ様がルルちゃんに手紙を預けてくれたお陰で、全員無事に脱出する事ができただよ』

『そっか、良かった』

涙を拭《ぬぐ》いながら、アリサが微笑《ほほえ》む。

『そっだ！　アリサ様！　アリサ様に会わせたい人がいるだよ！』

『――会わせたい人？』

『んだ！』

ベンがアリサを抱えて走り出す。あまりの勢いに、アリサのカツラが落ちる。

彼にアリサを誘拐するつもりはなさそうだ。気が急《せ》いたんだろうけど、もう少し落ち着いてほしいね。

オレ達は皆《みんな》でアリサとベン氏の後をついていく。

『殿下！　殿下はおられるだか！』

『なんだ、ファーマー士爵！　ドアを開ける前には符丁のノックをしろとあれほど――』

酷薄そうな青年がベン氏に苦言を呈する途中で、彼に抱えられたアリサに気付いた。

『ま、魔女！』

『ピッド殿！　アリサ様をそんな呼び方するでねぇ！』

青年の失言に、ベン氏が烈火のごとく怒った。

エントランスホールにいた他の人達の視線もこちらに集まる。その視線の多くはアリサを捉《とら》えると険しいモノに変わった。

そういえば、アリサの称号には「亡国の魔女」や「乱心王女」なんてのがあったっけ。

『やかましい！　ベン、貴様よりにもよって、国を滅ぼした魔女を王国再興の拠点に連れてくるとは！　この痴《し》れ者《もの》が！』

『国を滅ぼしたのはアリサ様でねぇだ！　ヨウォークに唆された第二王子や大臣だど』

そういう揉《も》め事《ごと》が解決してからアリサを招いてほしいね。

オレは複雑な顔のアリサを、ベン氏の腕から回収する。

『何事だ！　殿下の御前であるぞ！』

吹き抜けのホールから見える二階の扉が開いて、ご機嫌斜めな老紳士が現れた。

老紳士の後ろには、中学生くらいのぽっちゃり少年がいる。彼が老紳士の言う「殿下」――おそらくはアリサの兄に違いない。

アリサの話だと彼女の家族はルル以外、処刑もしくは「枯れた迷宮」を復活させる為《ため》の生贄《いけにえ》にされたという話だったが、他にも生き延びた者がいたようだ。

『エルゥス兄様！』

『――え？　アリサ？　アリサだ！』

　アリサに名を呼ばれたエルゥス君が老紳士を押しのけて階段を駆け下りてきて、そのままアリサに抱きついて再会を喜んだ。

『兄様、もしかして他にもいるの？』

　他の家族も無事かと尋ねるアリサの言葉に、エルゥス君の顔が曇る。

『助かったのは僕だけ。スィータム兄様のお陰なんだ』

『そっか、スィータム兄様が……』

　ＡＲ表示で確認してみたが、エルゥス君は奴隷の身分だった。

　どうやら、彼もアリサやルルと同様に「強制《ギアス》」に縛られているようだ。

『アリサ！　兄様や皆の為にも、二人でクボォーク王国を再興しよう！』

　エルゥス君がアリサの手を握りしめ、そんな事を言い出した。

『『『いけません、殿下！』』』

　エルゥス君の唐突な発言に、周りの側近達が猛反対する。

　さっきアリサを「魔女」呼ばわりした失礼な青年だけじゃなく、老紳士や他の人達も反対のようだ。違うのはエルゥス君とベン氏の一族に連なる者達だけらしい。

「アリサ、今日のところは宿に移動しよう」

「うん、そうする。あっちも冷却期間があった方が良さそうだしね」

　いくら気丈なアリサでも、自分の故郷の人達にこうも拒絶されたらショックだろう。

オレは比較的話ができそうな老紳士に、宿をとって落ち着いたら使いを出すと告げ、彼らの拠点を後にした。

何人かが拠点を密告されたら困るとオレ達の前に立ち塞がったが、ミスリルの探索者であるオレ達の行く手を阻めるはずもなく、何人かがポチとタマに軽く投げ飛ばされたら、素直に道を空けてくれた。

「アリサ、今日はアリサの好きなモノを作ってやるよ。腹一杯食べて、早めに眠るんだ」

涙を流すアリサの肩を抱き寄せ、我ながら気の利かない慰めの言葉を口にする。

「――違うの。ご主人様。悲しいから泣いてるんじゃないの。たった一人、エルゥス兄様だけだったけど、わたしとルル以外に生き残ってくれていた事が嬉《うれ》しいのよ」

オレを見上げたアリサが、涙に濡《ぬ》れる顔に笑みを浮かべる。

「そうか……。なら、今日はエルゥス君が生き残っていたお祝いをしないとね」

「うん、ありがとう」

アリサがオレの腕に頭を預ける。

強がっているのはバレバレだけど、オレはそれに気付かないフリをした。

せめて、少しでもアリサの哀《かな》しみが癒える事を願って――。

◆

「――誰《だれ》だ」

机に向かって仕事をしていた老紳士が、扉の開く音に気付いて振り返った。

オレはアリサを寝かしつけた後、エルゥス第五王子の後見人をしている元クボォーク王国の侯爵と話す為に訪れた。

「こんばんは」

彼がシガ国語で誰何《すいか》してきたので、オレもそれに合わせてシガ国語で挨拶《あいさつ》した。

「お前はアリサ様と一緒にいた」

「はい、アリサを保護しているシガ王国のサトゥー・ペンドラゴン子爵です」

ムーノ伯爵の家臣である事は省略した。遠方のこの地では「呪《のろ》われ領」の噂《うわさ》が残っているかもしれないと思ったからだ。

「シガ王国の上級貴族家の者か――」

老紳士はオレの言葉を聞き間違えたらしい。

「いいえ、私が家長――というか初代ペンドラゴン子爵です」

「その若さで？」

「ええ、アリサや仲間達の助けもあって、先日陞爵《しょうしゃく》いたしました」

老紳士がオレの若さと爵位のアンバランスさに驚く。

「一人でおいでになったのはアリサ様の事ですかな？」

オレの言葉を信じてくれたようで、老紳士の言葉が敬語に変わった。

「ええ、その通りです」

「エルゥス殿下はあのように仰っていましたが、ファーマー士爵の一族以外に賛同する者はおりません。私に説得を依頼しに来たのでしょうが、それは徒労に終わりますぞ」

そういう勘違いをしたか……。

「いえ、私の用件はそれではありません」

オレが否定すると、老紳士の顔が訝《いぶか》しげに歪《ゆが》んだ。

「私はアリサやルルを奴隷の身分から解放してやりたいのです」

「……不可能だ。子爵は『強制《ギアス》』という忌まわしきギフトについて知っておられるのか？」

「はい、アリサから聞きました」

オレが答えると、老紳士が重い溜《た》め息《いき》を吐《つ》いた。

「ギアスを解けるのは術者のみ。アリサ様達にギアスを掛けた宮廷魔術師は、クボォーク王国滅亡の直前にヨウォーク王国へと寝返り、今ではかの国で重職に就いておる」

おっと、思ったよりも早く足取りが掴《つか》めそうだ。

「その宮廷魔術師はヨウォーク王国にいるのですか？」

「そこまでは知らぬ。だが、十中八九はヨウォーク王国の城だろう。ヨウォーク王国がビスタール公爵領の反乱軍に与《くみ》しているという噂があるが、そちらに派遣している可能性はあるまい」

「そうなのですか？」

普通に考えてギアスが濫用できるなら、戦場でビスタール公爵領の軍勢を手中に収める事だってできそうなのに。

「うむ。クボォーク王国時代に本人から聞いた事があるが、ギアスを使うには幾つもの条件が必要らしい。戦場でその条件を整えるのは少々骨だ」

おっと、思わぬ情報だ。

言われてみれば、無条件に他者にギアスを掛けられるならば、その宮廷魔術師自身が王になっていてもおかしくないし、ヨウォーク王国がもっと勢力を増していてもいいはずだ。

「その条件とは？」

オレの問いに、老紳士は値踏みするようにオレを見た後、それを教えてくれた。

「ギアスを使う条件は四つ。『魔術士一〇〇人分の魔力』『この屋敷ほど大きく緻密《ちみつ》な魔法陣』『魔《おう》黄杖《じよう》』、そして『相手の同意』だ。全《すべ》ての条件が本当に必要かどうかは分からぬが、戦闘中の敵軍に使えるようなモノではない」

なるほど、その宮廷魔術師と相対した時は、「魔法陣」や「杖《つえ》」に注意しつつ、迂闊《うかつ》な「同意」をしないように気を付ければいいわけか。

「ヨウォーク王国に行かれるのか？」

オレが注意点をメニューのメモ帳に記入していると、老紳士がそんな事を尋ねてきた。

「ええ、宮廷魔術師に会いに行ってみます」

「あの国は少々排他的なところがある。正面から行って尋ねても、そやつの居場所を教えてくれるかどうか分からぬぞ」

普通なら困るけど、オレの場合はマップ検索があるから問題ない。

「それは困りましたね」

彼にはまだ言いたい事があるようなので、先を促す意味も込めてそう言った。

「君さえ良ければ私が手助けしてやろう」

「手助け、ですか？」

「うむ、あの国には幾つか伝手《つて》がある。道中の地図だけでなく、カゲゥス市とヨウォーク王国の間を行き来する行商人を紹介してやる事もできるぞ」

「それは嬉しいですね」

行商人から道中の観光スポットを教えてもらったり、現地の隠れた名産品を教えてもらったりできそうだ。

もっとも、彼もただの親切心で言っているわけじゃないだろうし――。

「それで、私はそのご厚意にどのように報いれば良いのでしょう？」

オレの直截《ちょくせつ》的な問いに、老紳士はわずかの侮りを浮かべた顔で口角を上げた。

「エルゥス殿下の大望の為、心付け程度のモノで結構――」

――おや？

てっきり、「エルゥス君のギアスを解除する」事を条件にすると思ったんだけど、彼はそんな事をおくびにも出さず、クボォーク王国再興の為の資金や物資を寄越《よこ》せと言ってきた。

まあ、エルゥス君はアリサの肉親なんだし、彼に頼まれなくてもエルゥス君のギアスも解くつもりだけどさ。

「では、これをエルゥス殿の大望にお役立てください」

オレはテーブルに「魔法の鞄《マジック・バッグ》」を置く。

これはレッセウ伯爵領の遺跡でゲットした品で、タンス二個分くらいのアイテムが入る。

「鞄《かばん》ごと差し上げます。クボォーク王国の再興にお役立てください」

中には金貨二千枚が入った袋と、正規兵っぽい見た目にした魔物素材の武器や防具、戦闘に役立ちそうな魔法薬各種、行軍に便利な水石《みずいし》を使った「清泉の水袋《ピュア・ウォーター・バッグ》」なんかも入っている。

ただし、無差別テロに使えそうな火杖《ひづえ》や爆弾系は入れていない。

「こ、これは……」

老紳士は中を見て絶句した後、何度か視線をオレの顔と鞄の中とを往復させた。

「……ペンドラゴン卿《きょう》、これほどの品をエルゥス殿下に差し出すという事は、やはりアリサ様を王族として遇せよと――」

老紳士が震える声でオレの真意を問う。オレにはどうという事のない品々だったけど、王国再興に奔走する老紳士には少々刺激が強い内容だったらしい。

「先ほども申しましたが、アリサを女王にしてクボォーク王国に傀儡《かいらい》政権を立てるような野望はありません。これはあくまで『アリサの兄君』への贈り物です」

アリサを王族として遇してくれるなら大歓迎だけど、それによってアリサの自由が失われるのは本意じゃない。

できるなら、アリサとエルゥス君が気軽に会えるような環境になっているのが望ましいけど、上から札束でぶん殴るようなのは、余計な禍根が残りそうだからここで老紳士に約束を取り付ける気はない。

「裏の意味などありませんから、どうぞお納めください」

「——子爵のご助力に感謝する」

老紳士が深々と頭を下げて礼を言う。

よっぽど資金繰りに苦労していたらしい。老紳士はホクホク顔でヨウォーク王国の伝手に宛《あ》てた手紙を書いてくれた。

地図の写しや行商人への繋《つな》ぎは、担当者を宿に寄越してくれるそうだ。

手紙を受け取ったオレは席を立つ。

——おっと、忘れていた。

「最後に一ついいでしょうか？」

「何かな？」

「件《くだん》の宮廷魔術師の名前を教えていただけますか？」

名前さえ分かれば、マップ検索ですぐだからね。

「オルキデだ。今は国を売った対価に得たマトッシュという家名を名乗っている」

オレは老紳士の情報に感謝し、彼らの拠点を後にした。

◆

『――報告しろ』

『ペンドラゴン子爵はまっすぐ宿に戻りました。そのままどこにも出かける気配がなかったので、宿を監視する者達に後を任せて戻って参りました』

老紳士に青年貴族が答える。

オレは影から見上げた光景を脳裏に浮かべながら、二人の会話を聞く。

この青年貴族が拠点から尾行していたのに気付いたので、察知されにくい「影潜蝙蝠《シャドウダイブ・バット》」を彼の影に潜ませて、その目論見《もくろみ》を調べる事にしたのだ。

『閣下、夜陰に乗じて魔女達を討つべきです』

青年の発言に老紳士は答えず、酷薄な視線を向けた。

オレは影潜蝙蝠越しに、青年への殺意や怒気が伝わらないように心を落ち着ける。

『あの小僧が魔女を担ぎ上げて、新たな勢力を作ってからでは遅いのです』

青年が馬鹿馬鹿《ばかばか》しい事を言い出した。

彼が何を心配しているかは分かったが、別に新たな勢力を作る必要なんてない。アリサがそれを望むなら、今すぐにでもクボォーク王国を再興できる。

『お前の心配は分かるが、襲撃は許可できぬ』

『――何故です！』

『全滅するからに決まっているだろうが』

答えたのは老紳士ではなく、最初から部屋にいた武人だ。

マップ情報によるとレベル三八もある。

『将軍閣下！　あなたまで、そんな惰弱な事を！』

『惰弱だと？　ガキどもに伸《の》されたヤツが、ずいぶん偉そうじゃねぇか』

『あ、あれは油断してただけです』

『そんな事を言っているようじゃ――次は死ぬぞ、お前』

将軍の言葉に、青年が顔を引きつらせる。

『あいつらは強い。特に橙鱗《とうりん》族の娘は俺が一〇度挑んで一〇度とも敗北するだろう。前にシガ八剣の一人に会った事があるが、あの娘はそれに比肩する強さを持っているように感じた』

――おおっ、凄《すご》い。

鑑定《アナライズ》スキルも持ってないのに、そこまで分かるのか。

『な、ならばあの醜女を攫《さら》って脅せばいい。魔女の連れているメイド程度なら――』

『叩《たた》きのめされるだけだ』

『――我らを愚弄《ぐろう》されるか！』

『事実を言っているだけだ。橙鱗族の娘には及ばぬが、あの娘も手練《てだ》れだ。お前達と揉《も》めた時の足運びを見れば分かる』

ルルの美貌《びぼう》が分からない青年への文句を心の中に留め、彼らの話に耳を傾ける。

『ポッサム、それは子爵もか？』

『――あれは分からん。強そうには見えんが、俺の勘が囁《ささや》くんだ――「あれには手を出すな」ってな』

老紳士に問われた将軍が、少し口ごもってから答える。

なんていうか、オレを化け物みたいに言うのは止《や》めてほしい。

『ルクーブォ卿、ペンドラゴン子爵達に手を出す事はまかりならん。あの者はエルゥス殿下のお役に立つ。もちろん、アリサ様もだ』

老紳士に釘《くぎ》を刺され、不服そうにしながらも青年は了承し、部屋から退出した。

『ポッサム、ヤツらが余計な事をしないように頼む』

『分かった』

『ヤツらに何ができるとも思えんが、子爵の不興を買って殿下の有力な協力者を失うのは避けたいからな』

とりあえず、青年達の暴走は心配しなくてよさそうだ。

彼らがちゃんと手綱を掴んでいてくれるとは思うけど、安眠の為《ため》に召喚した蝙蝠達に夜の警備をさせておこう。

ヨウォーク王国へ

〝サトゥーです。自分の決定が多くの人の生活を左右するというのは、非常に大きなストレスが掛かるモノだと想像に難くありません。怪しげなコンサルタントや霊能者に傾倒する人が出るのも分かる気がします。〟


「あれが国境かな？」

老紳士から情報を得た後、オレはヨウォーク王国へと向かった。

土魔法の「石製構造物《ストーン・オブジェクト》」と刻印板で転移ポイントを作りつつ、夜闇《よやみ》に紛れて空を飛んできたのだ。

「まるで臨戦態勢だな……」

国境の砦《とりで》には篝火《かがりび》が焚《た》かれ、深夜にも拘《かか》わらず兵士が歩哨《ほしょう》に立っている。

オレは街道から離れた国境線を越え、「全マップ探査」の魔法でヨウォーク王国の情報を丸裸にする。

結果から先に言うと、「強制《ギアス》」スキルを持つ者は領内にいない。

老紳士から聞いた「オルキデ・マトッシュ」という名前でもマップ検索に引っかからず、家族もいないようで家名の検索にもヒットしなかった。彼の家屋敷も見つからない。

「外征に同行しているか、枢機卿《すうききょう》のようなアイテムで偽装しているのか……」

あるいは領内に幾つもある空白地帯——別マップに潜んでいる可能性もある。

国内に転移用の拠点を設置した後でビスタール公爵領へと向かい、同じように検索してみたが、やはり件の宮廷魔術師を見つける事はできなかった。

面倒だが、普通にヨウォーク王国に乗り込んで、彼の行方を聞き出すしかないようだ。

オレはヨウォーク王国の王都にほど近い山奥に転移ポイントを追加し、土魔法の「家作製《クリエート・ハウス》」で半地下のセーフハウスを用意する。ちょっと砦っぽくなったのは魔物対策なので他意はない。

◆

「アリサ、ヨウォーク王国に行くなんて危ないよ！　僕と一緒にこの都市で待っていようよ」

「ごめんね、兄様」

ヨウォーク王国の調査を行った翌々日、オレ達はカゲゥス市の正門でエルゥス君やベン氏達に見送られていた。

エルゥス君達も拠点の外ではシガ国語を使っているらしい。

「アリサ様、やっぱりおら達も一緒に行くだよ」

「ダメよ、ベン。あなた達はこれまで通り、エルゥス兄様を助けてあげて」

ベン氏や彼の一族もアリサについていきたいようだったが、アリサに「お願い」と言われて、最終的にエルゥス君の下に残ると約束してくれた。

出発が翌々日になったのは、オレ達の来訪を知ったカゲゥス女伯爵が、オレを含めた皆《みんな》を城の晩《ばん》餐《さん》会に招待してくれたので、それに応《こた》えていたからだ。

羊肉料理にあれだけのレパートリーがあるのは素直に驚いた。特にソーセージと特産品のエールが素晴らしかった。エールはあまり好きじゃないんだけど、ここのエールは素直に美味《うま》いと思えたよ。

「昨日の羊料理は美味《おい》しかったね」

「あい！」

「ポチは羊さん相手なら、毎晩だって戦えるのですよ！」

「実に美味でした。多彩なソーセージも良かったですが、羊のすじ肉で作った煮物の歯ごたえが最高でした」

獣娘達は羊料理にメロメロのようだ。

「だいたいのレシピは想像がつきますから、頑張って再現してみますね」

「イエス・ルル。羊のシチューがもう一度食べたいと告げます」

「じゃがバタ」

ルルの発言を聞いたナナとミーアがさっそくリクエストを出し、他《ほか》の子達もそれに倣って自分が食べたい料理のリクエストを出す。ポチはなぜか昨日のラインナップになかったハンバーグをリクエストしていた。

「ご主人様、お待たせ」

「別れはすませたのか？」

「うん、今生の別れってわけじゃないんだし、また会いに来ればいいわ」

少しさっぱりした顔のアリサに頷《うなず》き返し、オレ達はカゲゥス市を後にした。

◆

「いんやー、たらふくご馳走《ちそう》になっちまって悪いなー」

「いえ、こちらこそ、色々と他の国の話が聞けて楽しかったです」

お昼休憩に選んだ街道沿いの広場で、ヨウォーク王国から戻ったばかりという行商人と昼食を共にしていた。

「そんじゃ、気を付けて行けよー。ヨウォーク王国は最近物騒だからなー」

気の良い行商人さんが手を振りつつ去っていく。

「良い情報が聞けたわね」

「ああ、公にはシガ王国と戦争状態になっていないっていうのは聞けて良かったよ」

ヨウォーク王国はビスタール公爵領の反乱に助勢しているが、それはシガ王国軍を騙《かた》った盗賊退治に協力しているという名目で、公には対立していない事になっているそうだ。それ故に、彼らシガ王国の行商人も、今まで通り国境を越えて商売をする事ができるのだと言っていた。

老紳士が紹介してくれた行商人からも話を聞いていたのだが、彼らがヨウォーク王国に行ったのはヨウォーク王国軍が参戦する前だったので、今現在の生の情報が入ったのは大きい。

オレ達は国境の街までは馬車の旅を楽しみ、そこからは転移でヨウォーク王国内に作っていた転移ポイントへとショートカットした。

「――砦？」

「マスター、この砦が目的地ですかと問います」

セーフハウスをいち早く見つけたミーアとナナが問いかけてきたので首肯する。

「このセーフハウスはヨウォーク王国を調査する拠点にしようと思ってね」

「セーフハウス？　これが？」

砦にしか見えないとアリサが目で訴える。

「この辺りは魔物がうろうろしているから、念の為にね」

「獲物～？」

「ポチは狩りをしたいのです！」

「二人とも、まずは『せふはうす』を確認してからですよ」

「あい」

「はいなのです」

リザに促され皆がセーフハウスへと向かう。

なぜかタマとポチが探検隊みたいなアクションで入っていくが、そこに罠《わな》や怪物はいないので安心してほしい。ホラーハウスとでも勘違いしたのかな？

「ルル、行くよ」

「はい！　すぐ行きます」

葉っぱや枝でカモフラージュした物見塔を見上げていたルルを呼ぶ。

優秀なスナイパーであるルルとしては、狙撃《そげき》ポイントとなる物見塔が気になってしまうのだろう。

砦の中に入り、採光の良い硝子《ガラス》天井のサロンで寛《くつろ》ぐ。

「ヨウォーク王国の王都に乗り込むのは明日？」

「いや、少し休憩したらすぐ行ってくるよ」

「――行ってくる？　一人で行くつもり？」

アリサの発言に、仲間達から心配そうな視線が向けられた。

「いや、従者役で二人ほど同行してもらうつもりだ」

人選で少し揉めたが、初対面の相手に侮られにくいリザとナナの二人を同行者に決めた。

自分達の事だからとアリサとルルも行きたがったが、二人はヨウォーク王国の人間に出自がバレるとマズいので留守番を言い渡してある。

◆

「物々しい雰囲気ですね」

「イエス・リザ。戦時中のような重い空気だと告げます」

ヨウォーク王国王都の正門で行われる厳しいチェックに、リザとナナが外套《がいとう》のフードを目深に被《かぶ》り直しながら呟《つぶや》いた。

そろそろオレ達の番だ。

『——次、そこのお前らだ』

兵士がオレ達を呼ぶ。

ヨウォーク王国の言葉はクボォーク国語の方言のような差異しかないのか普通に聞き取れた。シガ国語とも似ているが、クボォーク国語の方に近い。

＞「ヨウォーク国語」スキルを得た。

スキルポイントを割り振る必要はない気もするが、これから国王に謁見する上で、クボォーク王国なまりの言葉を使うのはマズい気がするので、ヨウォーク国語スキルにポイントを割り振って有効化《アクティベート》しておいた。

『身分証を見せろ』

偉そうな兵士に迷宮都市セリビーラの探索者証を見せる。

『迷宮都市のヤツか——』

『迷宮の噂《うわさ》を聞いてやってきたんだろ。それより、銀色の探索者証なんてあったか？』

横から別の兵士が覗《のぞ》き込んできた。

『おい！　ホップ！　お前、迷宮都市で探索者やってたんだろ、これ分かるか！』

『おー、珍しい探索者証だな。探索者ギルドの刻印はちゃんとあるし、金持ちや貴族用に黄金証ってのがあるから、その下のヤツだろ』

どうやら、彼はミスリル証を知らないらしい。

『小金持ち用か。なるほど、持ってる剣も高そうだし、仕立てのいい服を着てやがる』

『通行税は一人銀貨三枚だ。そっちの亜人が持ってる槍《やり》は鞘《さや》を紐《ひも》で縛っておけよ。お前とそっちの美人さんも、王都内で刃傷沙汰《にんじょうざた》を起こしたら即座に牢屋《ろうや》に叩《たた》き込《こ》むから肝に銘じておけ』

兵士達は銀貨を受け取ると、オレ達を通してくれた。


『――ようこそ、旅館「栄華の丘」へ！』

ヨウォーク王国の王都で一番グレードの高い宿にやってきた。行商人達に教えてもらった宿だ。

無駄に豪華絢爛《けんらん》な宿の支配人は、笑顔の裏で客を値踏みするようなタイプらしい。受付でチェックインの手続きをする間にも、オレ達の服装やアクセサリーなどを蛇が這《は》うような目でチェックしていた。

それ自体はどうでもいいのだが、リザの外套を押し上げる尻尾《しっぽ》を見た支配人が、『……尻尾付きか』と亜人に対する差別発言をしていたのが気になる。行商人達からの情報収集では聞けなかったが、この国にも亜人差別があるようだ。

その事で少し躊躇《ためら》ったが、予定通りナナとリザの二人を使者に出す事にした。

高価な献上品を使って国王に謁見する手はずを整える為《ため》だ。公にはヨウォーク王国とシガ王国は戦争状態に突入していない事になっているので、シガ王国貴族として謁見を求める。観光副大臣の地位も利用してみた。

二日ほどかかったが、計画通り登城する事ができた。あとは城内で宮廷魔術師の行方を探るだけだ。

宿で待つ間に召喚した影潜蝙蝠《シャドウダイブ・バット》や空間魔法を使って調査したが、芳しい情報は得られなかった。得る事ができたのは、王妃と騎士団長の不倫や大臣の何人かが職権を濫用して良からぬ事をしているといった醜聞の類《たぐ》いだけだ。

後は――。

「マスター、ゴーレムがたくさんだと報告します」

「外装は少し違いますが、鼬《イタチ》どもの使う有人ゴーレムと同じモノですね」

城門を潜《くぐ》った先の通路に、一〇〇名近い騎士達と有人ゴーレム三〇体が儀仗兵《ぎじょうへい》のように並んでいた。四つほどある城壁塔の天辺《てっぺん》には飛竜騎士《ワイバーン・ライダー》が待機してこちらを見下ろしている。

飛竜騎士の乗るワイバーンはネジで支配されており、先ほどの有人ゴーレムと同様に鼬帝国の兵器が、ビスタール公爵領の反乱軍経由で入ってきているようだ。

「なかなか盛大な出迎えだね」

オレ達を確認した指揮官がラッパを吹くと、金属が擦《こす》れる音と共にゴーレム達が抜剣して、綺麗《きれい》なソード・アーチを作る。

――おおっ、なかなかの見応《みごた》えだ。

意外な事にヨウォーク王国の国王は、オレ達を歓迎してくれているらしい。録画しておけば良かった。とりあえず、この素敵な光景を撮影しておこう。

「稚拙な威圧ですね」

「イエス・リザ。私達への威嚇なら戦力が不足していると評価します」

……大歓迎のアトラクションじゃなかったのか。まあ、いいや。オレは楽しかったし。

オレはゴホンと咳払《せきばら》いして気持ちを切り替え、シガ王国の貴族らしくソード・アーチの下を優雅に進む。

その先には完全武装の騎士団長が待っていた。例の不倫していた人だ。

「盛大な出迎え感謝いたします」

オレは本心からお礼を言う。

「ワシは騎士団長のホルヘン・ミドナーク伯爵だ。シガ王国観光副大臣、ペンドラゴン子爵の来訪を歓迎する」

不倫騎士団長がオレを見下ろしながら出迎えてくれた。

小さく「こんな小僧が副大臣だと?」なんて呟くのを聞き耳スキルが拾ってきたが、気持ちは分かるので軽く聞き流しておく。

右手を差し出してきたので、握手に応える。

なかなかの力持ちだ。剛力スキルの持ち主だけはある。

「ぐ、ぐぬぬぬぬ」

妙に長めな握手をしていると、騎士団長が真っ赤な顔で唸《うな》りだした。

彼の力と同じくらいでしか握り返していないのだが、ひょっとしたら痛かったのだろうか？

「で、では案内する。ついて参られよ」

手を払うように握手を終えた騎士団長が、くるりと背中を見せて城内へと歩いていく。

とりあえず、友好的な挨拶《あいさつ》も終えた事だし、オレ達も彼の後を追う。後ろから出迎えてくれていた騎士達も一緒についてくる。護衛かな？

「──威嚇の続きのようですが、殺気が緩いですね」

違ったらしい。

「イエス・リザ。マスター、本物の威圧を見せてもいいですかと問います」

止《や》めてあげなさい。

オレはナナに首を横に振ってみせる。

騎士団長に先導されたオレ達は、シガ王国とは違う建築様式や美術品を見物しながら進む。メイドさんや文官の衣装もシガ王国とは少し違うようだ。布の質が悪いのか、着こなしや仕草が洗練されていないのか、なんとなく野暮ったく見える。

謁見の間に到着し、騎士団長の指示で頭《こうべ》を垂れて国王を待つ。

『エルディォーク大王国の正当後継者、ヨウォーク王国国王、ウサルサーキス一七世陛下のおな～りい～』

妙に小節の利いた声で国王の登場が告げられたので、顔を伏せたままこっそりとそちらに視線を送る。

奴隷達の担ぐ輿《こし》に乗せられて入室した国王は、病気なのか異様に憔悴《しょうすい》している。変な薬物を疑ったが、アルコール依存症以外の状態異常はなかった。

後で知ったのだが、エルディォーク大王国というのは、大昔にこの国を含む中央小国群が一つの大国だった頃《ころ》の名前らしい。

『シガ王国観光副大臣ペンドラゴン子爵、面を上げよ』

正面から見た国王は、熱に浮かされたような表情で眼だけが爛々《らんらん》と輝いている。

『ふむ、若いな。サガ帝国の若返り薬を買いあさったか、それとも妖精《ようせい》族の血でも混じっているのか――』

妖精族と人族の間に子供が作れるのなら嬉《うれ》しいが、残念な事に絶対にないとボルエナンの森のハイエルフ、愛《いと》しのアーゼさんが言っていた。

『――あるいはただの若輩者に架空の職を与えて、ワシを愚弄《ぐろう》しにきたのか』

『いずれでもありません』

オレは礼服の胸元に着けた勲章のうち、一番珍しいシガ王国退竜勲章とネームバリューがありそうなミスリル勲章を外して、国王によく見えるように掲げてみせる。後者はミスリルの探索者になった時にミスリル探索者証と一緒に貰《もら》った勲章だ。

国王の後ろにいた紋章官は知っていたようで、すぐに上役の大臣に耳打ちして、それが国王に伝わった。

『――退竜勲章？　貴様は竜を退けたのか！』

『サガ帝国の勇者ハヤト様を手伝っただけです』

実際に退けた事もあるけど、独力で成したと主張する方が嘘《うそ》くさいので、勇者ハヤトのネームバリューを利用させてもらった。

だけど、国王はオレの謙遜《けんそん》を全く聞いていなかった。

『そうか竜を退けるか！　あの竜を！』

よろめきながら玉座から立ち上がって、そのまま転《こ》けそうになって側近に支えられている。

『ペンドラゴン！　貴様に伯爵の位を与えてやろう！　ワシの家臣になれ！』

国王は竜に思い入れかトラウマがあるようで、必死の顔でオレを勧誘する。

『竜と竜を退かせるような騎士を従えれば、小国に分裂したエルディォーク地域を平定し、ワシがエルディォーク大王の地位に就くのも可能だ！　いや、間違いなく大王になれる！　そうだ大王だ！　ワシこそが大王になるのだ！』

危ない薬でもやっているようで、ちょっと怖い。

『陛下、心をお安らかに』

『ミュデか……。ワシは大王に――』

『ええ、陛下は大王になれますとも』

ベールを被ったミュデという巨乳美女が国王の傍らに駆け寄って何やら呪文《じゅもん》のようなモノを口に

している。

――げっ、精神魔法使いだ。

あのベールが高性能な認識阻害の魔法道具《マジック・アイテム》になっていたので、鑑定では情報を読みにくかったが、AR表示によると「幻桃園」という組織の一員だと分かった。

スキル構成からして、どこかの諜報《ちょうほう》員か犯罪者のような感じだ。既知のマップを検索したところ、シガ王国の王都や多くの領都にも構成員がいた。ただし、彼女のような精神魔法使いはいない。念の為、彼女にはマーカーを付けておく。

今度、迷宮都市のポプテマ前伯爵や王都の宰相に手紙を書いて、「幻桃園」という組織について尋ねてみよう。伝書鳩召喚《サモン・ピジョン》で出した伝書鳩《でんしょばと》で送るのもいいかもね。

そんな風に考えている間に、国王が体調不良で退出する事になった。

『エルディーク大王国の正当後継者、ヨウォーク王国国王、ウサルサーキス一七世陛下のご退出～』

『ペンドラゴン！　明日も王城に来い！　絶対だぞ！』

運び出される輿から落ちそうになりながら、国王が叫ぶ。

「ペンドラゴン卿《きょう》、陛下はああ言われていたが、少し気まぐれな方ゆえ明日には気が変わっておられるかもしれん。過度の期待はせぬように」

騎士団長から釘《くぎ》を刺された。

まあ、仕官する気は全くないので別にいい。

それよりも――。

「宮廷魔術師のオルキデ殿にお会いしたいので、取り次ぎをお願いしたいのですが」

ここに来た本題であるオルキデの行方を調べる事にした。

王城にはいないはずだが、それ自体が極秘事項かもしれないので、取り次ぎを頼んでみたのだ。

「オルキデ？　ペンドラゴン卿はマトッシュ殿と親しいのか？」

騎士団長から嫌そうな顔で問い返された。

「いいえ、面識はありません。私の知人から預かった杖《つえ》と伝言を、オルキデ殿に届けに来たのです」

オレは詐術スキルの助けを借りて、あらかじめ考えておいた設定を口にし、謁見前に預けていた荷物の中から、山樹の枝を使った性能高めの長《ちょう》杖《じょう》を騎士団長に見せる。

杖頭に青晶《せいしょう》と光石《ひかりいし》を内包した大きな水晶を付けてあるので、わりと神秘的な感じに偽装できた。

アリサやミーアが使う杖には及ばないが、シガ三十三杖下位の赤帯達が使っていた杖よりは高性能だ。

「素晴らしい杖だ……」

謁見の間にいた宮廷魔術師達が、杖に吸い寄せられるように集まった。

「私が責任をもってマトッシュ殿に渡しておこう」

「いや、私が預かる」

なんだか、妙に人気だ。杖も見た目が大事らしい。

「マトッシュ殿は王城におられないのですか？」

「ミュデ様に色目を使って左遷された」

「あんなヘボ魔術士には焼け跡の城がお似合いだ」

「おい！　それは極秘事項だと厳命されただろう！」

どうやら、オルキデは「焼け跡の城」がある場所に左遷されたらしい。

そういえば、アリサの話だと魔族が城や城下町を破壊して、彼女のいた離宮も焼かれたと言っていたから、旧クボォーク王国の王都の可能性が高い。

ここは直球で尋ねてみよう。

「もしかしてクボォーク王国の王都ですか？」

オレの質問に、腹芸が苦手な何人かが「マズい」と顔に書いてあるような分かりやすい表情になった。

「悪いがそれは極秘情報だ。伝言を預かる事はできるが、それを言うわけにはいかない」

「そうですか……。では伝言をお願いします。『約束は果たした。お前も約束を果たせ』と」

これ以上突っ込んでも怪しまれるだけなので、オレは納得したフリをして、どうとでも解釈できる伝言と長杖を目の前の宮廷魔術師に預ける。

長杖自体は今回の為に用意したダミーなので、彼が着服しようと問題ない。

オレは宮廷魔術師達から得た情報を携え、王城を後にした。

その日の晩、影魔法「影鏡《シャドウ・ミラー》」の活用がてら、王都のヒカルに連絡してみた。

顔を見ながら話せるので、ヒカルやアーゼさん、それにラクエン島のレイやユーネイアには空間魔法の「遠話《テレフォン》」よりも好評だ。

「——幻桃園」

「ああ、ヨウォーク王国の国王を精神魔法で支配しているヤツがいてさ」

「まだ、残ってたのね、あの組織」

ヒカルが苦々しげに言う。

宰相に尋ねてもらうつもりで話題に出したのだが、彼女自身がその組織を知っていたようだ。

「知っているのか?」

「この前、言わなかったっけ？　フルー帝国でこの『影鏡』を使う集団がいたって話した事があったじゃない」

そういえばそんな話をした記憶がある。

「不死身の魔女ミュデっていうのが、フルー帝国の権力者に取り入って色んな事件を起こしてたのよ。あいつも精神魔法が得意だったから、あいつの魔法書が組織に伝わっていたのかもね」

「ヨウォーク王を錯乱させていたヤツもミュデって名前だったぞ」

「げぇえ。魔法書と一緒に名前まで継承させているのかな？　さすがにあいつ自身が生きているって事はないと思うけど、ちょっと注意しておいた方がいいかも」

「そうだね。そうするよ」

若返りの魔法薬や長命種もいるし、ヒカル自身も魔術的なコールドスリープで生き延びていたのだから、可能性がゼロとは言えないからね。

「シガ王国にも根を伸ばしているみたいだから、国王や宰相にも伝えておいてくれ」

オレはそう言って、マップ検索で見つけた「幻桃園」の構成員と潜伏場所をヒカルに伝えた。

これでシガ王国サイドは大丈夫だろう。


騎士団長が予言したとおり、国王からの呼び出しはなかった。

おそらくは、精神魔法使いのミュデが、オレを忘れるように何かしたのだろう。

この国を裏から操ろうとしているのは少し気になるが、今はオルキデの行方を追う方が重要だ。

この国の危機は、この国の人間に頑張ってもらえば十分だろう。

ちょっとしたお節介に、「魔女ミュデが精神魔法で王を操っている」という怪文書を、空間魔法の「物質転送《マテリアル・トランスファー》」で騎士団長や宮廷魔術師数名に送りつけておいた。ミイラ取りがミイラにならない事を祈りたい。

◆

「ここが旧クボォーク王都か……」

宮廷魔術師オルキデの行方を追って、オレは一人で旧クボォーク王国の王都、現クボォーク市へと偵察に来ていた。

旧クボォーク王国は別マップになっていたので、新たに「全マップ探査」の魔法を使ってみたのだが、クボォーク市内にオルキデはいない。

「……ずいぶん荒れているな」

空間魔法の「遠　見《クレアボヤンス》」で調べてみたが、全体的に治安が悪く路上生活者も多い。裏通りには汚物やゴミが放置されており、その中に腐乱死体が放置されている。旧クボォーク王国の住人は大半が奴隷同然の扱いを受けているようだ。

衛兵達もモラルが低く、露骨に賄賂《わいろ》を請求してくる。

羽振りが良さそうなのはヨウォーク王国の兵士達くらいだ。

オレはオルキデの行方を求めて、そんな兵士達が多い酒場に向かった。


「また、迷宮に忍び込もうとした馬鹿《ばか》が出たぜ」

酒場に入ると、兵士達の騒ぐ声が耳に飛び込んでくる。

オレは気配を消してカウンターの隅に座ると、通りかかった化粧の濃い女給に適当な酒を注文して、兵士達の会話に耳を澄ました。

「またかよ、学ばねぇヤツらだな。迷宮は封鎖されていて、オレ達ヨウォーク王国の兵士しか入れないって何度も告知されているだろうに」

「いや、今度はヨウォークのお貴族様だったらしい」

「マジかよ。お貴族様なら、軍に入ってあのいけ好かない魔術士のお守りでもやってくれよ」

「マトッシュのクソ野郎なら、前に将軍と喧嘩《けんか》してから、迷宮の奥に篭《こ》もってるぞ」

いきなりオルキデの左遷先情報をゲットしてしまった。

彼は封鎖された迷宮の中で何かをしているようだ。

「そいつじゃねぇよ。半年前に来た後任のクソの方だ」

「あいつも一ヶ月前から戻ってきてないぜ」

「そりゃいいな。もう迷宮の奥から出てくるなってんだ」

「どうりで俺達地上組に、交代の話がこないわけだ」

「将軍の取り巻きは自分達のレベル上げに専念ってわけか～」

迷宮の中には軍隊がいるみたいだけど、透明マントと天駆を併用したら気付かれずに潜入するくらいは楽勝だろう。

「そういえば、あの噂《うわさ》を聞いたか？」

「噂？　彷徨《さまよ》う亡霊ってヤツか？」

「そうそれ！　滅んだ王族の亡霊！」

「あの亡霊ってクボォークの王族なのか？」

「そうらしいぜ。迷宮が復活したのは王族を生贄《いけにえ》にしたかららしいし」

「自分を裏切った奸臣《かんしん》を捜して彷徨ってるってか？」

「馬鹿なヤツらだぜ」

「亡霊の事か？」

「どっちもさ。汚《きたね》え裏切り者どもも、ウサルサーキス陛下がまとめて処刑しちまった事も知らずに彷徨ってる亡霊もさ」

ふむ、アリサを陥れた奸臣は既にこの世にいないのか。

アリサの性格からして、仇討《かたきう》ちなんて言い出さないだろうけど、彼女を裏切った者達には詫《わ》びの一つも言わせたかった。まあ、死んだなら今さらどうしようもないか。


「——ここかな？」

必要な情報が聞けたので、今度はクボォーク王国の人達が集まる場末の酒場にやってきた。

亡霊話を聞いて、アリサやルルに墓参りをさせてやりたくなったので、墓の場所を地元の人に教えてもらおうとやってきたのだ。

「らっしゃい！　エールはヨウォーク銅貨で先払い。クボォーク銅貨は使えないよ！」

酒場に入るなり、露出の多い女給に言われた。娼婦《しょうふ》のような見た目だが、顔つきはまだあどけない。ルルと同じくらいの年齢だ。

「ワインか蜂蜜酒《ミード》はあるか？」

「お客さん、他《ほか》の国の人？　水で薄めたワインが一杯で半銀貨一枚。蜂蜜酒はないよ」

「ワインを一杯くれ。釣りで適当なツマミを頼む」

オレはどこの国かは明言せず、ストレージに死蔵されていたサガ帝国銀貨で支払った。

サガ帝国の銀貨は大きめなので、少なくともヨウォーク王国の半銀貨よりは価値が高いはずだ。

「店長、注文！　ワインとツマミ盛り合わせー！」

女給は銀貨を囓《かじ》って本物か確かめると、それを胸元に押し込んで厨房《ちゅうぼう》に駆けていった。

「くっそ、ヨウォーク王国のヤツらめ」

「全くだ。安い賃金でこき使いやがって！」

「お前んとこは払ってくれるだけマシさ。うちは何かっちゃー払わずに済ませやがる」

ワインやツマミを待つ風を装って酔客達の会話に耳を澄ましてみたら、いきなり恨み節が聞こえてきた。

それに同意する声も多い。やはり、旧クボォーク王国の人達は不満が鬱積《うっせき》しているようだ。

「衛兵に訴え出ても、罵倒《ばとう》されるか殴られるかだし、泣き寝入りしかねーよ」

「クボォーク王国の時代が懐かしいよ」

「おい、ここだけの話だがな――クボォーク王家の生き残りがシガ王国にいるらしい」

一瞬、アリサやルルの事かと思ったが、普通に考えてエルゥス君の方だろう。

「おい！　本当かそれ?!」

「ああ、本当だ。王子のお一人が手勢を集めて、ヨウォーク王国のヤツらから国を奪い返す準備を進めているらしいぜ」

妙に詳しいと思ったら、彼は老紳士から聞いていたエルゥス君の配下のようだ。

名前は聞いていなかったが、現地でレジスタンス組織を募る為《ため》に派遣されたメンバーに間違いない。

「さすがは王子だぜ。あの魔女が生きてたら爪《つめ》の垢《あか》でも煎《せん》じて飲ませてやりたいぜ」

「おい！　魔女はないだろ！　隠れ姫は俺達の暮らしを良くしようとしてくれてたじゃないか！」

「『富国の隠れ姫』ってか？　『肥料《ヒリヨー》』とやらは魔物が発生するし、うちの畑は腐るし酷《ひど》い目に遭わされたんだぜ」

「姫様はヨウォーク王国の手先に利用されただけだ！」

アリサを恨む声がある一方、アリサを擁護する声もあった。

「はん！　不吉な紫髪に何ができるってのよ！　最悪なドブスを侍女にするような趣味の悪いヤツよ？」

女給が恨み辛《つら》みの篭もった昏《くら》い声で酔客達にわめく。

不吉な紫髪っていうのはアリサの事だろうから、後者はルルの事に違いない。最近は忘れがちだけど、現地の人からはルルが不細工に見えるんだっけ。彼女がお城勤めをしていたようには見えないから、ルルが市井で暮らしていた時の知り合いかな？

アリサやルルへの悪口は思うところがあるけど、今は情報収集が優先だ。

「まあまあ、皆さん。今日は私が奢《おご》りますから、好きなだけ飲んで日頃《ひごろ》の憂さを晴らしてください」

女給が凍らせた空気を、大盤振る舞いで暖める。

しらけて帰られたら、情報収集ができないからね。

「兄さん、見かけない顔だね」

「初めまして、行商人のアキンドーと申します」

さっき見つけたエルゥス君の工作員がオレの素性を探りに来たので、偽名を名乗りつつ老紳士から貰《もら》った連絡用の木札をチラ見せする。

「おう、行商人か！　何か儲《もう》け話はないか？　代わりにオレの知ってる事ならなんでも教えてやるぞ」

「それは嬉《うれ》しいですね」

木札を見て、オレがエルゥス君の関係者だと悟ったようだ。

「──国王陛下や側近達がどこに埋葬されたか？」

工作員は首を傾《かし》げた後、「誰《だれ》か知ってるか？」と大きな声で酔客達に尋ねてくれたが、酒場にいる人達は誰も知らなかった。

「あたし知ってる！」

さっき、アリサやルルの悪口を言っていた女給が割り込んできた。

「どこだい？」

「うーん、どーしようかなー」

女給が薄い胸元を広げて稚拙な誘惑をする。

「今夜、あたしを銀貨三枚で買ってくれたら、ベッドの中で教えてあげる」

この酒場は女給が兼業で娼婦を営んでいるようだ。

情報収集の為とはいえ、未成年の子供を抱く気はない。

「悪いが情報だけでいい」

「振られちまったなあ、クク。おいちゃんが相手してやろうか？」

「うっさい！　酔っ払いは酒でも飲んでろ！」

酔客相手に女給が吼《ほ》える。

「──情報だけなら金貨一枚だよ！」

どうやら機嫌を損ねてしまったらしい。

ふっかけたつもりだろうが、オレにとっては誤差みたいなものだ。

「商談成立だ」

オレは金貨をテーブルの上に置く。

それをひったくろうとした娘の手を掴《つか》み、「情報を聞いてからだ」と釘《くぎ》を刺す。

なんとなく、お金だけ持ち逃げしそうな気配がしたんだよね。

「ちっ。墓はお城の裏手にある荒れた丘にあるよ。あの辺だけ草が生えないから、すぐ分かると思う」

女給は舌打ちした後、吐き捨てるように情報を教えてくれた。

オレは礼を言い、金貨を女給へと差し出す。

「よく知ってたな」

「あたしの父ちゃんの死んだ弟の嫁さんのお墓があるんだってさ。昔世話になったからって、貧乏なのに、なけなしのお金を使ってまでヨウォークの兵隊から聞き出してきたんだ」

酔客の問いに女給が応《こた》える。

あの金があればひもじい思いをせずに済んだのに、と少女がぶつくさ言いながら厨房の奥に引っ込んだ。

さっきの兵士酒場で裏付けを取ると、処刑された国王夫妻が重臣達と一緒に旧クボォーク王国の王城裏に埋葬されたという事が確認できた。王族に近しい側仕えの侍女や小姓も同じ墓に埋葬されているらしい。

さて、場所を確認に行こう。

都市の中央部、少し小高い丘の上に旧クボォーク王国の王城が建っている。

「この辺りは廃墟《はいきょ》のまま放置か……」

城周辺の貴族街があった範囲は魔族由来の大火災で焼け落ち、爆発か何かで吹き飛んだ瓦礫《がれき》がそこら中に散乱している。

中心にある旧クボォーク王国の王城は半分が黒焦げで崩れていた。アリサが言っていた魔族の襲撃の跡だろう。

特に酷いのはミサイルでも命中したように抉《えぐ》れた天守閣の辺りで、尖塔《せんとう》の一つが千切れて地面にめり込んでいる。

――うげっ。

尖塔の最上階は貴人を幽閉する部屋があったのか、砕けた石の隙間《すきま》から見えた部屋の中は壁一面に文字が書き殴られており、閉じ込められていた人間の狂気が伝わってくる。

囚《とら》われていた人の冥福《めいふく》を祈ってしばし黙祷《もくとう》し、その場を去った。

「ここか……」

女給の話通り、場所はすぐに分かった。

雑草が疎《まば》らに生えるだけの荒れた丘の一角に、雑草も生えない場所がある。少し土が盛り上がっているがそれだけで、墓標も何もない。単に穴を掘って埋めただけという感じだ。

アリサ達を呼びに行く前に、せめて墓石の一つも用意しよう。

ストレージから頑丈な隕石《いんせき》を取り出して、土魔法の「石製構造物」で墓標を作る。流星雨の隕石だったせいか、石製構造物の魔法で加工するのが少し難しかった。

とりあえず、場所も分かったので、仲間達を呼びに戻る為に帰還転移《リターン》を実行した。

◆

「ここがお墓……」

「酷いもんね。城も、貴族街も、魔族に焼かれたまま放置じゃん」

仲間達を連れて墓参りに戻ってきた。

いきなり泣き出すかと思ったが、アリサとルルの二人は粛々とした雰囲気で墓前に向かった。

「アリサ」

「ありがとう、ミーア」

アリサはミーアが差し出した花束を受け取り、墓前にそれを供える。

「ルル、線香を」

「ありがとうございます、リザさん」

リザが線香に火を付け、ルルに手渡す。

数珠と一緒に、アリサのリクエストで作ったヤツだ。

「墓前の祈りは手を合わせて冥福を祈るのだと告げます」

「あい」

「はいなのです」

ナナに教えられてタマとポチも神妙な顔で手を合わせる。オレも香炉に抹香を焼《く》べ、皆《みんな》と一緒に故人の冥福を祈る。

皆が祈りを終えてもアリサとルルは目を閉じて手を合わせたままだ。

きっと、故人に色々と語りかけているのだろう。

「──お待たせ」

「お待たせしました」

目尻《めじり》に薄らと涙を浮かべ、アリサとルルが祈りを終えた。

「もう、いいのか？」

「うん、たっぷり祈ったわ」

「私もお母さんとお別れができました」

ハンカチを取り出し、二人の涙を拭《ぬぐ》ってやる。

「ありがと、ご主人様。――それにしても殺風景ね」

アリサが墓場を見回す。

しまった。墓石だけじゃなく、周りに花を植えるくらいはしておけば良かった。

「ご主人様、樹霊珠を借りてもいいかしら？」

「いいよ。花の種はいるかい？」

「あはは、ご主人様にはお見通しなのね」

皆で墓の周りに花の種を蒔《ま》く。

「ルル、一緒にやりましょう」

「うん」

アリサが樹霊珠を掲げてルルを誘う。

ルルがアリサの持つ樹霊珠に掌《てのひら》を重ねる。

「力を貸して樹霊珠。父様や母様や兄様達やリリのお墓が――」

アリサとルルが樹霊珠を包んだ手を伸ばす。

「「――花でいっぱいになるように」」

二人の手から流れ込んだ魔力が、樹霊珠を通して大地に広がっていく。

「お花～？」

「綺麗《きれい》なのです」

種が芽吹き、色とりどりの花が咲き誇っていく。

故人を想《おも》う二人の優しさが宿ったような可憐《かれん》な花々だ。

「サトゥー」

ミーアがオレの袖《そで》を引く。

花の中に身体《からだ》が透き通った若い男が立っている。

昭和時代の少女漫画に良く出てきた、ストレートロングの黒髪をした美形だ。軽薄そうにも見える軽やかな容姿とは裏腹に、少し憂いのある表情をしている。

アリサやルルの父親にしては若い。彼女達のお兄さんかな？

「……ニスナークさん」

ルルがぽつりと呟《つぶや》いた。

「ニスナーク！」

そんなルルとは対照的に、ニスナークと呼ばれた男を視認したアリサが怒髪天を衝《つ》く勢いで叫ぶ。

ニスナークとアリサ達の間に、空間魔法の「隔絶壁《デラシネーター》」らしき透明な壁が現れた。

続けて、彼を囲むように幾つもの火球が現れる。

「わたし達を裏切り、国を売ったあんたが、よくもおめおめと顔を出せたわね！」

どうやら、こいつはアリサ達が奴隷落ちする元凶となった奸臣《かんしん》ご本人のようだ。

ルルが「ニスナークさんはベンさん達と一緒にアリサの改革を手伝ってくれていた人なんです」

と小声で教えてくれた。

「なんとか言ったらどうなの？」

アリサに罵倒《ばとう》されても、ニスナークは言葉を発する事なく一心にアリサだけを見つめている。

「それとも幽霊になって喋《しゃべ》る事もできなくなった？」

アリサが宙に浮かべた火球を、じりじりとニスナークに近付ける。

魔法の火に炙《あぶ》られて、ようやく火球に気付いたニスナークが口を開いた。

『――魔族は上手《うま》くやってくれたようですね』

妙な響きの声が花園に木霊する。

「上手く？　その言い方だと、離宮や王城を燃やした魔族はあんたの差し金？」

棘《とげ》のあるアリサの言葉に、ニスナークが首肯する。

『アリサ様、お願いです。陛下達の魂をお救いください』

「裏切り者のあんたが何言ってるのよ」

ニスナークの願いに、アリサが柳眉《りゅうび》を逆立てる。

『私を許してほしいとは申しません。未来永劫《みらいえいごう》に罪過の炎に焼かれようと構いません』

「良い覚悟じゃない。わたしがあんたの魂ごと焼き尽くしてあげるわ」

ニスナークの周りに浮いたままだった火球が勢いを増す。

『それがアリサ様のご意志なら、私は頭《こうべ》を垂れて受け入れます。ですが、その前にお伝えしないといけません』

冷たい目をしたアリサが、顎《あご》をしゃくって先を促す。

『迷宮の復活に使われた陛下達の霊魂は、今も迷宮核《ダンジョン・コア》に囚われて苦しみの中にあります。陛下達の魂をお救いください』

「迷宮の最奥にある迷宮核を破壊してこいって？　自分がどんな無茶を言ってるか分かってる？」

『はい。――ですが、アリサ様の後ろにいる方達なら、できる気がするのです』

ニスナークがオレやリザを見る。

アリサがニスナークに背を向け、オレに目で問いかけてきたので首肯してやる。

「分かったわ。でも、勘違いしないで！　あんたに頼まれたからやるんじゃないわ。父様達をそのままにしておけないから行くだけよ」

アリサが腕を一振りして、ニスナークの周りに浮かべていた火球を消す。

「ご主人様、聖碑を貸して」

裏切り者のニスナークを火魔法で焼き尽くすのではなく、聖碑による成仏を望むらしい。

「いいのか？」

「うん、死なば仏だから」

アリサらしい物言いだ。

オレはストレージから取り出した聖碑をアリサに手渡す。

「ありがと、ご主人様」

アリサの魔力を帯びた聖碑が青い光を発する。

『お待ちください、アリサ様』

それをニスナークが止めた。

『私は罪人です。あなたの意に背き、国を滅ぼす切っ掛けを作ってしまった私は、このまま現世に縛られて苦しむのがお似合いです』

「――本気?」

『はい』

アリサとニスナークが見つめ合う。

「……そう」

アリサが素っ気なく承諾し墓を去る。

「いいのか?」

「いいの」

オレの問いかけにアリサは硬い声で答える。

「あいつはいつだって頑固なんだから……」

声にならないほど小さなアリサの呟きを、聞き耳スキルが拾ってきた。

「仲間、だったんだね」

「――うん。実証実験をしてくれていたベン達と違って、あいつは予算を取ってきたり、貴族達を説得して回ったり、実験場所を確保してくれたりしていた」

「優秀な人だったんだね」

「うん。でも、人の悪意に少し鈍感だったの。理想を追うあまり、馬鹿《ばか》な連中の釣り針に掛かってさ。わたしを裏切り、国を滅ぼす切っ掛けを作っちゃったのよ」

ニスナークはアリサに隔意を持っていた第二王妃派や既得権益を守ろうとする大臣達、紫髪を忌み嫌う迷信深い者達――そんな人達とアリサ達の間を取り持とうと飛び回っていたらしい。

アリサはあまり詳しく言わなかったが、その善意をヨウォーク王国の間者に利用され、内政改革を連続して失敗させられて、アリサの悪評が広まる事になったらしい。

それだけなら「失敗」とは言えても、「裏切り」と言うには弱いから、ニスナークはそれに相応《ふさわ》しい何かをしでかしてしまったのだろう。

「あいつの事は――もういいわ」

アリサが過去を振り払うように首を振る。

「ご主人様、それに皆、わたしと一緒に迷宮に行ってくれる？」

アリサの水くさい頼みに、オレはくしゃりとアリサの髪を撫《な》で、「もちろんだ」と告げる。

もちろん、皆が異口同音に同意したのは言うまでもない。

幕間：前哨戦《ぜんしょうせん》

「練度が高い。領主に反旗を翻したとはいえ、さすがは元公爵領軍といったところか」

「ええ、装備も王国軍に匹敵します。英傑の剣や槍《やり》がなければ、相手の騎士を討つにも苦労した事でしょう」

先遣隊の指揮官と副官が、遭遇戦をした反乱軍を評価する。

「第一陣の反乱鎮圧部隊が全滅した都市は、この先か……長引かずに王都に帰りたいものだ」

「何か王都で気になる事でも？」

「嫁いだ娘の出産が近くてな……」

戦場ではなく、王都で孫の誕生を共に祝いたいと指揮官が口にする。

「伝令ー！　北の山道に所属不明の集団三〇を発見！」

「敵の増援にしては少ないな」

「ビスタール公爵領の旗はなかったとの事です」

「――反乱軍に与《くみ》する傭兵《ようへい》団か？　放置するわけにもいかん。マウァツ卿《きょう》の予備兵力五〇を出せ」

指揮官に命じられ、五〇名の兵士が迎撃に向かう。

「……練度が低い。農民兵に毛が生えた程度か」

戦闘が始まった北方の戦闘を遠見筒《とおみづつ》で確認していた指揮官が、そちらへの興味を失い正面の戦いに注意を戻した。

その直後、北方の戦場で大きな叫びが上がる。

「閣下！　あれを！」

副官に促され、再び遠見筒で北方の戦場を見る。

そこでは竜や悪魔を模した悪趣味な鎧《よろい》を着た数名の戦士達が、王国軍の兵士を相手に暴れる姿があった。身体強化の使い手なのか凄《すさ》まじい膂力《りょりょく》で大剣を振り回し、一振りで幾人もの兵士がなぎ倒されている。

「傭兵どもの中に名のある騎士でもいたか？」

「おそらく探索者くずれでしょう。ですが、運が悪かったですね。迎撃部隊にはマウァッ卿を始め六名の騎士がいます。すぐに討ち取られるでしょう」

迎撃部隊の騎士達が悪趣味鎧達に躍りかかると、一気に形勢が逆転した。

「さすがは陛下から『英傑の剣』を与えられたマウァッ卿――」

副官が言葉を詰まらせた。

マウァッ卿を始めとする「英傑の剣」持ちの騎士達が、悪趣味鎧達の腕を切り落としても剣を砕いても、相手は止まる事なく戦い続ける。

隙《すき》を突かれた騎士達が、悪趣味鎧達に次々と討ち取られた。

「なんなのだ、あいつは？」

「屍 薬《しかばねやく》でしょうか……」

「屍薬にあれほどの力はない――まさか、魔人心臓《デーモン・ハート》持ちか⁈」

指揮官は王都のビスタール公爵邸襲撃事件で襲撃者達が植え付けられていた禁断の装具を思い出した。

「伝令！　北西側の丘に更なる増援です！　従魔の姿も確認されています」

しかも、その増援にも悪趣味鎧が一〇人以上もいるらしい。

「ネジ使いか……」

「厄介ですね」

「うむ、少しマズいな。勝てない事はないが、味方の被害が大きくなる」

指揮官はわずかに逡巡《しゅんじゅん》したもののすぐに決断する。

「ここで兵力を削られるわけにはいかん。撤退する」

速やかに先遣隊は撤退を始めるが、時既に遅し。

蛇竜《ナーガ》の従魔に乗った反乱軍騎士達が、退路を塞《ふさ》ぐように待ち構えていた。その数は二〇。

「前門の魔、後門の竜か……食い破るぞ！　騎士を前面にだせ！　弓兵は矢を放ち、騎士の進軍を助けよ！」

指揮官は兵力の損耗を覚悟し、部隊の最高戦力である騎士達に難敵である蛇竜の排除を命じる。

「――強いな」

「はい、並の騎士には手強《てごわ》い相手です」

英傑の剣を持ったレベル三〇級の騎士ならば余裕だが、先遣隊にはそれほどの数はいない。

おまけに、反乱軍騎士達は蛇竜が飛べる事を利用して、遅滞戦闘に努めていた。

このままでは悪趣味鎧が合流した反乱軍本体が殿《しんがり》に追いついてしまう。

打開策のない窮地に、指揮官の胃がキリキリと痛む。

そこに、救世主が現れた。

「ひゃっはああああああああああああああ！」

赤い光を帯びた大鎌《おおがま》が一閃《いっせん》し、蛇竜が騎乗する反乱軍騎士ごと真っ二つになった。

白い鎧を身に纏《まと》った戦士が、笑いながら蛇竜や騎士を惨殺していく。

「……シガ八剣」

「大鎌を持った女性――間違いありません！　あれは『草刈り』のリュオナ様です！」

思わぬ援軍に、副官が明るい声でリュオナを指さす。

「リュオナ殿に続けー！」

「――『風刃』でござる！」

続いて現れた戦士達も、リュオナに加勢して次々に蛇竜や反乱軍騎士を討ち倒していく。

いずれも、「英傑の剣」持ちのマウァッ卿の活躍が霞《かす》むような凄腕《すごうで》ばかりだ。特に氷の剣を持つ赤い鎧の騎士と風を纏った軽装鎧の剣士が頭一つ抜けている。

「なんだあ？　かっけー鎧を着たヤツらがいるじゃねぇか！」

蛇竜部隊を蹴散《けち》らしたリュオナが、先遣隊の殿に食らいついていた悪趣味鎧の戦士達に気付いた。

殿の兵士達を惨殺し、応援に駆けつけた騎士達をも屠《ほふ》った悪趣味鎧達が、リュオナの視線に気付いて怯《おび》えたように後じさった。

「いっくぜぇえええええ！」

リュオナが悪趣味鎧を目指して駆ける。

「リュオナ殿！　そやつらは不死身だ！　気を付けられよ！」

「おうよ！　――死極断頭台《デス・ギロチン》！」

赤い光が弧を描き、悪趣味鎧ごと戦士を真っ二つに斬《き》り裂いた。

「なんでぇ、大した事ねぇじゃねぇか。お前ら！　こいつらに後れをとるなよ！」

「「応！」」

リュオナに追いついたシガ八剣候補達が、氷の魔剣や風を纏った魔刀で悪趣味鎧達を斬り捨てていく。

「す、凄い……」

「さすがは王国を守護するシガ八剣――」

不死身と思えた悪趣味鎧達も、シガ八剣やその候補達の持つ圧倒的な戦闘力の前では、雑兵と変わらぬようだ。

「――我らもリュオナ殿達に続くぞ！　雑兵は我らが始末する！　流れ矢で彼らを傷付けさせてはならぬぞ！」

指揮官の指示で先遣隊が隊列を組み直す。

反乱軍と激突した直後に、軍馬に乗った聖騎士達が戦場に到着し、形勢は完全に逆転した。

「これで初戦の勝利は王国軍のモノとなりますね」

「うむ、反乱軍の指揮官も撤退を決めたようだ」

反乱軍の後方にいた指揮官らしき者が撤退の大笛を吹く音が聞こえてきた。

「ですが、リュオナ様は逃がしてやる気はなさそうですよ」

悪趣味鎧達を倒し終えたリュオナが、反乱軍騎士達のいる方へ突撃していく。

――GYAOOOOOSZ。

北東の丘の向こうから咆哮《ほうこう》が聞こえた。

「敵の伏兵か?」

「もしかしたら、第一陣の反乱鎮圧部隊を全滅させたヤツかもしれません」

リュオナ達が反乱軍騎士との戦いを中断して、丘の向こうへ消える。

――GYAOOOOOOSZ。

魔物の咆哮が響き、丘の向こうでリュオナ達の必殺技らしき赤い光が煌《きら》めく。

「シガ八剣のリュオナ様がいる限り、たとえ反乱軍がヒュドラを使役しようと敗れる恐れはありません」

副官が言う。それはまるで自分に言い聞かせているかのようだ。

――GYAOOOOOOSZ。

丘の向こうから炎が噴き上がり、黒煙を曳《ひ》きながらリュオナ達が吹き飛ばされてきた。

「リュ、リュオナ様?!」

副官が驚愕《きょうがく》の声を上げる。

身体《からだ》中に火傷《やけど》を負いながらも、リュオナ達はすぐに立ち上がり、各々に武器を構えて丘を見上げる。

「な、なぜ、こんな場所に——」

丘の向こうから現れた姿に、指揮官が声を震わせた。

爬虫類《はちゆうるい》の顔と広げた蝙蝠《こうもり》の翼。それは——。

「——竜《ドラゴン》」

噂《うわさ》はあった。

だが、それを本気で信じる者はほとんどいなかった。

なぜなら、竜が卓越した強者《つわもの》以外の前に現れる事は、ほとんどなかったからだ。

「本当にいたのか……」

竜——正しくは下級竜だったが、それは彼らの救いにはならない。

丸帽子を被《かぶ》ったどこかひょうきんな姿や、竜が片手に掴《つか》む派手な衣装を着た男の姿を気にする事ができた者は誰《だれ》もいなかった。

「全軍撤退！　全速力で逃げろ！」

おののく副官を余所《よそ》に、指揮官は兵力の保全を第一に考えた指示を出す。

——GYAOOOOOOSZ。

背後の丘で翼を広げる竜の顎《あぎと》から炎が舌のように溢《あふ》れる。

「炎の息吹――マズい！　竜の吐息《ドラゴン・ブレス》が来るぞ！」

全力で馬を走らせる指揮官の背に、竜の顎から溢れた炎が迫る。

「ミセーナ、お前の子を抱いてやる事はできぬかもしれん……」

身を焦がすような熱い空気を感じながら、指揮官の脳裏に娘や妻の姿が走馬灯のように流れた。

「うっらあああ！　逆さ、死極断頭台！」

リュオナの叫びと同時に、指揮官の背を焦がしていた炎が空に逸《そ》れた。

彼女の必殺技が炎の息を吐く竜の首をかち上げたようだ。

「時間を稼がせてもらうぜ」

「お手伝いいたします」

「拙者も」

大鎌を振り抜いたリュオナの左右に、氷の魔剣を持つ赤い鎧の剣士「紅の貴公子」ジェリルと風を纏う魔刀を持つ「風刃」バウエンが並ぶ。

竜はリュオナ達を威圧するように翼を広げて睥睨《へいげい》していたが、手に握られた派手な服を着た男が何か叫ぶと、驚異的な跳躍力で空へと飛び上がり、そのまま風に乗って丘の向こうへと消えた。

戦場には既に反乱軍の姿はなく、物言わぬ無数の屍が野に転がっているだけだった。

「見逃してもらえたか……」

「ええ、リュオナ様達のお陰で命拾いしました」

「それにしても……竜が反乱軍に協力している？　それも調教師《テイマー》らしき存在付きで……」

彼には竜が反乱軍の撤退を助け、テイマーらしき派手な服の男の指示で撤退したように見えた。

だが、「そんな事がありえるのか？」という常識が指揮官の思考を妨げる。

「前線指揮官が判断するには分を超える。後は将軍閣下やビスタール公爵にお任せしよう」

指揮官は常識を超えた難問を考えるのを止《や》め、自分の責務を優先する事にした。

「士官は自分の部隊を掌握しろ！　生存者を回収し、本体に合流するぞ！」

命拾いした幸運に感謝し、指揮官は声を張り上げた。

生贄《いけにえ》迷宮

〝サトゥーです。昔の物語にはマッドサイエンティストが当たり前のように登場していましたが、最近はあまり見かけなくなって少し物足りない気がします。もっとも、リアルでは決して出会いたくないですけどね。〟


「物々しい警戒だと告げます」

「ヨウォーク王国の練兵場のような場所ですから」

迷宮前に十重二十重に作られた塀や塹壕《ざんごう》を行き来する兵士達を見て、ナナとリザがそう評した。

「ご主人様、どうやって入るの？」

「強行突破？」

「そんな物騒な手段は使わないよ」

それが一番簡単に入れるのは事実だが、ちょっと選択したくない。

「一度中に潜入して皆《みんな》を迎えに来るよ」

「タマも一緒に行く～？」

「おおっ、忍者タマの本領発揮ね！」

チームの斥候をしていたタマなら、相手に察知されないスキルを持っているから連れていっても大丈夫だろう。

ポチも一緒に行きたそうだったが、アリサに「お侍様は後ろでドンと構えているモノよ」と諭されて残留を承知した。

「それじゃ、これを着たら行こう」

「にんにん～」

ピンクの忍者衣装に着替えたタマに透明マントを着せる。もちろん、オレもだ。

「ここからは手信号で行くよ」

「あい」

オレは仲間達と別れ、物陰から物陰へと駆けていく。

やがて、警備の兵士達との間に遮蔽《しゃへい》物がない場所まで来た。

「透明マントを起動しよう。ここからはタマが先行だ。ちゃんと後ろをついていくから安心するように」

「あい」

オレ達は透明マントに魔力を流し、光学迷彩状態になって抜き足差し足で物音を立てないように警備兵達の間をすり抜けていく。オレには透明になった相手が見えるので、迷いなくタマの後ろを追いかける。

魔力感知系のスキル持ちがいないか気になったが、迷宮前に置いてある魔力炉が稼働中なので、透明マントの微弱な魔力を察知される事はなさそうだ。

それにしても、陣地に設置された魔力砲や火砲が迷宮の外側を向いているのが気になる。

彼らは迷宮から溢れる魔物ではなく、外部からの襲撃を警戒しているようだ。

――おっと。

タマが迷宮の入り口前で合図を待っていたので、オレも滑るような足取りでタマの横に移動する。

迷宮の入り口には鉄製の扉が据え付けられ、普段は閉ざされているようだ。

兵士が通行するタイミングを待って、タマを抱えて天駆で彼らの頭上を通って迷宮の中へと侵入した。

セリビーラの迷宮よりも、公都地下にあった遺跡の廃墟《はいきょ》に近い感じのかび臭さだ。

たいまつが設置された通路を離れ、周りに人の気配がないのを確認してから透明マントを脱ぐ。

「お疲れ様。潜入成功だよ」

「みっしょん、こんぷりーと～」

タマがくるくると踊る。

歓喜の踊りを見届けてから、全マップ探査で迷宮の情報をゲットした。

――あれ？

オレの持つ資料では、この迷宮の名前は「小鬼迷宮」だったのだが、マップに表示される名前は「生贄迷宮」になっていた。クボォーク王国の王族を生贄にして復活したせいで名前が変わったのかもしれない。

オレは他《ほか》の情報に目を走らせる。

迷宮の「迷宮核《ダンジョン・コア》」や「迷宮主《ダンジョン・マスター》」の場所は分からなかったが、中層付近や最下層に別マップへと続くような通路や扉があったので、きっと迷宮主はその先にいるに違いない。迷宮核も空白地帯のいずれかにあるはずだ。

中層の別マップが、本来の目的である「強制《ギアス》」スキル持ちの宮廷魔術師オルキデ・マトッシュの拠点だと手間が省けて嬉《うれ》しいのだが……。

「お迎えいく～？」

「そうだね。そろそろ皆を連れて来よう」

オレは刻印板を設置し、仲間達のいる場所と帰還転移《リターン》で往復して連れてきた。

「さて、目的地は迷宮中層域の地下二〇階と二四階、それと最下層の五〇階だ」

「階って事はこの迷宮はオーソドックスな階層型ダンジョンなの？」

アリサに首肯する。

セーリュー市の迷宮も迷宮都市セリビーラの迷宮も階層型じゃなかったから、これがオーソドックスかどうかは分からない。公都地下の廃墟は、どちらかというと階層型だったかな？

「中層域のどちらかに、宮廷魔術師オルキデが潜んでいると思われる。そいつを捕縛し、アリサとルルのギアスを解除させるのが第一の目標だ」

皆が心配するので口にしなかったが、オレがギアスを受けて、スキルをゲットするという方法も選択肢の一つだ。

「もう一つの目標が最下層に潜む迷宮主を撃破し、アリサとルルの親兄弟の霊魂を縛る迷宮核を破壊する事だ」

こちらは破壊するだけなので簡単だ。

「この迷宮の敵はデミゴブリン、デミオーク、デミオーガなどの二足歩行系の魔物が多い。どの魔物も影小鬼《デミゴブリン・アサシン》なんかの派生型がいるので油断しないように」

他にもスライムやネズミなどの生き物やキメラなどもいるようだ。

「迷宮内には魔物相手に訓練をするヨウォーク王国軍もいる。可能な限り遭遇しないコースを選ぶが、何箇所か回避不能な場所もある。そこは隠れてやり過ごすので覚えておいてくれ」

オレの注意に仲間達が気合いに満ちた顔で返事する。

「行こう。オレとポチが先頭。真ん中はナナとルルがミーアとアリサを前後に挟む感じで、リザとタマは最後尾を頼む」

通路が狭いので変形二列縦隊だ。

迷宮を進むと、すぐにデミゴブリンと遭遇《エンカウント》し始めた。

――GGWOOOOOOOOZB。

「遅い！　のです」

ポチがデミゴブリン・グラップラーが放つフックの下を潜《くぐ》って避《よ》け、下から無防備な胴体を斬《き》り上げる。

――GGWOOOOOOOOOZB。

——GGWOOOOOOOOOZB。

今度はデミゴブリン・ソードマンとデミゴブリン・シーフが躍りかかってきた。

「ちぇいやー、なのです」

ポチの蹴《け》りがシーフを撥《は》ね上げ、ソードマンの剣に対する肉壁とする。

戻した蹴り足が地面を叩《たた》き、魔刃で拡張された魔剣が二体まとめて両断した。

「デミのヒトだと歯ごたえがないのです」

「ポチ、慢心は禁物ですよ」

リザがポチの油断を窘《たしな》める。

「はいなのです。ポチの心は『ジョージィ戦場』なのですよ」

きっと「常在戦場」の言い間違いだろう。

「次はたっぷたぷ～？」

「タプタプって事はオークね」

「むぅ、豚鼻嫌い」

「イエス・ミーア。デミオークは視線が厭《いや》らしいと告げます」

暗がりの向こうから、どたどたとデミオーク達がやってくる。

公都や王都の地下で会った妖精《ようせい》族のオーク達と異なり、こちらのデミオークはコンピュータRPGに登場する豚顔のオークそのものといった外見をしていた。

「先手必勝、ボイルド・ポークの術！」

アリサの放った火魔法「火炎放射《フレイム・スロワー》」がデミオーク達を火達磨《ひだるま》にする。

もちろん、アリサが口にした「ボイルド・ポークの術」なんて存在せず、単なるノリで言っているだけだろう。

「カトンボの術～？」

背後から忍び寄っていた影小鬼を、タマは火遁《かとん》の術で焼き払う。

こちらは魔法ではなく、火石《ひいし》の粉末を利用した忍術だ。

「ゴブリンさんやオークさん達が多いですね」

「イエス・ルル。一匹見かけたら三〇匹くらい現れると告げます」

話しながらもルルが二丁拳銃《けんじゅう》でデミゴブリンやデミオークの額を撃ち抜いている。

ナナはルルの射撃で間に合わなかった分を、シールド・バッシュで吹き飛ばした。

「サトゥー」

ミーアの傍らに小さなシルフが浮かんでいる。

「兵士いた」

ミーアが通路の一つを指さす。

彼女は戦闘を周りに任せて、分裂させた小シルフで通路の先を調査してくれていたようだ。

困った事に、兵士のいる通路は下に降りるのに必ず通る必要がある場所だったので、戦闘を終わらせた皆を連れて近くまで偵察に向かった。

「――あれか」

大きめの広場で、ヨウォーク軍の兵士達が魔物と戦闘していた。

レベル一五前後のデミオーク達の団体と戦っているようだ。

ボロボロの鎧《よろい》を着た盾持ち兵士達がデミオーク達の攻撃を受け、ちゃんとした鎧を着た兵士達が後ろから槍《やり》でデミオークを攻撃するスタイルのようだ。

『肉壁隊、下がるな！』

パワフルなデミオークの攻撃に怯《ひる》んだ盾兵に、後ろから指揮官の声が飛ぶ。

なかなか酷《ひど》いネーミングだ。

『だから、下がるなってんだよ！』

それでも下がってしまった盾兵士の尻《しり》を、後ろの槍兵が蹴飛ばした。

『ぎゃはは、あの馬鹿《ばか》、オークに思いっきり頭を殴られてやんの』

『死んだかな？』

『いや、生きているみたいだ。クボカスはしぶといぜ』

『貴様ら！　無駄口を叩くな！』

槍兵士達が盾兵士の惨状を嘲笑《あざわら》う。

どうやら、盾兵士は部隊の中でヒエラルキーが低いらしい。

「あれ……」

アリサの呟《つぶや》きに気付いて振り返る。

「……クボォーク王国の紋章だわ」

肉壁隊と呼ばれた盾兵達は、旧クボォーク王国の奴隷兵達だったらしい。

後ろの槍兵はヨウォーク軍の正規兵だ。

『そろそろだな……。魔法隊、止《とど》めを刺せ！』

詠唱を終えていた魔法使い達が、「火球《ファイア・ボール》」や「石筍《トス・ストーン》」の魔法でデミオーク達を攻撃する。

火魔法使いや炎魔法使いが一番多く、それに続いて土魔法使いが多い。風魔法使いや水魔法使いもいるようだが、数はあまり多くない。氷雷光闇《やみ》の四種を使う者はいないようだ。

「……酷いです」

魔法使い達の放った魔法が、デミオーク達の猛攻を受け止めていた盾兵士を巻き込む。

ここにいる魔法使いは練度が低いらしい。幸い死人はいないようだが、火傷《やけど》を負う者や骨折をする者が続出している。

『おいおい、わざと巻き込んでるんじゃないか？』

『魔法使い達も性格が悪いぜ』

槍兵達は地面を転がって火を消す盾兵士を指さして笑う。

元敵国の奴隷兵だったとしても、この扱いは酷い。

「マスター、見慣れない大きな二足歩行型魔物が接近中と告げます」

「小巨人《リトル・ジャイアント》ではないようですね。角がありますし、デミゴブリンを大きくしたような醜悪な姿をしています」

ナナやリザの見る方角に視線を向ける。

「あれはデミオーガだ」

レベル三〇で身長三メートル半の大きな大きな魔物だ。巨大な棍棒《こんぼう》が得物らしい。

――LUOOORGAAAAA。

デミオーガの野太い咆哮《ほうこう》が広場に響く。

『隊長！　オーガが来ます！』

『こんな場所にオーガだと？』

『もう五階層は下にいるはずの魔物がどうして？』

『魔法の爆発音に惹《ひ》かれたか？』

『うろたえるな！　第一小隊から順に脱出する。斥候は煙幕を投げろ！　盾兵は殿《しんがり》だ！　オーガが追いついてきたら遅滞戦闘に努めろ。これは「命令」だ！』

ヨウォーク王国の兵士達が撤退を始めた。

怪我《けが》人だらけの奴隷兵を捨《す》て駒《ごま》にするようだ。

「ご主人様、お願いします。あの人達を助けてあげてください」

ルルが涙目で懇願する。

その声に顔を伏せていたアリサも顔を上げた。顔色が真っ青だ。

「大丈夫。任せて」

オレはルルとアリサの頭を撫《な》で、力強く頷《うなず》いた。

◆

「ご主人様、どうやるの？」

早く介入しないと、盾兵士に犠牲者が出そうだからか、アリサが焦った顔で問いかける。

白い煙幕が立ちこめる広場からヨウォーク軍兵士の過半数が脱出しているとはいえ、まだまだヨウォーク軍の耳目が残っている。

「こうするのさ」

――LUOOORGAAAA。

腹話術スキルでデミオーガの声をマネし、光魔法の「幻影《イリュージョン》」でオーガの群れを出現させる。

上手《うま》い事に、幻影の出現に驚いたデミオーガが歩みを止めて、戸惑いの視線をこちらに向けた。

「ポチも手伝うのです」

「タマもやる～？」

足音に合わせて振動を出す為《ため》の大きなハンマーを、タマとポチに渡す。ネタ武器だったが、思わぬところで役に立ってくれそうだ。

『オーガの新手だ！　一〇匹以上いるぞ！』

『にげろぉおおお！　喰《く》われるぞ！』

整然と撤退していたヨウォーク軍が幻影の群れを見て潰走《かいそう》を始めた。

『盾兵ども！　最後の一人になってもこの場を死守せよ！』

指揮官が鬼畜な命令を叫んで、通路の向こうに消えた。

オレはストレージから出した幾つかの巨岩を、常時展開している術理魔法「理力の手《マジック・ハンド》」で投げて、彼らが消えた通路を塞《ふさ》ぐ。これで分断は成功だ。

『ちくしょう！　オーガ達の投石で退路が！』

『どのみちクソ隊長の命令で逃げられん』

『ああ、どうせ死ぬなら、オーガに喰われるんじゃなく、国や家族の為に戦って死にたかったぜ』

旧クボォーク王国の奴隷兵達が悲愴《ひそう》な声を上げる。

このままだと特攻しそうなので、デミオーガの注意をこっちに引こう。

――LUOOORGAAAA。

腹話術スキルで作ったデミオーガの咆哮に、「挑発」スキルを乗せる。

「アリサ、火魔法でデミオーガを派手に倒してくれ」

「分かった！　――豪火柱《フレイム・ポール》」

デミオーガの足下から火炎の柱が噴き上がる。

火炎の範囲からデミオーガが逃げそうだったので、新魔法の「鉄　筍《アイアン・トス》」を発動して即席の牢獄《ろうごく》を作って閉じ込めた。

『オーガの中に魔法を使うヤツがいるぞ！』

『同士討ちか？』

『今のうちに逃げ——ぐあっあああ』

逃走を指示しようとした奴隷兵がその場に蹲《うずくま》る。

命令に違反した為に、隷属の首輪が締まったようだ。

——マズい。

「彼らを気絶させる。通路の向こうの兵士に気付かれないように後送してくれ」

オレは小型オーガの幻影を身に纏《まと》った状態で、彼らのただ中に縮地で飛び込んだ。

『小さいオーガが！』

『くそう、なんて速さだ』

拉致《らち》スキルを頼りに、奴隷兵達を気絶させていく。

お口チャックのポーズをしたタマとポチが、担架の上に奴隷兵達を乗せて後送する。ナナとリザは奴隷兵達を両脇《りようわき》に抱え、華奢《きやしや》なルルも奴隷を背負って運んでくれた。

後送された兵士達を、アリサがトリアージ——怪我人の重症度に基づいて優先順位を付け、ミーアがその順に回復魔法で癒《い》やしていく。

さて、怪我人は皆《みんな》に任せておけば大丈夫だろう。

塞いだ通路の向こうから、こちらを覗《のぞ》き込もうとしていた兵士がいたので、通路の上部に向けて火魔法の「小 火 弾《ファイア・ショット》」を叩き込んでみる。向こうから兵士達の悲鳴や指揮官の動揺する声が聞こえてきた。

小火弾の影響で岩の上部も溶けているし、しばらくは余計なちょっかいを出そうとは思わないだろう。

オレは忙しいタマやポチに代わって戦闘音を偽装しつつ、腹話術スキルで奴隷兵達がデミオーガ達と絶望的な戦いの末に全滅した感じを演出してみた。

『喰うなー！　俺を喰わないでくれ――ぎゃぁああああああ』

――LUOOORGAAAAA。

『よくも仲間を！　死ねぇえええええええ！』

――LUOOORGAAAAA。

『ぐあぁあああああああああああああ！』

ちょっと演技に没頭しすぎたのか、仲間達が目を丸くしてこちらを見ていた。

……恥ずかしくなるので、あまり見ないでほしい。

奴隷兵達を清潔な服に着替えさせ、血だらけの鎧や服を死んだデミオーガの牙《きば》や爪《つめ》で引き裂いて、適度に散らす。この部屋にはオークの死骸《しがい》がたくさんあったので、風魔法で破壊して肉片や骨片を飛び散らせた。

これで奴隷兵達の死を偽装できるだろう。

偽造スキルと贋作《がんさく》スキルの力を借りて頑張ったし、ヨウォーク軍が鑑定《アナライズ》スキルを使ってわざわざ調べたとしても、そう簡単に見分けが付かないはずだ。

◆

「……あなたは？」

「エルゥス殿下の依頼で救助に来た。勇者ナナシ様の従者クロと言う」

オレはクロの姿に変身し、意識を取り戻した奴隷兵達と面会していた。

「勇者様の従者！」

「こ、ここは？」

奴隷兵達が周囲を見回す。

ここは大砂漠にある都市核《シティ・コア》の間だ。

ユニット配置で彼らをここまで連れてきた。心配性のアリサに反対されたが、彼女の持つ「魂の器」が傷付く事を防ぐ秘宝《アーティファクト》「魂殻花環」を装備する事で、なんとか折り合いを付けてもらった。

「お前達の奴隷契約を解除する為の場所だ」

「ほ、本当か⁈　本当に奴隷から解放してくれるのか？」

「その通りだ。一度、お前達を名誉士爵に任じ、その後で爵位を剥奪《はくだつ》する」

オレの説明が足りなかったのか、奴隷兵達が訝《いぶか》しげな顔で互いの顔を見合わせた。

「そ、それになんの意味が？」

「最初に爵位を与えた時点で、奴隷状態が強制解除される。この方法なら、お前達の主人であるヨウォーク軍の人間の同意がなくても問題ない」

一人が代表して聞いてきたので、その理由を説明してやる。

彼らが同意してくれたので、順番に爵位の授与、奴隷契約の強制解除、爵位の剥奪というルーチンを繰り返し、彼らを奴隷解放していく。

>称号「解放者」を得た。
>称号「首切り人」を得た。

なんだか称号が手に入った。後者は爵位剥奪に対するものだろう。

奴隷から解放した彼らを「理力の手」で掴《つか》んで、カゲゥス市近傍の拠点にユニット配置で移動する。

「あの都市にエルゥス殿がいる。ここからはお前達だけで行け」

オレはそう言って、彼らに入市税に十分な金とエルゥス君と繋《つな》ぎをとる為の手紙を渡した。

普段着だけだと入り口で怪しまれそうだったので、「骨加工《ボーン・クラフト》」の魔法でサクサクと作った鎧《よろい》と武器、それから不良在庫の保存食を詰めた背負い袋を与えてある。前者の装備は正規軍兵士程度の性能に抑えてあるので大丈夫のはずだ。

◆

「ただいま。彼らはエルゥス君のいる都市まで送っておいたよ」

「ご主人様、ありがとう」

「ありがとうございます、ご主人様」

迷宮に戻ると、アリサとルルが心配そうな顔で駆け寄ってきたので、奴隷兵達のその後を伝えておいた。

「マスター、オーガ達の撤退偽装は完了したと報告します」

「ありがとう。見事な偽装だね」

「ん、完璧《かんぺき》」

ナナが報告し、ミーアが胸を張る。

仲間達にはオーガ達が撤退した痕跡《こんせき》の偽装を頼んでおいたのだが、思った以上に完璧な仕事をしていてくれた。なかなかリアルな足跡と攻撃痕《こん》だ。

「ミーアの精霊で下の階から本物のオーガを引っ張ってきたのよ」

なるほど、妙にリアルだと思ったら、本物を使っていたのか。

「マスター、オーガの死体を貫いている鉄棘《てつとげ》は回収しますかと問います」

ナナが言うのは「鉄筍」で地面から生やした幾つかの円錐槍《えんすいやり》の事だろう。

「わたしの魔法で溶けかけてるけど——ってメッキ?」

よく見ると、鉄筍と言いつつも鉄なのは表面だけで、本体は石だった。

おそらく鉄筍の魔法は土中の砂鉄を集めて、石筍の表面を鉄でコーティングする事で貫通力をアップさせた魔法だったのだろう。

大した量は回収できないだろうけど、せっかくのナナの提案だったので、精錬用魔法の「金属融解《メルト・メタル》」と「金属抽出《サンプリング・メタル》」を使ってコーティングしてあった鉄を回収する。

それを眺めていたポチのお腹《なか》がきゅるきゅると鳴る。

「ここでお昼ってわけにもいかないから、もう少し下の階でお昼にしよう」

ポチとタマの口にジャーキーを差し込み、そう仲間達に告げる。

アリサに借りていた「魂殻花環」を返し、五階層ほど下でお昼ご飯を済ませた。この迷宮は肉が得られる獲物がいなくて獣娘達がしょんぼり気味だったので、お昼ご飯は肉多めのメニューにしてみた。

お弁当で気分を上げた後、中層の空白地帯を目指してデミオーガ率が高くなった迷宮を進む。

「マスター、腕が火砲になったデミオーガがいると報告します」

「向こうには複眼になったデミオークや頭が複数あるデミゴブリンなども徘徊《はいかい》しているようです」

中層の目的階層の一つ目まで来た時、ナナとリザが奇妙な魔物を見つけた。

「キメラ」

「オルキデに改造されたのかしら?」

「なんだか、かわいそうです」

ヨウォーク王国の軍備増強に魔物の品種改良をしているようだ。

キメラなら作り出した者の名前がＡＲ表示されるかと思ったのだが、備考欄にそれらしき情報はなかった。

「門見つけた～？」

空白地帯方面の偵察に行っていたタマが戻ってきた。

タマの案内で門の場所へと向かう。

「赤錆《あかさび》」

「手入れがなっていないと落胆します」

ミーアとナナが言うように、空白地帯と迷宮を区切る門は赤錆《さ》びた鉄製のモノだった。

「罠《わな》ないよ～？」

オレの罠発見スキルでもタマと同じく罠の痕跡を見つけられない。

「タマが解錠してみるかい？」

「あい」

タマが七つ道具を使ってキコキコと鍵《かぎ》を開ける。

「開いた～」

「偉いぞ、タマ」

「にへへ～」

解錠に成功したタマを褒める。

念の為《ため》、身バレを防ぐ為にクロの姿に変装し、仲間達もフルフェイスの黄金鎧を着込ませる。

門の向こう側にある廊下から、別マップになっているようだ。全マップ探査の魔法を実行すると、魔法使い一人と睡眠状態のキメラ数十体、それから魔法使いの使役するゴーレムやリビングドールが一〇体ほどいる事が分かった。

「どう？　ご主人様」

「魔法使いはいたけど、例のギアス持ちじゃなかった」

それよりも、問題はキメラ——その素体だ。

「えまーじぇんー～？」

「とーなのです！」

「マスター、敵襲と告げます」

オレはAR表示されているメニュー画面を消去する。

廊下の先にいる前衛陣の足下には、手が剣や盾になった戦闘用のゴーレムの残骸《ざんがい》が転がっていた。

「ご主人様！　来てください！」

廊下の向こうを見回していたリザがオレを呼ぶ。

「……何、これ？」

「むぅ」

そこにはホムンクルスのナナが調整に使うようなチューブ型の硝子《ガラス》筒が一〇本以上あり、製造中のキメラがオレンジ色の液体に漬かっていた。

「人が魔物とくっついて……」

ルルが絶句する。

オレはルルを抱き寄せ、「見ない方がいい」と囁《ささや》く。

リザがポチとタマの、ナナがミーアの目を塞《ふさ》いで後ろを向いた。

「クボォーク王国の騎士を素体にしたんだわ」

アリサが涙を流しながら、唇を噛《か》みしめた。

『きっさま達は、だあれだあああああああああ！』

部屋の奥から、ローブ姿の魔法使いが現れた。

ＡＲ表示される名前は「ベドガー」。オレ達が探している宮廷魔術師オルキデとは別人だ。

『うっわたしの研究体を盗みに来たのであろぉおうううう』

「怒りのファースト・ブラストォォォォ！」

変なしゃべり方をするベドガーを、アリサが無詠唱の空間魔法で殴りつける。

『ぷげらああああああ』

顔を陥没させたベドガーが、鼻血を撒《ま》き散《ち》らしながら部屋の奥に転がっていく。

たぶん、空間を圧縮して衝撃波を撃ち込む非殺傷系の対人制圧魔法を使ったのだろう。

怒りの形相をしたアリサも、相手を殺さないだけの分別はあったようだ。

こんな時にもどこかで聞いたフレーズでふざけるのは、アリサなりのガス抜きだったのかもしれない。

『う、うっわったしの顔を殴ったぬぁあああああああああ！』

「父親にも殴られた事がなかろうと、関係ないわ！　誅伐《ちゅうばつ》のセカンド・バーストォオオオオオ！」

鼻を押さえて叫ぶベドガーを、アリサは無詠唱の衝撃波を重ねてボコボコにする。

「とどめのサード・インパクト――」

「アリサ、そこまでだ」

これ以上は殺してしまいそうなので、アリサの魔法を止める。

『こ、ころふぁないふぇ』

衝撃波の嵐《あらし》に晒《さら》されて心が折れたのか、ベドガーが腫《は》れ上《あ》がった顔に鼻血を流しながら命乞《いのちご》いする。

「このままだと聞き取りにくいな――」

オレはベドガーの咥内《こうない》に範囲を絞って治癒魔法を使う。ダミーに昔作った失敗作の苦い汁を頭から掛けておいた。

「喋《しゃべ》れるか？」

『死ぃねぇえええええええ！』

ベドガーはオレの質問に答えず、懐に隠していた短杖《たんじょう》をアリサに向ける。拳銃《けんじゅう》的な短い火杖《ひづえ》らしい。

だが、その短杖は火を噴く事なく、短杖を握ったベドガーの手ごと粉砕された。ルルの早撃ちだ。

『ぐぁあああ、うっわったしの手ぐぁあああああ』

『抵抗するなら命はない』

オレは威圧スキルをベドガーに浴びせる。

相手が気絶しないギリギリを攻めてみた。

『ひぃいいいい。い、命、命だけはぁあああああ』

怯《おび》えきったベドガーが真っ青な顔で命乞いする。

『質問に答えろ』

『し、質問にぃ答ぁえたらぁああ、命を助けてくれるかぁああ？』

『お前が誠実に答えるなら、オレや仲間達はお前を殺さないと誓おう』

『わ、分かったぁああ。何でもぉ、なんでもぉお聞いてくれぇええ』

ベドガーは顔から色んな液体を流しながら、何度も頷《うなず》いた。

『最初の質問だ。このキメラ達を元の人間に戻せるか？』

『戻せるわけがないぃいいさあ。ベリージャムをベリーに戻す事はできなぁあいようにぃいい』

引きつった泣き笑いでベドガーが言う。

『エリクサーでもか？』

『雑なキメラならともかくぅう、エルフの技術を用いた融合装置で作ったあ、うっわったしの完璧なキメラには効かないぃいいさあ』

――エルフの技術？

硝子筒の装置を確認したら、製造者の名前が「トウヤ」になっていた。

エルフ系の名前じゃないし、むしろ装置を作ったのは転生者の可能性が高い。

忘れないように、要注意人物メモに名前を記入しておこう。

『つまり、元に戻す方法はないって事？』

『その通りぃいい。「賢者の塔」の変人達やぁああ、鼬《イタチ》帝国の連中が使う禁忌の術ならぁああ、可能やもぉおしれんぞぉおおお？』

適当な世迷《よま》い言《ごと》かもしれないが、せっかくアリサが引き出してくれた情報だし、メモしておこう。

『次の質問だ。どうして彼らをキメラにした？』

『うっ畏《おそ》れおおくもぉお、国王陛下からの勅命であぁるぅうう。竜の因子を植えたぁあ最強の「竜人」達で無敵の軍団を作りぃいい、エルディォーク大王国再興の礎にするのだぁあああ』

あの国王が元凶か……。

『それで、竜の因子とはなんだ？』

『竜の血が少々手に入ったからぁああ、亜竜のヒュドラやナーガと共に融合させたのさぁああ。うつわったしの技術は王国一ぃいいいい』

こいつが言うように、キメラにされた者達には爬虫《はちゆうるい》類系の特徴がある。

竜の因子とは竜の血や亜竜の部位を指しているわけか。

『……ねぇ、そんなに強い竜人を、どうやって操るつもり？』

『針だぁああ。脳に植え付けた「死命針」で操るぅうのだぁあああ。拷問に強い間者もぉお、高潔さを謳《うた》うクソ騎士もぉお、誰《だれ》も鍛えようのない脳の痛みにぃい抵抗などできぬぅううう』

アリサの質問に、ベドガーはマッドに歪《ゆが》んだ厭《いや》らしい顔で答える。

ファンタジーというよりSF系のギミックだ。これもキメラ融合装置と同様に転生者あたりから提供された技術かもしれない。

マップ検索したら、キメラにされた者達の脳や奥にある金庫に「死命針」というのがあったので、試しに「理力の手」を伸ばしてストレージに回収してみたら成功した。

『それでも操れなかったら?』

『その時は心臓に埋め込んだ魔導爆弾で粉みじんだぁあああ』

ベドガーが勝ち誇った顔でゲハゲハ笑う。

「……笑うなぁあああ！　むかつきのファイナル・レインボー！」

アリサが空間魔法の衝撃波でベドガーを殴り飛ばす。

アッパー気味に放たれた衝撃波で、ベドガーが虹《にじ》のように弧を描いて飛んでいく。

まるでボクシング漫画のフィニッシュブローみたいに綺麗《きれい》な軌道だ。

「アリサ、彼らから針も爆弾も取り除いたから安心していいよ」

「ありがと、ご主人様」

アリサを抱き寄せ、耳元でそう伝えた。

どさくさに紛れて逃げだそうとしたベドガーを、「理力の手」で捕まえて手前に引き寄せる。

『次の質問、宮廷魔術師のオルキデ・マトッシュはどこだ？』

『オ、オルキデぇえええ？　あのクソ陰険な先任魔術師ならぁああ、四階層下の研究室にいるぞぉおお』

オレ達が追うオルキデは、二四階層にある空白地帯にいるようだ。

『最後にもう一つ。オルキデはそこで何をしている？』

『あの不忠者がぁあ何をしているだとぉおお？』

ベドガーが虚空を睨《にら》みながら怒りの形相になる。

オルキデの事を思い出して怒っているらしい。

『陛下から勅命を受けたぁああ、キメラ兵を作るぅう大切な研究を飽きたと言ってぇえええ、うっわったしに投げ渡しぃいい、自分の研究にぃい没頭ぅしているのだぁああ』

『自分の研究とは？』

『あの愚か者の研究ぅうう？　自分のぉ技能をぉ制約なく使う方法ぉおお？　と言っていた気がするがぁあああ、よく知らぬぅううう』

ギアスを自在に使う研究か……。

その研究が完成していたら、ちょっと厄介だ。

『うっわったしは全《すべ》ての質問に答えたぞぉおお。約束通りぃいい、命は助けてくれるんだなぁああ？』

『その前に、キメラにされた人達を解放しなさい』

『あぁあああ？　解放だとぉおお？』

『嫌なの？』

アリサが威嚇の衝撃波を、ベドガーの傍らにズドズドと撃ち込む。

『か、解放ぅしまっすぅううう』

ベドガーがコンソールを操作すると、硝子筒の中から液体が排出され、筒本体が上部へと開いていく。

「ずいぶん、素直ね」

アリサが訝《いぶか》しげな顔でベドガーを見る。

『……悪夢じゃなかったのか』

『また、クボォーク王国の仲間を殺させる気か？』

『今度は俺達同士で戦わせる気かもしれないぜ』

キメラにされた騎士達が筒の底で起き上がり、歎《なげ》きと諦《あきら》めの言葉を口にする。

その声は擦過音や濁音が多く、聞き取りづらかったので脳内補正した。

『うっお前達ぃいいい！　今度の敵はあのガキどもだあああ！　皆殺しにしろぉおおおお！』

ベドガーが引きつった声を上げながら、オレ達の方を指さす。

『今度は子供かよ……』

『いっそ、あの魔術士を道連れに……』

キメラ騎士達に視線を向けられたベドガーが、焦った声で『こ、こぉおれが見えないかぁああ！』と言って、懐から取り出したボタンやレバーが付いたグリップのような物を見せる。

『……くっ。針かっ』

『ヤツを殺せば、心臓の爆弾であの子達も道連れになっちまう』

『逃げろ！　お前達を殺したくない！　早く逃げてくれ！』

キメラ騎士の一人が、意を決した顔でオレ達に向かって逃げろと告げた。

彼らはオレ達が安全圏に脱出したのを確認したら、自爆覚悟でベドガーに挑む気のようだ。

こっそりと後退していたベドガーが、奥の個室へ転がり込んだ。

『くぃっさまらあああ！　ここには砦用《とりで》の魔力障壁があるのぅをぉ、うっ忘れぇたかぁあああああ！』

言葉と同時に障壁が入り口を塞ぐ。

『くそっ、ベドガーの野郎っ』

『逃げ足だけは速い』

キメラ騎士達が嘆く。

『さああああ、ぅ早くぃうう、そいつらを殺せぇええええ！』

『くそっ、早く逃げてくれ！　俺達はあいつの針に逆らえない！』

『――その必要はないわ！』

苦悩するキメラ騎士達にアリサがそう告げる。

『あんた達を苦しめる針も、爆弾も全て除去してあるわ！』

『――ほ、本当か？』

『愚かなハッタリをぉおおお！　死命針の断罪を受けろぉおおおおう！』

ベドガーがボタンを押す。

キメラ騎士達が激痛に耐えるべく身体《からだ》をこわばらせたが、当然ながら針を抜いた後なので、何かが起こるわけもない。

『うぉおおおおおおお！』

『俺達は自由だぁあああ！』

それを認識したキメラ騎士達が歓喜の叫びを上げた。

『そうよ、あんた達は自由。何をしても自由よ。――皆《みんな》、行きましょう』

アリサが研究室の出口へと歩を進める。

オレ達の背後ではキメラ騎士達が硝子《ガラス》筒や魔法装置を鋭い爪《つめ》や尻尾《しっぽ》で破壊し、ベドガーを守る防御障壁をガンガンと殴り始めた。

アリサが一瞬だけ後ろを振り返る。

その視線の先で防御障壁に大きな亀裂《きれつ》が走るのが見えた。

きっと空間魔法で彼らの復讐《ふくしゅう》を、少しだけ手助けしたのだろう。

背後で防御障壁が砕ける音とベドガーの悲鳴が聞こえてきたので、防諜《ぼうちょう》用の風魔法「密談空間《シークレット・フィールド》」を入り口に張って、夢見が悪くなりそうな声や音が届かないようにした。

「ご主人様、あの者達は捨て置くのですか？」

「落ち着くまで時間が掛かるだろうし、先にオレ達の用事を済ませてから迎えに行くよ」

リザが心配そうなので、アリサに代わってそう告げた。

オレならマップ検索ですぐに分かるし、ＡＲ表示された情報を見る限りキメラ化した彼らの強さならデミオーガ相手でもそうそう負けないだろう。

◆

「――いない？」

四階層下、二四階層にある空白地帯の研究施設にやってきたのだが、ここにオレ達が追う宮廷魔術師オルキデはいなかった。

ここには上階の研究室と同じキメラを作る為《ため》の施設があったが、空の硝子筒があるだけで、人っ子一人いない。

「サトゥー！」

「マスター、手がかりを発見したと告げます！」

奥の個室を探索していたミーアとナナがオレを呼ぶ。

「にゅ！」

「あっちがアタリだったのです！」

オレと一緒に研究室を調べていたタマとポチが悔しそうだ。

途中でアリサやルルと合流し、奥へと向かう。

「研究記録」

「これは日記だと主張します」

「両方」

ミーアとナナから紐《ひも》で綴《と》じたファイルを受け取る。

パラパラとめくり、斜め読みしていく。

「日記の合間に研究記録が書いてあるみたいだ。一番後ろのページにオルキデの署名がある」

「なんて書いてあるの？」

アリサに促されて、ここでの研究に関する部分をピックアップして読み上げる。

『黄衣の魔術師殿がくれた「竜の血」は素晴らしい素材だ。隠者殿が残された魔法装置に使うだけで、キメラ達の完成度が格段に上がる。黄衣殿の教えを生かし、今度こそ私の望みを果たしてみせよう』

また「黄衣の魔術師」か……。セリビーラの迷宮にいた迷賊達にも技術供与していたみたいだし、あちこちで余計な事をしているようだ。迷宮下層の転生者達と生み出した「太古の根魂《エルダー・ルート》」みたいなのを、ここでも作っていないか心配だ。

『忌々しい。物資を運んできた騎士どもがまたしても余計な茶々を入れにきた。竜人など余計な研究に費やす時間などないというのに……』

オルキデとヨウォーク王国の人間はあまり上手《うま》くいっていないようだ。

『同僚が左遷されてきた。少々頭のネジが外れたヤツだが、研究に懸ける情熱と能力は十分だ。ヤツの興味を上手く惹《ひ》き、つまらん竜人研究はヤツに押し付ける事ができた。私は四階層下に作った新しい研究所で、自分の研究を進めよう』

ここまでは二〇階層の研究室での話だったのか。

『やはり、素体を魔法使いに変えたのが良かったようだ。男より女、年寄りよりも若者の方が素体に適している』

読み上げなかったが、ここまでに二〇人以上の犠牲者を出している事が書かれてあった。

『魔法使いを素体にしたキメラが完成した』

心臓に竜の血と魔核《コア》を融合させたと書かれてある。

その過程でさらに一〇人以上の犠牲が出たようだ。なかなか非人道的な事をする。

『こいつらを使えば、いつでもギアスを使う事ができる』

……マジか。

『もはや、ヨウォーク王に従う義理もない。忌まわしき魔女から写し取った力を合わせれば、神も悪魔も畏《おそ》れるに足らん。私は今度こそ究極の力を手に入れてみせる』

ファイルはそこで終わっていた。

――「忌まわしき魔女から写し取った力」か。

ヨウォーク王を精神魔法で操っていたミュデという女が脳裏を過《よぎ》った。

ギアスと精神魔法を併用されたら、碌《ろく》でもない事になりそうだ。

オレはファイルを閉じる。

「それだけ？　行方については書いてないの？」

「読み返してみたけど、行方のヒントになる事は書かれていなかったよ」

ギアスが自在に使える魔法使いなんて危険すぎる。

できれば、早めに対処したいところだ。

「そのファイルを貰《もら》っていい？　暗号が書かれていないか調べてみるわ」

オレはファイルをアリサに渡し、最終目標である迷宮最下層へと向かった。

◆

「この先が迷宮主のいる場所ですか？」

「ああ、そうみたいだ」

ルルの問いに首肯する。

オレ達は迷宮を無双し、その日のうちに最下層までやってきていた。

空白地帯はここが最後だし、迷宮主がいるとしたらこの先だろう。

「それにしてもサクサク来られたわね」

「歯ごたえがなかったと落胆します」

「ん」

アリサの言葉にナナとミーアが同意する。

ここまで戦ってきたのは各種デミオーガを中心に、再生能力のあるラビリンス・デミトロールや巨大なダンジョン・サイクロプスなんかの人型ばかりだった。

「肉いない～？」

「牛のヒトも食べられない種類だったのです」

牛人族を醜悪にしたようなメイズ・ミノタウルスも出てきたが、二足歩行の相手を食べるのは抵抗があったので、魔核だけ回収して廃棄した。

「二人とも、獲物は迷宮の外で狩ればいいのです」

リザにそう諭されて、タマとポチも納得してくれた。

ヨウォーク王国や旧クボォーク王国は四方を魔物の領域に囲まれているので、狩り場はよりどりみどりだ。国と国が接する狭い領域だけが安全地帯なので、街道や関所はそういった場所に作られている。

「にんにん～」

忍者タマが最下層にある門を調べる。

「罠《わな》ある～？」

「種類は分かるかい」

「にゅ～、魔法系～？」

タマには魔法系の罠の種類までは分からないようだ。

「ドレイン系かしら？　ミーアとルルは分かる？」

「術理魔法で透視してみたけど、中の機構はよく分からなかったわ」

「むぅ、精霊喰《く》らい」

アリサ、ルル、ミーアが予想を出し合う。

「――正解は？」

アリサがぐりんと首を捻《ひね》ってオレを見上げた。

「強制テレポーターみたいだ。ドレイン機構はテレポーターを起動する魔力を回収する為だね。精霊を喰らうのも、ドレイン機構を構成する魔物の能力だよ」

魔物と言っても、装置に埋め込まれたアメーバのような単純なヤツだ。

「迂闊《うかつ》に転移して『石の中にいる』とか言われても嫌ね。ショートカットする？」

アリサがそう言って、扉の横の壁を指さす。

壁に穴を空けて、安全な通路を作ろうというのだろう。

オレは天駆で壁に立ち、足下の壁に向かって「落とし穴《ピット》」の魔法を使った。

「硬いな……」

ちょっとした抵抗があったが、いつもの五倍ほど魔力を使ったらいけた。

落とし穴が向こう側に貫通した感触が伝わってくる。

「貫通したみたいだ。ちょっと調べてくるから、皆は少し待っていてくれ」

迷宮主が迷宮を復活させたヨウォーク王国の人間という可能性が高いし、行方不明のオルキデが潜伏しているかもしれない。さすがにオルキデが迷宮主って事はないだろうけど、念の為に勇者ナナシに変身しておこう。

「慎重にね！　無茶したらダメよ」

「分かってる。大丈夫だよ」

心配性のアリサにそう答え、オレは壁に穿《うが》った穴に入る。

どうやら、穴の終わりが別マップとの境界らしい。


『――盛大な出迎えに感謝するべきかな？』

飛んできた砲弾を「自　在　盾《フレキシブル・シールド》」で防ぎ、横穴から少し低くなった壁の向こうに降り立つ。

強引な手法をとったせいか、壁の向こうにはお揃《そろ》いの黄色い杖《つえ》を持った魔術士十数人や砲腕ゴーレム達が勢揃《せいぞろ》いしている。

魔術士達は手首まで隠れる袖《そで》の長い漆黒のローブを身に纏《まと》い、フードを目深に被《かぶ》って顔を隠していた。

『『《黄昏《たそがれ》よ、来たれ》』』

魔術士達が声を揃えると、彼らの杖の先端に黄色い光が灯《とも》った。

何かのブースト準備だろうか？

『『侵入者よ！』』

魔術士達の中央に一人だけ豪奢《ごうしゃ》な杖とローブを装備する者がいる。

『『我に従え！』』

魔術士達が声を揃える。

綺麗《きれい》なハーモニーだが、会話のキャッチボールは苦手なようだ。

豪奢な杖持ちは目的の迷宮主ではなかったが、オレがここに来た目的の人物——オルキデだった。

『■　起動』

彼らの前に巨大な魔法陣が生まれる。

——マズい。

『■　同調』

オレは魔法陣に術理魔法の「魔法破壊《ブレイク・マジック》」を使うか、中央にいるオルキデを無力化するか一瞬だけ迷って、後者を選んだ。

オルキデさえ無力化すれば、ギアス発動の補助用魔法陣なんて無意味なはず。

『■　発動』

激しさを増す魔法陣の光が、掌打でオルキデを吹き飛ばすオレを下から照らす。

意識を失い壁際に飛んでいくオルキデのフードが外れ、禿頭《とくとう》に嵌《は》まっていた黄色い冠が吹き飛ぶのが見えた。

『■』

オレの視界に、オルキデの情報がＡＲ表示される。

レベル三〇、職業：無職。——職務放棄で解雇されていたのか？

『■』

種族：ホムンクルス。

作成者：――オルキデ・マトッシュ?!

『■』

――マズい。

同じ杖、同じ服装、似たような背格好――本物はどれだ。

AR表示される彼らの名前を見回す。

全員の名前がオルキデ・マトッシュになっている。

『強《ギア》』

こうなったら、全員をまとめて吹き飛ばす！

いやダメだ。殺さずに吹き飛ばす魔法は、発動にコンマ数秒の時間が掛かる。「臭気空間《スメル・フィールド》」も威力調整が難しい。

そうだ！　スキルだ！　強制スキル持ちを探せば――。

オレは視線を巡らせる。

――いた！

『制《ス》』

オレが縮地で男の前に飛び込むのと、強制スキルが発動するのは同時だった。

男の口から、発動句《コマンド・ワード》の残りが漏れるのを「聞き耳」スキルが拾ってきた。

＞「強制」に抵抗《レジスト》できませんでした。「」は支配されました。

＞「強制」スキルを得た。

＞「強制耐性」スキルを得た。


男の鳩尾《みぞおち》に掌打を撃ち込もうとした視界の隅に、そんなログが流れる。

それと時を同じくして、ＡＲ表示の上に赤い蜘蛛《くも》の巣《す》のような模様が浮かび上がり、意識が混濁してくる。

『跪《ひざまず》け、我が下僕よ』

黒ずくめ――もとい、漆黒のローブを着た者――違う、偉大なる我が主だ。

『イエス、マイ・マスター』

主《あるじ》の命令に従って、オレは地面に膝《ひざ》をついた。

主の横に、様々な情報がＡＲ表示されていく。

視界の隅に映る赤い蜘蛛の巣が気になるが、情報を読むのに邪魔になるほどではない。

称号は「支配者」「迷宮主」「キメラ・マイスター」「ヨウォーク王国宮廷魔術師」「反逆者」「クボォーク王国宮廷魔術師」の六つ。「強制」「契　約《コントラクト》」「命名」「詠唱中断耐性」「闇《やみ》魔法」「死霊魔法」「鑑定」などのスキルを持っている。

主の持つ杖は「偽りの魔黄杖《まおうじょう》」という杖で、チャージしたアクティブ・スキルを三度まで発動句を唱えるだけで使える秘宝らしい。

最後にチャージされていたのは「不撓不屈《ネバー・ギブアップ》」——驚くべき事にアリサの持つユニークスキルだった。相手がどんなに格上でも一割の確率で、相手に抵抗《レジスト》させる事なく魔法や攻撃が届く効果を持つ。

さすがは我が主。強運を引き寄せる天命の持ち主だ。

『なんなりとご命令を』

オレは偉大なる主の前で、次なる命令を待ち焦がれた。

鎮魂

〝サトゥーです。親しい友人が不慮の死を遂げた時、幽霊でもいいからもう一度会いたいと思ったものです。幽霊に会えるはずもなく、その願いは叶《かな》いませんでしたが、異世界なら――。〟

『名前が読めぬな。認識阻害の道具か、忌々しい。――命令だ。貴様の名を名乗れ』

偉大なる主オルキデ様から、初めての命令が下った。

黒頭巾《ずきん》の下にどのようなご尊顔が隠れているのかは分からないが、きっと偉大な方に相応《ふさわ》しい威厳のあるお顔なのだろう。

視界の隅にチラつく赤い蜘蛛の巣のような残像が気になるが、今は偉大なる主の命令に従う方が先だ。

名を告げる前に、主を煩わせている認識阻害機能付きの変装セットを脱ぎ捨てる。

『私の名はナ――』

名乗りの途中で、それが偽名だった事を思い出して口ごもる。

交流欄を操作してサトゥーに戻さねば。

なぜかロックされていて変更できない――どうしたのだろう？

『ふん、あの方に迫るレベル八九。まさか、呪《のろ》われた魔女の力を篭《こ》めた「強制《ギアス》」に逆らうとはな……』

口ごもった為《ため》に、我が偉大なる主に誤解を与えてしまったようだ。

案外そそっかしいヤツ——いや、用心深い方だ。

オレは脳裏に浮かんだ不遜《ふそん》な考えを打ち消し、主の誤解をすぐさま訂正しようと口を開いたが、あいにく主の言葉が続いていたので、それを遮るのも憚《はばか》られる。

オレはじっとお言葉が終わるのを待つ。

『重ねて命ずる！　我に従属し、貴様の名を我に告げよ！　[redacted]強制《ギアス》』

三文芝居のような——いや、神々しいポーズで力強くスキルを発動する。

レジストしてしまったとログに出ているが、偉大なる主の名誉の為にも秘密にしておこう。

さて、そろそろ名を告げても大丈夫そうだ。

『私の名はサ——』

「「ご主人様！」」

名乗ろうとするオレの声を、アリサ達の声が上書きした。

なぜか視界の隅にある赤い蜘蛛の巣状の残像が濃くなっている。

『お前の手下か？』

『その通りです』

名乗りの途中だったが、偉大なる主の質問に答える方が先だ。

『認識阻害で隠しているが、ここまで辿《たど》り着《つ》いたのだ、見た目と違ってそれなりに強いのであろう？』

『我が主のご慧眼《けいがん》、感服いたしました』

『――ほう？』

『ご明察の通り、あの子達はセリビーラの迷宮で「階層の主《フロア・マスター》」を討伐するほどの手練《てだ》れです』

偉大なる主に、仲間達を自慢する。

「……サトゥー？」

「ど、どうしちゃったの、ご主人様」

「アリサ、ご主人様の様子が変です」

「あの男に何かされたのではないかと推察します」

仲間達がなぜか心配そうな顔だ。

彼女達の傍《そば》に行きたいが、今は偉大なる主との会話中だ。さっさと終わらせ――いや、主のお話が終わり次第、説明に行くとしよう。

『あの見た目なら、目立つ事なく敵国に潜入させられる。敵兵に討ち取られるまで、破壊の限りを尽くす事ができよう』

――討ち取られるまで？　うちの子達を捨《す》て駒《ごま》にしようというのか？

心に浮かんだ不遜な考えを、無駄に高い精神値《MND》の力でねじ伏せ、偉大なる主を不快にさせないように「無表情《ポーカーフェイス》」スキルを使う。

さっきから、視界の隅にちらつく赤い蜘蛛の巣状の残像が濃くなっていて、非常に不快だ。

『あの者達はお前よりも強いのか？』

不快な残像を振り払おうとしたオレの耳に、偉大なる主の声が届いた。

余計な動作を中断して、偉大なる主に答える。

『いいえ』

『お前一人であの者達を捕らえる事は可能か？』

『可能です』

ユニット配置を併用すれば無傷で捕らえられるはずだ。

『あの者達を取り押さえろ。使い捨ての駒《こま》は多い方がいい』

――使い捨ての駒？

蜘蛛の巣状の残像が赤く濃く視界の隅でちらつく。

『御意』

残像が不快だが、今は主のご下命を果たす方が先だ。

オレはアリサ達の方を向く。

「我が偉大なる主の命令だ」

「ちょ、ちょっと、ご主人様！　目を覚ましてよ！」

「アリサ、もしかしたら、ご主人様もギアスに縛られたんじゃ？」

「イエス・ルル。その可能性が高いと告げます」

「あわわわ～」

「た、大変なのです！」

「そうなの！　サトゥーが敵の手に落ちるなんて、とってもとっても大変なの。ピンチなのよ？

このままだと魔王が団体で蘇《よみがえ》るのよりも危険だわ。世界存亡の危機なの。本当よ？」

仲間達が騒がしい。ミーアなんて珍しく長文で話している。

「未《いま》だかつてない絶望的状況だと告げます」

ナナは何か誤解しているようだ。

「なんとかしてご主人様を正気に戻すわよ」

アリサに正気を疑われる日が来るとは思わなかった。

「どうやるの～？」

「頭を一発殴ってやれば、きっと治るわ」

昭和のブラウン管テレビみたいな扱いだ。

「ご、ご主人様を殴るなんて……」

「ご主人様を元に戻す為よ」

「ポ、ポチは頑張るのです」

「ご主人様に教えていただいた全《すべ》てを篭めて、私の槍《やり》を届けてみせます」

うん、痛そうだから止《や》めてほしい。

「サトゥー……」

濃くなった赤い蜘蛛の巣状の残像が邪魔で見にくいが、ミーアも他《ほか》の子達も泣きそうな顔だ。

「皆《みんな》、覚悟はいい？」

「「「応」」」

アリサの問いに皆が答え、戦闘態勢でオレと相対した。

『愚かな娘達に身の程を教えてやれ。手足の二、三本を失っても、キメラにして復活させてやる。遠慮なく叩《たた》きのめせ！　美しい顔の娘に、醜い魔物の部位をすげ替えるのも一興だ』

偉大なる我が主の暴言――お言葉に、ムカムカが収まらない――いや、偉大なる主のお考えはオレのような一般人には理解できない――理解が及ばないようだ。

リザが悲壮な顔で突っ込んできた。

一緒に飛び込んでくるナナは無表情だが、長く一緒に暮らしたオレには彼女の哀《かな》しみが伝わってくる。その後に続く、ポチやタマもだ。

赤い蜘蛛の巣状の残像で見えにくいが、オレには幾つものスキルがある。

視界が利かないくらいで、戦闘ができないなんて事はない。

オレは縮地でナナの眼前に飛び込む。

「――城砦防御《フォートレス》」

ナナの前に現れた積載型防御障壁を、ストレージから取り出した聖剣を使って破壊する。

フォートレスは頑丈だが、勇者ハヤト直伝の「閃光螺旋突き《シャイニング・ストラッシュ》」で壊せてしまった。この魔法装置で満足せずに、早めに黄金鎧《よろい》用の「キャッスル」や「モービル・フォートレス」を完成させよう。

必殺技の余波でナナや他の子達が怪我《けが》をしないように、剣の向きには気を付けた。

「――螺旋槍撃《らせんそうげき》！」

発動が速いリザの必殺技を、同じ螺旋槍撃で搦《から》め捕《と》り、受け流す。

「魔　刃　突　貫《ヴァンキッシュ・ストライク》なのです！」

リザの陰に隠れていたポチが、突撃系の必殺技を放ってきた。

剣で受けるのは危ないので縮地で回避し、ポチの側面を押してリザごと地面を転がす。

「魔刃双牙《ボーパル・ファング》～？」

地を這《は》うように接近していたタマの必殺技がオレの死角から襲ってきたが、視界に頼らない今のオレにとっては死角でもなんでもない。

タマの双剣が重なるタイミングを見極めて、上から聖剣を叩き付け、バランスを崩したタマの腰パーツを掴《つか》んでナナに投げる。

「狙《ねら》い――撃ちます」

オレの剣を狙った優しいルルの射撃を、指先から飛ばした魔刃砲で弾《はじ》く。

「――隔絶壁《デラシネーター》！」

弾いたルルの弾丸が、予期せぬ方向から返ってきたので、掌《てのひら》に出した魔力鎧で掴み取る。

アリサが空間魔法で跳弾させたようだ。

「じ、銃弾を掴み取った？」

「オレに銃弾は効かないよ」

「……なんて、チートっ」

たぶん、練習したら皆もできるようになるんじゃないかな？

「もう一度、連携技を行きますよ」

「「「応」」」

立ち直った前衛四人が迫ってきた。

手加減しすぎたらしい。何度も挑ませると皆の怪我が増えそうだ。

オレは縮地と閃駆《せんく》で彼女達を惑わし、有視界ユニット配置で死角に転移して掌打で気絶させるパターンで四人を無力化した。

「……つ、強い」

アリサの声が絶望に震えている。

——胸が痛い。早めに終わらせよう。

オレは縮地で後衛の前に飛び込む。

次の瞬間、オレはそれまでとは違う空間にいた。アリサが無詠唱で空間魔法の「迷路《ラビリンス》」を使ったようだ。

この空間を脱出するには迷路の出口を探すか、力尽《ちからず》くで迷路の空間ごと破壊するしかない。

だが、オレにはそのどちらも必要ない。なぜなら、オレに結界の類《たぐ》いは効かないからだ。

オレが一歩踏み出すと、そこは結界の外、偉大なる主《あるじ》がいる迷宮主《ダンジョン・マスター》の部屋だった。

「うそっ、そんな一瞬で」

「――魔獣王創造《クリエート・ベヒモス》！」

アリサが驚く声にミーアの魔法発動句が重なる。

ミーアの精霊魔法が発動し、美しい魔法陣から疑似精霊のベヒモスが現れた。

こうして見上げると、なかなか威風堂々たる貫禄《かんろく》がある。

『ハイエルフの使う精霊召喚だとっ！　おい、貴様！　早くそいつを排除しろ！』

我が主からのオーダーが入った。

オレは「理力の手《マジック・ハンド》」で補助し、ベヒモスの巨体を掴んで投げ飛ばす。

――ＰＵＷＡＯＯＯＯＷＷＮＮ‼

ジタバタと足をばたつかせながらベヒモスが飛んでいく。

主のオーダーは排除なので投げ飛ばしたけど、それだと殲滅《せんめつ》を追加指示されそうだ。ベヒモスを殲滅したらミーアが悲しむので、爆裂魔法の爆発でカモフラージュして、ユニット配置で迷宮の外に放逐した。

「――隔絶壁《デラシネーター》！」

アリサの前に現れた隔絶壁を蹴飛《けと》ばして壊す。

視界が赤い蜘蛛《くも》の巣《す》状の残像でよく見えないが、その隙間《すきま》からアリサ達の顔が見える。

「「……ご主人様」」

「サトゥー」

オレを呼ぶアリサ、ルル、ミーアの三人が悲しそうな顔をしている。

どくん、と赤い残像がさらに濃くなった。

「――ご主人様！」

横からリザが飛びついてきた。

「私達をお忘れにならないでください」

どくんどくんと赤い残像が激しく明滅する。

「ポチの事も忘れたらダメなのです」

「タマの事も～」

今度はポチとタマだ。

さらに残像の明滅が激しくなり、不快感が増す。

「マスター、私のおっぱいを思い出してほしいと告げます」

ナナが鎧をパージした胸を押し付けてくる。

柔らかな感触を邪魔するように、不快な赤い明滅がオレを苛《さいな》む。

――邪魔だ。

オレは腕を振って赤い明滅を払う――。

◆

――なるほど。

赤い明滅が消えるのと同時に、意識がクリアになった。

素早くログに目を通して、オレがオルキデのギアスに縛られていた事を理解した。

オルキデに支配されたオレは、ヤツの命令に従って仲間達に手を上げてしまったようだ。不甲斐《ふがい》ないにも程がある。

先ほどの赤い蜘蛛の巣のようなＡＲ表示が、ギアスの効果を示していたようだ。効果を打ち消した時に、脳細胞を痛めたのか頭痛が酷《ひど》い。「苦痛耐性」スキルをオンに切り替えてから、体力《HP》ゲージを見る。既に「自己治癒」スキルの効果で全回復状態だ。

『どうした！　何を躊躇《ためら》っている！　さっさと女やガキどもを叩きのめさぬか！』

オルキデの言葉を聞いた仲間達が、オレを抱きしめる手を強めた。

――おっと、早く安心させよう。

「皆、ごめん」

オレはそう言って、有視界ユニット配置で皆の手から脱出する。

「ご主人様……」

アリサが涙を流してオレを呼ぶ。

――あれ？

まだ、操られていると思っているのか？

『そうだ！　さっさとやれ！』

馬鹿《ばか》が騒ぐ。

先にあっちを対処するか——。

オレは縮地でオルキデの前に移動する。

『——なっ』

オルキデが「強制」を使うより早く、ヤツの手から杖《つえ》——魔黄杖《まおうじょう》を奪い取る。

勢いが良すぎたのか、オルキデがトリプル・アクセルのような勢いで飛んでいった。

>「強奪」スキルを得た。
>「窃盗」スキルを得た。
>「掏摸《すり》」スキルを得た。
>称号「強奪犯」を得た。
>称号「ノックアウト強盗」を得た。

久々のスキルと称号のラッシュだ。

さすがにスリじゃないと思うのだが、称号システムに突っ込むのは不毛なのでスルーする。

「ご主人様！　正気に戻ったのね！」

「皆、心配させて、すまない」

アリサ達がオレの状態に気付いてくれたようだ。

『おのれぇえ！　下僕ども！　魔法陣だ！』

オルキデの手下である魔術士達が詠唱を始める。

「リザさん」

「承――」

『待て』

アリサの指示で走り出そうとしたリザを、手信号で止める。

さらに『退避』の手信号で、仲間達を安全圏に逃がす。

オレは魔黄杖をオルキデに向けた。

『愚か者め！　その杖を奪ったところで無駄だ。その杖に封じてあった魔女の力はさっき使い果たした。今や、その杖はタダの飾りにすぎん！』

オルキデが何か言っている。

もちろん、そんな事はＡＲ表示される情報で知っている。オレの目的は別だ。

オレはオルキデの言葉を聞き流しつつ、メニューを操作して強制耐性スキルや強制スキルにスキルポイントを割り振ってスキルを有効化《アクティベート》する。

それと時を同じくして、手下の魔術士達がギアス補助の魔法陣を再構築した。

微動だにしないオレの姿に、オルキデがニヤリと厭《いや》らしい笑みを深める。

『我に従え！　■■■　強制《ギアス》』

オルキデがギアスを発動した。

オレはオルキデの方に翳《かざ》していた魔黄杖を見つめる。

――成功だ。

ＡＲ表示された情報は確かにオレが求めるモノだった。

オレはオルキデに向けていた魔黄杖を静かに下ろす。

『ふははは！　馬鹿め！　レベル差があれば防げるとでも思ったか！　先ほどはギアスの効きが悪かったようだが、同じギアスを二重三重に掛けた時は最初よりもレジストしにくいのだ！』

――なるほど。解説ありがとう。

だが、アリサの「不撓不屈《ネバー・ギブアップ》」を封じ込めた魔黄杖の助けもなく、耐性スキルや圧倒的なレベル差を覆せるほど、強制というスキルは便利にできていない。

ログを見るまでもなくギアスはレジスト済みだ。

『強制スキルの使用を禁止する』

『何を言っている？』

「《黄昏《たそがれ》よ、来たれ》」

オレは戸惑うオルキデを無視して、魔黄杖の発動句《コマンド・ワード》を唱える。

『なんのマネだ？』

『お前の強制スキルを封じさせてもらった』

『そんなハッタリに騙《だま》されるものか！』

オルキデは魔術士達に号令し、補助の魔法陣を使ってもう一度ギアスを使う気らしい。

『老婆心ながら言っておくが、そのスキルは使わない方がいいぞ？』

『戯《ざ》れ言《ごと》を！　我に従え！　[redacted]――』

　オレは目を閉じる。

『――強制《ギアス》』

　オルキデがギアスを使った。

　それが自分の死刑執行の書類にサインする事と同義だと気付かずに。

『ぎぃやぁああああああああああああ』

　耳障りな絶叫が迷宮主の部屋に響いた。

　絶叫が消え、べしゃりと音を立てて地面に倒れた音を合図に目を開けると、全身から夥《おびただ》しい血を流したオルキデが地面に倒れていた。

>称号「迷宮主殺し」を得た。

>称号「迷宮攻略者：生贄《いけにえ》迷宮」を得た。

「ご主人様、ご無事ですか！」

　オルキデの絶叫を聞いた仲間達が戻ってきてしまった。

　皆《みんな》、凄惨《せいさん》な遺体を見て絶句している。

「うわっ、ご主人様、容赦ないわね」

「オレは殺してないよ。どっちかっていうとオルキデの自殺だね」

オレは魔黄杖にオルキデの「強制」スキルをチャージし、その力でヤツに「強制スキルの使用を禁止する」と言ってギアスで縛ったのだ。

それをハッタリだと言い張ったオルキデはギアスによる命令に違反し、その結果、命を散らしたというのが事の全容だ。

自分の杖なんだから、その機能くらいちゃんと覚えていてほしいモノだ。

幸いな事に、一回受け止めるだけで三回分チャージされる仕組みなので、アリサ達をギアスから解放する事もできる。

下僕の魔術士達は、オルキデが死んだ時に同じように絶叫して倒れたが、AR表示を見る限り死んではいないので、気絶させたまま放置している。覚醒《かくせい》しそうな気配がしたら対処しよう。

◆

「ご主人様、上を見て！　なのです！」

ポチに言われて上を見上げると、赤い輝きをした半透明の宝石みたいなモノが実体化しようとしていた。

「マスター、あれはなんですかと問います」

「あれは――」

AR表示がその正体を教えてくれる。

「――あれは迷宮核《ダンジョン・コア》だ」

赤い宝石――迷宮核の中央には無数の黒い光が明滅している。

少し印象が違うけど、都市核《シティ・コア》に似た感じの結晶体だ。

迷宮核がゆっくりと床に降りてくる。

――それに触れてはならぬ。

思わず伸ばした手を、声なき声が押しとどめた。

「誰《だれ》かいる～？」

虚空を見つめる猫のような視線で、タマが見る場所に視線を向けるがそこには誰もいない。

しばらく見つめていると、薄らとした人影がゆっくりと輪郭を露《あら》わにする。

――アリサ。

『父様！　母様！』

アリサが人影に呼びかける。

王冠を被《かぶ》ったイケメンとティアラを着けた可憐《かれん》な美女が、アリサの傍《そば》に音もなく移動した。

何人かの少年少女の姿をした人影も、アリサの両親に続いて集まる。

『スィータム兄様、デュード兄様。アリュウス兄様やベリッツ兄様、それに姉様達まで』

優等生風の少年とやんちゃそうな少年が笑顔で、残り二人の青年はそれぞれ違う方にそっぽを向いている。それでもアリサは再会できて嬉《うれ》しそうだ。

姉様と呼ばれた少女達は、既に自我が希薄になっているのか、ぼんやりとアリサを見つめるだけだ。

「ルルも行っておいで」

「わ、私は庶子ですから」

「大丈夫だよ、ほら――」

躊躇うルルを見た王が、ルルに向かって優しい顔で頷《うなず》いた。

それでもなお躊躇うルルの背中を押してやる。

「……陛下」

控えめなルルの言葉を聞いて国王の霊が少し寂しそうな顔をする。

「ルル、最後くらい父様って呼んであげて」

「……いいのかな?」

「いいに決まってるじゃない!」

アリサに言われて、目を伏せていたルルが国王の顔を見つめる。

「――お父様」

ルルの言葉を聞いた国王が、優しい笑顔をルルに返す。

聞き耳スキルをオフにして、アリサとルルの声が聞こえない場所に、仲間達と一緒に移動する。

オレは仲間達と共に、今生の別れをするアリサ達国王一家を見守った。

しばらくして、アリサが手招きしたので近くに行く。

「もういいのか?」

「うん。もう大丈夫」

「私もお父様との別れをすませました」

アリサとルルは涙の痕が残る顔で頷く。

「私とルルで父様達を解放してあげたいの。いいかしら？」

迷宮核を破壊していいかという問いに首肯する。

輝炎銃を妖精鞄《ようせいかばん》から出したルルが銃身を迷宮核に向け、アリサと二人で魔力をチャージした。

万が一に備えて、オレは迷宮核の防御障壁を拳《こぶし》で破壊し、術理魔法の「魔力強奪《マナドレイン》」で迷宮核の魔力を奪っておく。

『さよなら、父様、母様、兄様や姉様達』

『さようなら、お父様』

アリサとルルが輝炎銃の引き金を引く。

守りを失っていた迷宮核が、パキンッと軽い音を立てて砕ける。

どこからともなく清浄な光が降り注ぎ、その光を浴びた霊達の顔が穏やかになった。

まず、自我が定かでなかった姉王女達が消え、アリュウスやベリッツと呼ばれていた青年王子達がアリサに軽く手を上げて天に昇る。続いてやんちゃな少年王子のデュードが「またな」と言いたげな顔で昇天し、優しい顔のスィータム王子がアリサとルルに小さく手を振ってそれに続いた。

言葉こそ聞こえないが、アリサが彼らに愛されていた事がよく分かる。

王妃が何かに気付いた顔になり、ルルに後ろを見るように促す。

『――お母さん！』

『リリ！』

釣られて振り返ったアリサも目を見開く。

そこには侍女服を着た黒い髪の和風美女がいた。

彼女はルルの母親らしい。半透明に透けているのを見ると、彼女も幽霊のようだ。

国王の霊がルルの母親――リリさんの横に並ぶ。ふと気付いて見回すと、王妃の姿はなくなっていた。リリさんとの別れをさせてやる為《ため》に、先に昇天したらしい。

リリさんとルルが見つめ合う。

『私は大丈夫。アリサやご主――サトゥー様、それに皆も一緒だから。今はとっても幸せに生きているから、心配しないで』

『そうよ！　わたし達は最愛の人と一緒に毎日ラブラブしてるから、安心して天国で待ってて！』

ルルとアリサの言葉に、リリさんと国王が嬉しそうな顔になる。

国王とリリさんがオレを見たので、『彼女達の事はお任せください』と言って、貴族の礼をしておいた。

リリさんが深々とオレに頭を下げ、国王が『娘達を頼む』と言いたげな顔でオレの肩をポンッと叩《たた》くジェスチャーをした。

オレが頷き返すと、王とリリさんは満ち足りた表情で天へと昇っていく。

「父様！　カゲゥス伯爵領の領都にエルゥス兄様がいるの！　最後に会ってあげて！」

消えゆく王にアリサが叫ぶ。

「聞こえたかな?」

「うん、きっとエルゥス様に会いに行ってくれたと思う」

アリサの言葉にルルが頷く。

二人はどこか晴れやかな顔で、目元の涙を拭《ぬぐ》った。

蜂起《ほうき》

〝サトゥーです。市民の蜂起というと真っ先にフランス革命を思い出しますが、祖国の奪還というと「コレだ！」と言えるようなイメージが湧《わ》きません。やはり奪われる前になんとかする方が物語として熱いからでしょうか？〟

「揺れてる～？」

「地面がビビビビッて震えているのです」

迷宮主《ダンジョン・マスター》の間《ズ・ルーム》を満たすアンニュイな空気をタマとポチが破る。

厭《いや》な予感にマップを開くより早く、立っていられないほどの縦揺れがオレ達を襲った。

天井から小さな土や石が降ってきたかと思ったら、すぐに大きな岩が交じり始め、迷宮主の部屋を支える柱が倒壊しだした。

「これはマズいね」

オレは「自在盾《フレキシブル・シールド》」や「理力の手《マジック・ハンド》」で身を守りつつ、皆を集める。

「サトゥー」

「マスター、迷宮主の手下が残っていると告げます」

――おっと忘れてた。

理由は分からないけど、迷宮主のオルキデが死んだ時に一斉に倒れていたんだよね。

オレは漆黒ローブの魔術士達を理力の手で掴《つか》み、仲間達と一緒に崩壊する迷宮から「帰還転移《リターン》」で脱出する。

なお、先に二〇階層で解放したキメラ騎士達は既に地上に出ているようで、迷宮内にはいなかった。たぶん、キメラ騎士の誰かが迷宮出口までの経路を熟知していたのだろう。

「わわっ、外も揺れています」

「イエス・ルル。外洋船を思い出すと告げます」

迷宮を脱出した先は、王城の一角にある木立の陰だ。

「お城が沈んでいくのです!」

「あんびり〜ばぼ〜?」

迷宮の真上にあった城は、迷宮の崩壊に巻き込まれて崩落しているようだ。

もともと城はアリサが言っていた魔族の襲撃で全焼してから廃墟《はいきょ》状態だったので、崩落に巻き込まれた一般人はいない。

迷宮の入り口付近にいたヨウォーク王国軍の者達が慌ただしく避難している。

「ご主人様、町は大丈夫でしょうか?」

「確認したけど、地盤沈下したのは城の辺りだけみたいだね。クボォーク市の人達には大きな被害は出ていないよ」

オレが空間魔法の「遠見《クレアボヤンス》」で確認した情報を伝えると、リザや他《ほか》の仲間達もほっとした顔になった。

「せーふ～？」

「フチュコーのサワイイなのです」

ポチが言いたいのは「不幸中の幸い」だろう。

「——あいつらも連れてきたのね」

「正体バレしているけど、死ぬと分かっていて見捨てるのは寝覚めが悪いしね」

アンニュイなアリサの視線の先にいたのは、オルキデに従っていた魔術士達だ。

今は気を失っているけど、その前の段階で勇者ナナシの正体がサトゥーだと知ってしまっている。

とりあえず逃げられないように捕縛して、魔術が使えないように猿ぐつわを付けるように獣娘達やナナに頼んだ。

「マスター、下僕が鉄仮面だと告げます」

「——鉄仮面？」

ナナに呼ばれていくと、フード下の頭が卵形の鉄仮面で覆われているのが分かった。口元以外が露出しておらず、どこにも接合部分が見当たらない。

外し方が分からなかったので、鉄仮面をストレージに収納する。

「にゅ！」

「お顔が痛そうなのです！」

鉄仮面の下は若い男女がほとんどだったが、その下の顔は異形へと変貌《へんぼう》していた。大抵はごく一部だけだが、中には顔の半分以上の範囲が異形へと変貌している者もいる。偶然かもしれないが、美形ほど異形の範囲が広い。

「……酷《ひど》いです」

「キメラ」

「そっか、この人達もあいつに改造されていたんだ」

ルル、ミーア、アリサがコメントする。

そういえば二四階層にあったオルキデの研究記録に、そんな事が書いてあったっけ。

二〇階層のキメラ騎士と同様に死命針が埋め込まれていたので、彼らと同様にストレージへと収納した。

「身体《からだ》の方も改造手術の痕《あと》があると報告します」

「魔核《コア》を心臓の上に埋め込んでいるようですね」

なんとなくだが、「魔人心臓《デーモン・ハート》」に似た構造をしている。

おそらく、オルキデがギアスを使う条件を緩和する為の部品として改造されたのだろう。

「……ううっ」

キメラ魔術士の一人がうめき声を上げた。そろそろ目覚めそうな感じだ。

オレは仲間達に隠れるように告げ、クロの姿に変装する。

「ここは？」

「迷宮の外だ」

目を覚ましたキメラ魔術士の青年に答える。

「外？　——あなたは？」

「我は勇者の従者クロ」

「勇者様！　でしたら、オルキデと戦っていたのは勇者様だったのですか？」

——変だ。

青年は戦っていた相手が誰《だれ》かも分かっていない様子だ。

「お前達も見ていただろう？」

「……いいえ。私達の被《かぶ》らされていた鉄仮面は視覚も聴覚も塞《ふさ》がれているのです。聞こえるのはただオルキデの命令だけ——鉄仮面がない？」

青年が顔をペタペタ触る。

「オルキデは絶対に外す事ができないと言っていたのに……」

「我が主《あるじ》の力だ」

詐術スキルの助けを借りて適当な答えを口にする。

とりあえず、身バレしていなかったようだし、棚ぼたのラッキーを甘受しようと思う。

「お前達はオルキデに何を命令されていた？」

ＡＲ表示で確認したところ、彼らもアリサ達と同様に奴隷の身分になっているので確認してみた。

「『我に従え』とだけ」

なら、奴隷解除しても問題なさそうだ。

従うべき相手も死んでいるし、ギアスを解除する必要もないだろう。

そんな話をしている間にも、他のキメラ魔術士達が目を覚ましだした。自分の姿が異形になっているのは既に知っていたようで、誰もその事で嘆き悲しむ者はいない。

「これからどうする——いや、これからどうしたい？」

「何も。家族も全《すべ》てヨウォークのヤツらに殺されました。私達をこんな姿にしたオルキデは——」

「死んだ」

「あいつは……苦しんで死にましたか？」

「ああ、壮絶な死に様だった」

夢に見そうなくらいだ。

「そうですか……」

青年達が昏《くら》い笑みを浮かべる。

「……そうですね。オルキデの下から解き放ってくれたあなたに恩返しをしたら——次はヨウォーク王国の城に攻め込んで、命尽きるまで戦おうと思います。殺された国王陛下や祖国の人達の恨みを晴らす為に……」

——げっ。テロはダメだ。翻意させねば。

「自暴自棄になるのは止《や》めろ」

「ですが、私にはそれくらいしかできません」

「国王への忠誠心があるなら、生き残りの王子が祖国を再興する手助けをしたらどうだ」

だから、テロは止めてほしい。

「――生き残りの王子？　王子殿下が生き延びておられるのですか⁉」

青年の顔が明るくなる。他の者達も同様だ。

「隣国に逃れ、今も祖国再興の為《ため》に活動している。お前達が希望するなら、連れていってやるが？」

「「「お願いします！」」」

なんとかテロリスト爆誕を防げたようだ。

先に脱出していたキメラ騎士達は、王城に駐屯していたヨウォーク軍と血みどろの乱戦の末に、貴族街の袋小路に追い詰められていたので、サクッと救出した。

後はキメラ魔術士達と一緒に、前回解放した奴隷兵と同様のコースで奴隷解放した後、カゲゥス伯爵領の外れに作った隠れ家に連れていく。

先の奴隷兵と違って、今回のキメラ化された者達は外見的に門で止められそうだったからだ。

「お前達はココで待て。二名を連れていく、代表を決めろ」

キメラ騎士とキメラ魔術士がそれぞれの代表を選んだので、彼らに姿が隠せる厚手の外套《がいとう》を着せて連れていく。正門からだと面倒なので、夜陰に紛れて空から潜入した。

◆

「クロ様！」

エルゥス君達の拠点に辿《たど》り着《つ》くと、元奴隷兵の一人がオレの顔を見て叫ぶ。

「貴公がクロとやらか、苦境にあった我が兵士をよくぞ救い出してくれた」

人々の後ろからエルゥス君が前に出てくるのを、老紳士が制止した。

「――殿下。前に出てはいけません」

「そうです！　まだこの者の正体も分かっておらぬのですよ」

「何を言うか！　助け出された者達が、勇者様の従者だと言っておったではないか！」

老紳士や臣下の言葉に、エルゥス君が反論する。

「それも本物かどうか分かりません。現に彼は殿下の名前を騙《かた》っております」

――騙る？

そういえば、勝手に王子の名を使ったっけ。

「それは兵達を安心させる為であろう？」

「ああ、その通りだ」

エルゥス君はちゃんと分かってくれているようだ。

「ですが、殿下！　こやつが殿下の名を勝手に使ったのは事実！」

「そのようなヤツが本当に勇者様の従者などとは思えん！」

「そうだ！　身の証《あかし》を立てさせねば！」

「面倒なヤツらだ。貴様らに信じてもらう必要などない――」

エルゥス君の名前を勝手に使ったのは悪かったけど、こうも捲《まく》し立《た》てられると面倒さが先に立ってしまう。

「なんだと！」

「馬脚を現したな！」

オレの言葉に一部の臣下が吼《ほ》える。

「――だが、こうして会話を邪魔されるのも業腹だ。我が主より貸与された聖なる短剣の輝きを貴様らにも見せてやろう」

オレは懐経由でストレージから取り出した鋳造聖短剣を抜き、魔力を流す。

刃《やいば》から溢《あふ》れる静謐《せいひつ》な青い光に、人々の視線が釘付《くぎづ》けになった。

「……聖なる武器」

「本当に勇者の従者だ！」

「勇者がエルゥス様にお味方するという事か?!」

「さすがはエルゥス様！」

「クボォーク王国の正当後継者！」

「エルゥス様、万歳！」

「「「エルゥス様、万歳！」」」

黙らせる為にやったのに、余計に騒がしくなってしまった。

『ご主人様、大変よ！』

アリサから上級空間魔法の「無限遠話《ワールド・フォン》」が届いた。

『何があった？』

『町の方が騒がしいから、「遠見」で見てみたの。そしたら――』

クボォーク市のあちらこちらで戦火が上がっているらしい。

マップ情報から推察するに、エルゥス君の工作員達が王城の陥没でヨウォーク王国軍が混乱している状況を好機と見て、レジスタンス達による反攻作戦を実行したようだ。

『分かった。なるべく早く戻るから、状況の監視を頼む』

オレは縮地で老紳士の傍らに移動し、その件を耳打ちしてやる。

「――潜入工作員達が⁈」

「ああ、混乱の隙《すき》を突いた今は優勢だが、ヨウォーク王国軍が落ち着きを取り戻せば、すぐに劣勢に陥るぞ」

オレはマップ検索で知った情報を老紳士に伝える。

「なんだと⁈　こうしてはおれん！　皆の者、聞け！」

老紳士がパンパンと手を叩《たた》いて皆《みんな》の注意を引いた後、これからクボォーク市奪還の為に出発すると告げた。

「分かりました。各地に潜ませた兵達に連絡をとります」

「私は糧食の手配に」

「では、私は馬や荷車を集めて参ります」

老紳士の命を受けて、臣下達が慌ただしく拠点を飛び出していく。

「エルゥス様、私と共にカゲゥス女伯爵閣下にご挨拶《あいさつ》に参りますぞ！」

「う、うん、分かった」

「クロとやら、大した礼もできずすまぬ。貴公の功績は祖国奪還の後に必ず報いよう」

「――待て」

エルゥス君と飛び出していこうとした老紳士の肩を掴《つか》んで止める。

まだ、ここに来た本来の目的を果たしていないからね。

「エルゥス王子、こいつらの忠誠を受けてやれ」

キメラ騎士の代表とキメラ魔術士の代表をエルゥス君に紹介する。

「――誰？」

「ボッソ男爵が三男、騎士ロッホでございます。異形ゆえ、フードを被ったまま御前に立つ無礼をお許しください」

「ホッマー准男爵五男、魔術士イウリンです。殿下への忠誠を誓います」

「陛下に捧《ささ》げたこの剣を、殿下に捧げます」

「騎士ロッホ、魔術士イウリン、貴公らの忠誠を嬉《うれ》しく思う」

「ははっ、ありがたき幸せ。麾下《きか》の騎士一二名、兵士二七名、全て殿下のお力になりましょう」

「魔術士一四名も殿下のお役に立ってみせます」

「うん、ありがとう！」

エルゥス君が年相応の礼を言う。

彼らが挨拶をしている間に、カゲゥス女伯爵のメダリオンを老紳士に渡しておく。これは遺品返却のお礼にとカゲゥス女伯爵から贈られた品だ。これを見せれば、少しは彼らに助力してくれる事だろう。

「王子、夜明けまでに集められるだけの戦力を集めておけ、我が主の秘術でクボォーク市まで送ってやる。真偽は我に助けられた者達にでも聞いておくがいい」

オレはそう言って、帰還転移を繰り返してアリサ達のもとへと戻った。

◆

「サトゥー」

「おか～？」

オレが帰還転移で戻ると、ミーアとタマのペアが即反応した。

黄金鎧《よろい》だと目立つからか、黒装束と外套の組み合わせに着替えていた。認識阻害機能付きのヤツだ。

オレもクロの姿から、皆とお揃《そろ》いの黒装束へと着替える。

「ただいま。アリサは？」

「アリサなら塔の上にいます」

リザが指さす斜めに傾いた城内塔の一つに、天駆で移動する。

ミーアとタマが抱きついてきたので、一緒に塔の上へと移動した。

塔の上にはアリサとポチ、それに狙撃《そげき》銃を抱えたルルがいた。

「お帰りなさい、ご主人様。どうだった？」

「首尾は上々だよ。エルゥス君達も呼応するっていうから、あとで運んでくるよ」

「――ちょっと！　また無茶する気？　わたしがユニークスキルを使ってゲートを開いた方が安全なんじゃない？」

「実績のある人数単位で、ピストン輸送するから大丈夫だよ」

「ちゃんと、魂殻花環の状態を確認してよ？」

「分かってる」

アリサは心配性だ。

「それでエルゥス兄様達はいつ頃《ごろ》来られそうなの？」

「夜明けだ」

アリサが眉間《みけん》に皺《しわ》を寄せる。

「急な話だったから、夜明け前に出撃できるっていうだけで十分すごいと思うぞ？」

「それは分かってるけど、あっちがヤバい感じなのよ」

遠見筒《とおみづつ》をオレに手渡しながら、レジスタンスの陣取る場所を指さす。

城の周辺は高台になっているので、城下町の様子が一望できる。

「ヨウォーク王国軍が攻勢に出たのか……」

「うん、レジスタンスの人達は、あの建物あたりに押し込められてる。このままだと一か八かの攻勢に出て大きな被害が出そうなのよ」

それはマズいね。

「エルゥス兄様達の事を、レジスタンスのリーダーに伝えられないかしら？」

「そうだね――リーダーは分からないけれど、知っているヤツがいるからそいつに伝えてみよう」

名前をメモしておくんだった。エルゥス君の潜入工作員は少ないから、空間魔法の「遠見」で順番に見ていけば知っている顔を見つけられるはずだ。

「――動きました。赤い屋根の所です」

狙撃用のスコープで監視していたルルが事態の急変を告げる。

一部のレジスタンスが一か八かの攻勢に出たようだ。

「完全に暴走ね。他《ほか》のレジスタンスと連携できてない」

アリサが口惜《くや》しそうに呟《つぶや》く。

奇襲を仕掛けたまでは良かったが、ヨウォーク王国軍はすぐに混乱を脱し、組織だってレジスタンスの撃退を始めた。

レジスタンス側はけっこうな被害を受けて潰走《かいそう》を始めている。

「ご主人様、お願い」

「分かった。レジスタンスの逃走を支援してやろう」

ここからだと少し遠いので、アリサの空間魔法で手頃な場所に移動する。

塔の下にいたリザとナナはユニット配置で、傍らに引き寄せた。

「ルルはヨウォーク王国軍の武器を狙《ねら》って。ミーアは水魔法の『急膨張《バルーン》』を敵陣で使え。アリサはオレと敵の騎士や前線指揮官を狙撃だ」

アリサに「――殺すなよ」と耳打ちし、行動を開始する。

ルルが実弾銃でヨウォーク王国軍兵士の剣や盾を撃ち抜く。夜中に火杖銃《ひつえじゅう》や輝炎銃は目立つからね。

「狙撃された！　弓矢じゃない！　暗殺者か狙撃手が隠れているぞ！」

「どこだ？　どこからだ！」

戸惑うヨウォーク王国軍が追撃の足を止めて、遮蔽《しゃへい》物の陰に隠れる。

「何をしておるか！　敵陣に突入すれば、狙撃などできぬわ！　死ぬ気で走れ！」

後ろからヨウォーク王国軍の士官が偉そうに命じる。

そこにミーアの「急膨張」が炸裂《さくれつ》した。

「のわっ、――魔法攻撃だ！」

「水球《ウォーター・ボール》か水渦刃《スウィル・ブレード》だ！　物陰に隠れろ！」

部下に突撃を命じたわりに、ミーアの魔法で吹き飛ばされた士官は、そそくさと物陰に隠れて不安そうにきょろきょろと周囲を覗《うかが》っている。

その頭部をアリサの対人制圧用の衝撃波が襲う。そのまま伸びてしまったところを見ると、一発で昏倒《こんとう》したようだ。

「ミーア、もう何箇所かに頼む」

「ん、任せて」

ミーアがふんすと胸を張って、次の詠唱を始めた。

「我こそはヨウォーク王国、クボォーク方面軍、第三――」

オレは「理力の手」を伸ばし、長い口上を上げる騎士の顎《あご》に、近くに落ちていた瓦礫《がれき》をぶつけて気絶させる。レジスタンスが止《とど》めを刺そうと駆け出したが、それが追いつく前に騎士の仲間が引き摺《ず》って逃げだした。

「マスター、活躍したいと告げます」

「ポチも魔刃砲でばびゅんとしたいのです！」

「タマも忍術したい～？」

ナナ、ポチ、タマの三人が参戦を希望する。

リザは黙っていたが、その気持ちは三人と変わらないようだ。

「夜中だと魔刃砲は目立つ――」

言葉の途中で、通りの向こうから馬に乗った騎士達がゴーレムを率いてやってくるのが見えた。

「リザ、ポチ、ナナの三人は魔刃砲でゴーレムを破壊してきてくれ。向こうに見つからないように、移動しながら攻撃するんだよ」

「タマは～？」

オレが指示を出すと三人が攻撃に向かう。

一人だけ命じられなかったタマが少し悲しそうだ。

「忍者タマには特別任務だ。小石をぶつけて馬を暴れさせてきてくれ。向かってくる騎士にはコショウ弾で天誅《てんちゅう》を与えてやるように」

「あい！　にんにん～？」

タマがシュバッと闇《やみ》に消える。

「うおっ、馬がっ」

「――ぐはっ、なんだ――ごほっごほ――ぬぉおおお」

しばらくして竿立《さおだ》ちになった馬達から騎士達が落ちていた。

さすがは忍者タマ。馬が暴走した瞬間に、騎士達の顔にコショウ弾をぶつけたようだ。

「狙撃手はどこだ⁉」

「魔法攻撃も受けているぞ――ぐはっ」

「隊長は何をしてるんだ！」

仲間達の活躍で、ヨウォーク王国軍は混乱のただ中にあるようだ。

今のうちに――。

事態の急変についていけないレジスタンスの中に、見知った顔を見つけた。酒場で会ったエルゥス君の潜入工作員をしている彼だ。

そいつの足下に、エルゥス君の援軍が未明に現れると書いた矢文を撃ち込む。

矢文を見つけた工作員が手紙を読むのが見えた。

「俺達を助けてくれたのはエルゥス様の先遣隊だ！　朝には援軍が来るぞ！」

工作員がレジスタンス達に声を掛けて回る。

暗躍スキルのお陰か手紙の内容を信じてもらえたようだ。

「籠城《ろうじょう》を選んでくれたみたいね」

レジスタンス達が建物の扉や窓の外に家具や瓦礫を積んで、バリケードのようなモノを作り始めた。

「あれだけじゃ、火攻めで終わりそうだ――」

オレは土魔法の「土壁《ウォール》」でレジスタンス達の拠点を囲む。

ついでに物見塔を四方に作ってみた。

「さすがはご主人様ね。リザさん達がゴーレム隊を潰《つぶ》してくれたから、ヨウォーク王国軍も一度退いて態勢を立て直すみたいよ」

「これで朝まで時間が稼げそうだね」

今のところヨウォーク王国側が都市核《シティ・コア》の力を使う様子はない。

レジスタンスの勢力を脅威に感じていないのかもしれないが、クボォーク市周辺の気候や農作物の様子からして、都市核の魔力残量に余裕がないんだと思う。

オレ達は交代で仮眠をとる。何事もなく時は過ぎ、山の向こうが薄らと明るくなり始めてきた。

ここまで大人しかったヨウォーク王国軍だが、夜明けと同時に攻勢に出るつもりらしく、行政府のある駐屯地では出撃の準備が整いつつあった。

さて、そろそろ仕上げの頃合《ころあ》いだ。

◆

「迎えに行ってくる。こっちは任せた」

「うん、分かった。ヨウォーク王国軍が攻めてきたら連絡するわ」

オレはクロの姿に着替える。

帰還転移でカゲゥス伯爵領に戻ると、カゲゥス市からかなり離れた場所に武装した三〇〇名ほどの人間が集まっていた。

オレは閃駆《せんく》で彼らの下へと急行する。

「準備は整ったようだな」

「――クロ殿！」

「空からお出ましかよ。勇者の従者は派手だぜ」

唐突な登場に度肝を抜かれた人達が多かったが、老紳士と将軍の二人は平然とオレを見上げている。

「爺《じい》！　見たか！　人が空を飛んでいたぞ！」

エルゥス君は老紳士の服を引っ張って大興奮だ。

平和になったら、一度遊覧飛行してやろう。

「三〇〇ほどか――」

これくらいなら数回のピストン輸送でいけそうだ。

「一晩ではこれが限界だ。この数で都市を落とせるとは俺達も思っちゃいねぇ。俺達が攻め込む事で、中で蜂起《ほうき》したヤツらの助けになればそれでいい」

どうやら、将軍はオレの言葉を勘違いしたようだ。

「そういう意味で言ったのではない。この数ならばクボォーク市まで運べると言ったのだ」

「運ぶ？　飛空艇か？」

「飛空艇もあるが、今回は使わない」

オレは理力の手で将軍を始めとする兵士達を掴《つか》む。

「抵抗するな、これからクボォーク市に転移する」

「な、なんだと？」

一度に六〇人ほどをユニット配置で運ぶ。

「――こ、ここは？」

「クボォーク市の貴族街があった場所だ」

この辺りは焼け落ちていて誰《だれ》もいないし、広い場所がたくさんあったので、石製構造物《ストーン・オブジェクト》の魔法で壁のない神殿風の建物を作って移動用の拠点にしたのだ。

「ここで待っていろ。残りを連れてくる」

オレは将軍にそう言い残して、ピストン輸送を繰り返す。アリサと約束したように、ユニット配置前に「魂殻花環」を確認したが、全く異常はない。

ピストン輸送の途中で、アリサからヨウォーク王国軍の進軍が再開したと報告があった。

オレが作った土壁がある事だし、もうしばらくは大丈夫だろう。

「ここはまだ黒焦げのまま――城がない⁉」

最後の輸送で連れてきたエルゥス君が、地盤沈下で崩壊した城の方を見て驚きの声を上げた。

できればエルゥス君を戦場に連れてきたくなかったのだが、本人の強い要望と、王国再興に必要な事だからと老紳士に言われて連れてきた。

老紳士に戦闘力はないが、エルゥス君には影のように従う護衛達がいるので身の安全は確保できるだろう。

『ご主人様、土壁が破られたわ！　あいつら、都市外の守りに使っている大型魔力砲を持ち出してきたの！』

都市内で対軍兵器である大型魔力砲を使うとは、なかなか無茶をする。

『アリサ、もう少し見守っていてくれ。多少の邪魔はいいけど、エルゥス君達の援軍が来るまで直接介入は禁止だよ』

『分かってる。「隔絶壁《デラシネーター》」あたりで進軍を邪魔するだけにするわ』

アリサに指示を出し、エルゥス君に状況を伝えた。

彼はすぐさま将軍にレジスタンスの勢力を助けに行くように命じ、三〇〇名が勝手知ったる故郷を進軍する。

「これをやる。命を大事にするがいい」

オレはエルゥス君にエチゴヤ商会の盾腕輪を与え、彼らに背を向ける。

「クロ殿は王都奪還を手伝ってくださらないのか?!」

「既に十分手伝ったはずだ。我らは本来、人の世の争いには関与しない」

エルゥス君が残念そうな顔で下を見る。

「クロ殿、ご助力感謝いたします」

「今回は小娘に頼まれたから仕方なく協力してやったにすぎん。礼なら生意気な紫髪の娘に言うがいい」

「――紫髪? もしかしてアリサが?!」

オレはエルゥス君の言葉には応《こた》えず、帰還転移で仲間達の下へと戻った。

これで少しはエルゥス君の部下達から、アリサに対する悪感情が減ってくれるといいんだけど。

◆

「どうして都市内にクボォーク王国の残党が!」

戦場は混乱の中にあった。

大型魔力砲の支援を受け、優勢だったヨウォーク軍の側面にエルゥス君達の部隊が急襲したからだ。

「なんだ、あの騎士は！」

「身体強化か？」

「いや、剣を腕で弾《はじ》いていた。噂《うわさ》に聞く金剛身の使い手かもしれん」

キメラ騎士達が鬱憤《うっぷん》を晴らすように無双している。

ヒュドラの外皮やナーガの鱗《うろこ》を植え付けられた腕は、鋼鉄製の剣すら弾き返してしまうようだ。

「魔力砲だ！　魔力砲で薙《な》ぎ払《はら》え！」

「閣下！　ここは市内ですよ！」

「やかましい！　どうせこの辺りはクボォークの連中しか住んで――」

言葉の途中で、火炎や嵐《あらし》が大型魔力砲やその近くにいた前線指揮官を飲み込んだ。

「魔法使いか！」

「向こうから攻撃があったぞ！」

ヨウォーク王国軍が状況を理解する間もなく、彼らの陣営に魔法攻撃が雨あられと降り注ぐ。

「あれほどたくさんの魔術士達をどこから連れてきたというのだ！」

「城壁に備えさせている兵を呼び寄せろ！」

「一度兵を引き、太守閣下にお力添えを依頼する」

聞き耳スキルがヨウォーク王国軍の作戦を拾ってくる。

エルゥス君達がレジスタンス達の陣営に合流したらしく、彼を讃《たた》える声と勝《か》ち鬨《どき》が聞こえてきた。

「今は勝ち誇るがいい。太守閣下のお力添えがあれば、貴様らなぞ塵芥《ちりあくた》だ」

生き残った指揮官が、負け惜しみを口にしつつ軍を退く。

彼の言葉は単なる負け惜しみではなかったようで、剣や鎧《よろい》に光を宿したヨウォーク王国軍兵士達の逆襲が始まった。

指揮官達の言葉から考えて、太守が都市核の力で兵士達をブーストしたのだろう。

都市核の魔力にはそれほど余裕がなかったようで、兵士達の後ろ三割くらいはブーストの輝きがなかった。

「ヨウォーク兵め！　貴様らなどには負けん！」

「人の幸せを捨てた力、その身で味わえ！」

ブースト状態でも、まだ個々の戦闘力はキメラ騎士達の方が上のようだ。

レベルが高いヨウォーク王国騎士だけが、単独でキメラ騎士と互角の戦いを繰り広げている。

「ぐぬぬ、一人で戦うな！　数の利を生かして囲め！」

「この卑怯《ひきよう》者どもめ！」

「いけるぞ！　相手を疲れさせろ！」

ヨウォーク王国の指揮官は四倍近くいる兵力を有効活用する事に思い至ったようだ。

『ご主人様、どうしよう？　嫌がらせだけじゃ支えきれないわ』

アリサが言うように、このままだと兵力差で押し切られてしまう。

『分かった。参戦を許可する。——ただし、怪我《けが》をしないように注意するんだよ』

『黄金鎧に着替える？』

『いや、今回は公開装備でいい。紋章付きの装備だけは使わないように』

今回はアリサの悪評を払拭《ふっしょく》するという狙《ねら》いもあるので、黄金鎧——勇者の従者としての装備ではなく、公開装備での参加を選んだ。

皆《みんな》をサポートする為《ため》に、空間魔法の「遠見」を起動する。

『先鋒《せんぽう》はポチなのです』

『突貫〜？』

『決めポーズの間に先に行っちゃうなんてズルイのですよ！』

アリサが発動した「戦術輪話《タクティカル・トーク》」越しに、ポチとタマの声が聞こえてきた。

「何か小さいのが来たぞ！」

「つ、強い！　噂のドワーフか！」

「と、止めろ！　そいつらを誰か！」

タマとポチが兵士達の足を斬《き》り裂いて駆け抜ける。

二人の姿が消えた街路には、足を抱えて地面に転がる兵士達が残された。

その兵士達に、フライパンや椅子《いす》を構えた一般市民達が群がり殴打する。都市核の守りで命を落とす事はなかったが、普段の鬱憤を晴らそうとする市民達の攻撃はやむことなく続いた。因果応報である。

「騎士様！　来ます！」

「やあやあ我こそはヨウォーク王国騎士——」

『黒槍《くろやり》のリザ。いざ参る！』

赤い光を曳《ひ》きながら現れたリザが、騎士の名乗りを待たずに躍りかかる。

騎士は数合ほどリザの攻撃を受けたものの、都市核ブーストも虚《むな》しく叩《たた》きのめされてしまった。

おそらく、不殺の制限がなければ、最初の一合で相手を倒していたに違いない。

「誰だ、あの槍使いは？　ヨウォーク王国騎士が鎧袖一触《がいしゅういっしょく》だぜ」

「クボォーク王国にあんな使い手はいなかったはずだ」

「エルゥス様の人徳だろう。今のうちに残敵を掃討するぞ！」

リザの活躍を見たクボォーク王国兵が士気を上げる。

——フォン。

「なんだ？　何か言ったか？」

「何も聞こえないぞ、それより足を止めるな」

城壁塔から魔力砲を運んでいたヨウォーク王国兵が、不安そうに周囲を見回す。

——フォン、フォン。

「何か聞こえるぞ」

「だから何が——」

苛立《いらだ》つ兵士の言葉の途中で、衝撃波の波状攻撃が彼らを襲った。

その傍らに半透明な幼い少女——小シルフ達が浮かぶ。

『シルフ、魔力砲破壊』

――フォン。

ミーアの指令を受けた小シルフ達が魔力砲を空に巻き上げ破壊する。

『シルフ、次』

――フォン。

指示を受けた小シルフ達が、次の魔力砲を狙って移動する。

こうして、前線への魔力砲運搬計画は、日の目を見る事なく闇《やみ》に葬られた。

「――おや？」

マップに前線を迂回《うかい》して進むヨウォーク王国軍の工作員を見つけた。

どうやら、後方で匿《かくま》われている非戦闘員を襲う気のようだ。人質にでもして、エルゥス君達に降伏を呼びかけようというのだろう。

エルゥス君の本陣近くに潜伏させてあるナナが一番近い。

『ナナ、九時の方向から敵兵が接近している。排除を頼む』

『イエス・マスター。幼生体には手出しさせませんと告げます』

頼もしいけど、中年や老人も差別なく守ってやってくれ。

マップを再チェックすると、都市外にも異変が起きていた。

『アリサ、ルルを連れて南の外壁塔へ』

『おっけー！』

『――きゃっ』

アリサとルルの光点が、無人の外壁塔へと現れる。

『アリサ、ルル、国境の砦《とりで》の方を見て』

『何か動いています』

『もしかして、ゴーレム？』

『そうだ。シガ王国との境を守る虎《とら》の子まで、こっちに回してきたらしい』

『倒しちゃう？』

『頼む』

『ルル、遠いけどいけそう？』

『うん、このくらいなら——ほら』

光線銃の煌《きら》めきが数度瞬いた後、マップからゴーレムの光点が消えた。

さすがはスナイパー・ルル。魔法銃を使いこなしているね。

オレとアリサはルルの超越技巧を称賛する。

——ちぃちぃ。

脳裏に蝙蝠《こうもり》の鳴き声がした。

太守の近くに潜入させた影潜蝙蝠《シャドウダイブ・バット》からだ。意識を同調させると、太守が何かの儀式魔法の準備を進めているのが見えた。

『アリサ、太守が何かやろうとしているけど、オレの方で止めておこうか？』

『そっちはわたしがやるわ。ご主人様は元栓の方をお願いできる？』

『ああ、任せてくれ』

オレは元栓――都市核の間へと向かう。

王城の崩落に巻き込まれて入り口が塞《ふさ》がっている為、警備の兵士が誰《だれ》もいない。

土魔法の「落とし穴《ピット》」で掘り返し、歪《ゆが》んだ扉を力尽《ちからず》くで引きちぎる。その先には都市核による致死性の結界が張られていたので、全力の「魔法破壊《ブレイク・マジック》」で消し去った。特になんの障害もなく通り抜けられる気もしたけど、わざわざ危険に身をさらす趣味はないからね。

『上位領域を支配する王よ。この地はヨウォーク市の衛星都市として登録されています。この地を奪う場合、自動的にかの都市に宣戦布告したと見なされますが宜《よろ》しいですか？』

「構わない。この地を衛星都市として登録する」

『承知いたしました。王よ、この地はあなたのものです』

思ったよりも簡単に終わってしまった。

この後はムーノ伯爵領のように領主交代をしたいところだが、それを実行すると彼の身分が「奴隷」から強制解除されてしまう。

エルゥス君のギアスを解いてからじゃないと、ギアスを破った事になって、オルキデのように死んでしまう危険性が高い。

オレは都市核に命じて、ヨウォーク王国軍を強化している都市核ブーストを上書き解除する。

「質問だ。ここで衛星都市を解除したら、どうなる？」

『新たにこの地を訪れた者が王となります』

それなら問題ない。

念の為、入り口にエルゥス君だけが通過できるという設定の結界を張っておいた。

これなら迷い込んだ人間が王になるような事故は起こらないだろう。


『――暴虐のブラスト・ストーム！』

影潜蝙蝠に意識を移したら、アリサがよく分からない叫びを上げながら、ヨウォーク王国軍司令部にいた太守や将軍を、対人制圧用衝撃波で蹂躙《じゅうりん》している姿が浮かんできた。

『ほどほどにしておけよ』

『ご主人様、そっちの首尾はどう？』

『終わったよ。後はエルゥス君が都市核の間に行けば引き継ぎ完了だ』

『は、早いわね。でも、そこに痺《しび》れる憧《あこが》れるぅ』

アリサが有名な漫画のフレーズで茶化してきた。もしかしたら、普通に称賛してくれているのかもしれない。

『ご主人様、光を失ったヨウォーク王国軍が潰走《かいそう》を始めました』

戦術輪話越しに、リザから報告が届いた。

都市核によるエンチャントは無事に解除されたようだ。

『こちらアリサ。司令部の人間も撤退を選んだみたいよ。太守と将軍は徹底抗戦を叫んでたけど、部下に反抗されてサクッと始末されていたわ』

相変わらず人の命の軽い世界だ。

『こちらポチなのです！　北門から兵隊《へーたい》さんが逃げていくのですよ』

『こちらタマ～？　広場は賑《にぎ》やか～？』

ポチとタマはアリサのマネをして楽しそうだ。

『マスター、広場でアリサの兄が勝利宣言をするようだと報告します』

目視ユニット配置で広場が見える位置に移動し、ユニット配置で仲間達を呼び寄せる。

ちょっとユニット配置を使いすぎている気もするが、せっかくの瞬間だし、皆で一緒に見守ろうと思ったのだ。

「僕達の勝利だ！　ここにクボォーク王国の再興を宣言する！」

エルゥス君が急造された台の上で声を上げる。

「「「うぉおおおおおおおおお！」」」

「「「エルゥス殿下、万歳！」」」

「「「新国王エルゥス陛下、万歳！」」」

エルゥス君が王国再興を宣言すると、臣下達や兵士達だけじゃなく、集まった旧クボォーク王国の人達も一緒にそれを祝った。

「おめでとう、エルゥス兄様」

「エルゥス様、おめでとうございます」

アリサとルルも小さな声で、人々の中心にいるエルゥス君を祝福する。もちろん、他《ほか》の子達もだ。

「「「クボォーク王国に栄光あれ！」」」

「「「エルゥス陛下に栄光あれ！」」」

「「「うぉおおおおおおおおおお！」」」

ヨウォーク王国の支配下で抑圧されていたせいか、人々が熱狂的にエルゥス君を支持してくれている。中には叫んでいるだけのヤツもいるが、気持ちは分からなくもない。

もっとも、エルゥス君や幹部達はこれからが大変だ。国の奪還が終わっても、まだまだ仕事は多い。市街戦で荒れた市内の修復やヨウォーク王国の逆襲や魔物の脅威から国を守る軍事力の立て直し、やる事は山盛りなのだから。

「行きましょう、ご主人様」

「いいのか？」

「ええ、あとはエルゥス兄様に丸投げでいいわ。それよりもしたい事があるんだけど――」

アリサが悪戯《いたずら》っ子の顔でオレを見上げる。

戦場の理不尽

〝あたしは強《つ》ぇえヤツと戦うのが好きだ。手加減なしに殺し合える敵と戦うのが大好きだ。最高に熱い戦いができるなら、あたしは命を落としても構わない――シガ八剣、第八席「草刈り」リュオナ〟

「いっぱいいいやがる」

シガ八剣のリュオナは盆地の草原に展開された野戦陣を見渡して呟《つぶや》いた。

ここはビスタール公爵領の端にある交通の要所だ。そこに王国軍七五〇〇と反乱軍九二〇〇が距離を開けて対峙《たいじ》していた。双方ともに土魔法やゴーレムで野戦陣地を築いており、今も伝令の兵士達や使い魔達が忙《せわ》しく行き来している。

リュオナはその野戦陣地に土魔法で作られた粗雑な物見塔の上で、両軍の陣立てを確認していた。

「まさか反乱軍が野戦を挑んでくるとは思わなかったでござる」

「俺もだ。都市や城の外壁を頼りに籠城《ろうじょう》するのが定石だろうに」

リュオナの傍らで控えていたシガ八剣候補の「風刃」バウエンと「白矛」ケルンが、反乱軍の定石を外した戦略に眉《まゆ》を顰《ひそ》めていた。

「それはこちらに公爵閣下がおられるからだ。ヤツらは閣下が都市に入られて公爵領を再掌握されるのを何よりも恐れているのさ」

物見塔に上がってきた赤い鎧《よろい》の美丈夫――「紅の貴公子」ジェリル・モサッド男爵が、深みのあるバリトンで彼らの疑問に答えた。

「よう、お帰りジェリル。公爵のお守りはいいのか？」

「ようやく地下司令部に入る事を承諾してくださった」

「なら安心だな」

ケルンが持っていた遠見筒《とおみづつ》を、戻ってきたジェリルに手渡す。

「いくら伝統でも、ろくに運動もしていない公爵閣下が最前線に立つなんて、考えただけで寒気がするぜ」

「由緒ある大貴族様は大変でござるな」

「そう言うな、王祖ヤマト様の時代からの伝統だ。折れてくれるだけ公爵閣下はマシだ。中には最前線で突撃をするバ――大貴族もいるんだぜ」

ケルンが呆《あき》れた様子のバウエンを宥《なだ》める。

「お喋《しゃべ》りはその辺にしな。来たぜ――ヤツらの頼みの綱が」

リュオナが愛用の大鎌《おおがま》をぐるんと回して、反乱軍の背後に聳《そび》え立《た》つ山の向こうから迫る影を指し示した。

「楽しませてくれよ――竜《ドラゴン》！」

大鎌の刃《やいば》をちろりと舐《な》めたリュオナが、わくわくした顔で下級竜を睨《にら》み付ける。

変わった下級竜だ。頭に帽子を被《かぶ》り、右手には人形——いや、派手な服を着た男を握り込んでいる。リュオナ達には哀れな犠牲者にしか見えなかったが、その正体はヨウォーク王国のテイマーであり下級竜を反乱軍の戦力として組み込んだ重要人物だ。

下級竜の移動速度が速く、戦いに没入すると命令を忘れる為《ため》、テイマーである彼がこうして同行している。

「反乱軍の竜が来るぞ！」

ケルンが地上に向かって下級竜の接近を警告すると、地上では蜂《はち》の巣を突《つつ》いたような騒ぎが起こった。

魔力炉が唸《うな》りを上げ、防御障壁を十重二十重に築いていく。

神官や魔法使いの全員が、必死の顔で呪文《じゅもん》を紡ぎ始めた。騎士達も身体強化系のスキルを使い、弓兵達や砲兵達が遠距離攻撃用のスキルを準備する。

全員が自分達の持つ全《すべ》てを振り絞る姿が、そこにあった。

下級竜というのは、それだけ恐るべき相手なのだ。

「いっくぜぇえええ！」

矢のような勢いでリュオナが駆け出した。

「魔法兵は竜を叩《たた》き落《お》としてみせろ。さすれば後は我らがなんとかする」

「弓兵や砲兵は胴体を狙《ねら》うでござるよ！　欲を出して翼を狙っても、翼を支える風の魔力に巻かれて、絶対に当たらないでござる！」

戦いしか眼中にないリュオナの代わりに、ジェリルとバウエンが兵士達に声を掛ける。

「各々方、参るぞ！」

ケルンは物見塔の下で待機していた他のシガ八剣候補五人に声を掛け走り出す。

五人の中の一人が足を止めつつ、紺色の長弓を引き絞った。

「——リュオナ殿、鏑矢《かぶらや》は任されよ！　≪天弓≫」

聖句を受け射手の魔弓が真価を発揮する。弓が赤い光を帯び、その光が鏑矢を包んだ。

「天かける竜よ！　『天弓の射手』、『谷越え』のボードウィンが≪天光弾≫を受けよ！」

ボードウィンが矢を離すと、凄《すさ》まじい衝撃波と光が幾重もの輪を作った。

輝く赤い矢が音の速さで下級竜へと迫る。

速い。それは重力や翼で避《よ》けられる速度を超えていた。

だが、下級竜の目に焦りはない。下級竜は空中を蹴《け》って矢を避けてみせた。深山に住まう高レベルの達人が使うという空歩や二段跳躍と呼ばれる技だろう。

下級竜の被っていた丸帽子は角に固定されているのか、風にはためいても脱げたりはしなかった。

むしろ、下級竜が手に握り持つテイマーの首が、急激な高機動で折れる方が先かもしれない。

「「……■　乱気流《タービュランス》」」

風魔法使いが下級竜周辺に乱気流を作り出す。

「「……■■■　落　気　槌《フォールン・ハンマー》」」

続けて、別の風魔法使い達による落気槌のコンボが叩き込まれた。

それはセーリュー伯爵領軍が得意とするワイバーン狩りの黄金パターンだ。

「マジか……」

「さすがは戦闘生物でござるな」

ワイバーンなら確実に地面に叩き付けられるコンボを、下級竜は避けてみせた。

気流が乱れたのを察した下級竜が翼を畳んで影響から逃れ、高度が落ちた下級竜めがけて放たれた落気槌を、ボードウィンの矢を避けたのと同じ技で回避してのけたのだ。

「ところで、あの派手な服は誰《だれ》でござろう？」

「下級竜が握っているヤツか？　竜の昼飯じゃないか？」

「いや、前にもいた。おそらくヨウォーク王国軍のテイマーだ」

シガ八剣候補達の推測は正しい。

「テイマー？　ドラゴンを調教《テイム》するなんて聞いた事がないでござる」

「おそらくは鼬《イタチ》帝国のネジだ」

ケルンがバウエンに自分の推測を伝える。

「ネジ？　いくらなんでも無理だろう。前に多翅長虫《ウイングス・セントピート》を七本のネジで支配しようとして失敗したという話があったぞ」

「そうなのか？　七本で無理なら三〇本くらい使ったんじゃないか？」

自説を否定するジェリルに、ケルンは下級竜の頭を覆う帽子を指さした。

彼はその下にネジがあるのだと主張しているようだ。

――GYAOOOOOSZ。

上空を旋回していた下級竜が吼《ほ》えた。

「光っている。防御障壁の張り直しか？」

「それは重畳。こちらを油断できない相手だと認めてくれたようでござるな」

「ふん、何が重畳だ。相手が油断してくれていた方がいいに決まっている」

シガ八剣候補の大剣使いが、バウエンの言葉を強い口調で否定した。

「つまらぬヤツでござるな。拙者は死合う相手に見下されるのが我慢ならないでござるよ」

バウエンの言葉に大剣使いが何か言おうとした時、空を睨んでいたリュオナが舌打ちをした。

「――マズい」

リュオナが一つ呟いて駆け出す。

リュオナの駆ける先では、大きく息を吸いながら下級竜が急降下してくる。

「ちっ、竜の吐息《ドラゴン・ブレス》か！」

「た、大変でござる！」

シガ八剣候補達も慌てて駆け出した。

だが、方向はバラバラだ。ジェリル、バウエン、ケルンを始めとするほとんどはリュオナの後を追って前方へ駆け出し、弓使いのボードウィンは足を止め弓を構え、大剣使いと双剣士はブレスを避ける側方へと向かう。

「ボードウィン殿、テイマーを！」

「承知！」

下級竜の意識が逸《そ》れた間に、ボードウィンの矢が気を失ったテイマーの額を穿《うが》った。

だが、下級竜にそれを気にした様子はない。

「竜が来るぞぉおおお！」

「魔力炉を全開だ！」

「既に全開です！」

「もっとだ！　壊れても構わん！　最大出力を障壁に注げ！」

竜の吐息を警戒して、王国軍司令部は陣地の防備を最大に上げる。

だが、拠点防衛用の魔法装置とはいえ、自陣全てを守れるわけではない。

「逃げろぉおおおおお」

「総員走れ！　ブレスに呑《の》まれるぞ！」

両翼の指揮官が兵士達を全速力で移動させる。

当人達は必死だが、それはあまりにも遅かった。彼らが離れるより先に、竜は接近し、その顎《あぎと》に紅蓮《ぐれん》の炎を溢《あふ》れさせる。

「も、もうダメだぁあああ」

絶対に間に合わないと理解しつつ、それでも兵士達は足を止めずに最後まで足掻《あが》く。

その頭上に無慈悲な熱量が——。

「うぉりゃああああああああああああああ！　──逆さ死極断頭台《デス・ギロチン》！」

空歩で空を駆け上がった「草刈り」リュオナが、下級竜の顎下を大鎌で打ち上げた。

──ＧＹＡＡＡＡＯＯＺＺ。

悲鳴と共に顎から噴き出た炎が、戦場の空を焼く。

余波で服や髪が燃え上がった者達がいたが、地面を転がって事なきを得たようだ。

「ちっ、重ね──死極断頭台、三連！」

遠心力と大鎌の重量を生かした、リュオナの豪快な必殺技が怒濤《どとう》の勢いで下級竜に叩き込まれる。

「一つ」

横薙《よこな》ぎの死極断頭台が下級竜の首を襲う。

竜はそれを爪《つめ》で受け流し、赤と白の火花を周囲に散らせた。

「二ぁつ」

宙に浮かんだまま大鎌の慣性で身体《からだ》をぐるりと回したリュオナが、今度は頭上から大鎌を振り下ろす。

それを下級竜は長い首を動かして避けた。

勢い余ったリュオナが縦に一回転する無防備な背に、下級竜の顎が迫る。

「三ぃっつううう」

その顎が噛《か》み合わされる寸前、リュオナの大鎌が間に合った。

リュオナの大鎌と下級竜の牙《きば》が激突し、最初よりも豪快な火花が周囲に散る。

全てを貫く竜の牙と言えど、側面から激突しては、その威力を十全に発揮する事はできないようだ。

一瞬の攻防が終わり、反動でリュオナが背後へと吹き飛ばされた。

リュオナの目に、空中で身体を捻《ひね》る下級竜の背が映る。

「――危ない！」

超高速で飛んできた竜の尾がリュオナへと迫る。

「――ちぃ」

大鎌を盾にして直撃を防いだリュオナだったが、空歩が尽きた彼女が空中でその大質量を支えられるわけもなく、一瞬で地面に叩き落とされ地面に深い溝を作った。

「シ、シガ八剣が……」

「やはり、竜に抗《あらが》う事はできないのか……」

王国軍の心の片隅にあった希望が、シガ八剣の敗北によって絶望へと叩き落とされた。

――GYAOOOOOOSZ。

下級竜が勝利の雄叫《おたけ》びを上げる。

「……■　気流消失《ロスト・エア》！」

「……■　落　重　旋　鎚《フォールン・ハリケーン・ハンマー》！」

二つの声が響き、勝ち誇っていた下級竜が急激に高度を下げた。

それでも、槍《やり》すら届かない距離で下級竜は持ちこたえる。

「……■落雷《コール・サンダー》！」

「……■下降爆流《ダウン・バースト》！」

　さらに二つの声が戦場に響いた。

　落雷が下級竜を打ち据え、上空から打ち下ろされた冷たい気流の爆風がそれに追い打ちを掛けて、ついに下級竜を地面に叩き落としてみせた。

「シガ三十三杖《つえ》でござるか……。凄まじい魔法でござる」

「暢気《のんき》に見ている場合ではない！　地上に落ちた今こそ反撃の時！」

「「応！」」

　ジェリルの叱咤《しった》で、シガ八剣候補達が勇敢にも下級竜へと挑む。

　変幻自在の魔刀を持つ「風刃」バウエンが多彩な間合いで下級竜を翻弄《ほんろう》し、反対側からは「白矛」ケルンが下級竜の隙《すき》を突く。他《ほか》のシガ八剣候補達も各々の間合いで下級竜を包囲した。

「爪や牙だけじゃない！　尻尾《しっぽ》や翼にも気を付けろ！」

　探索者集団「赤竜の咆哮《ほうこう》」でリーダーを務めていた「紅の貴公子」ジェリルが、シガ八剣候補達を指揮する。自身も氷の魔剣「氷樹の牙」に魔力を流し、冷たい霧を纏《まと》いながら下級竜へと挑み掛かった。

「――硬い」

「シガ三十三杖の上級魔法を喰《く》らっても傷一つ負っていないくらいだ」

「怯《ひる》むな！　竜の防御障壁はかなり剥《は》がれているぞ！」

弱気になった仲間を、ジェリルが叱咤する。

「――下級竜、レベル五五、スキルに『格闘』と『風魔法』があります」

鑑定《アナライズ》スキル持ちの候補が、鑑定結果をジェリルに伝える。

「――螺旋槍撃《らせんそうげき》！」

「――風刃乱舞！」

ケルンとバウエンの必殺技が同時に襲ったが、下級竜は見かけによらぬ俊敏さで、その両方を避けてみせた。

そして回避時に拾ったらしき岩を投げつける。

技を出した直後で回避行動に移れない二人に岩が迫ったが、それを仲間達が蹴りや体当たりで二人を安全圏へと動かした。

「痛《い》てて……」

「助かったでござる。次はもう少しお手柔らかに頼むでござるよ」

「不用意に技を使うな！　竜はこちらの消耗を狙っているぞ！」

立ち上がった仲間をジェリルが注意する。

「消耗を狙ってるというよりは――」

「――我らで遊んでいるようでござるな」

飛んできたのが単一の岩ではなく、握りつぶした岩石の散弾だったなら、彼らは今ごろ生きてはいない。

「リュオナ殿が復活するまで我らで保《も》たせるぞ！」

「ああ、任せておけ」

ジェリル達は絶望的な時間稼ぎを始めた。

◆

「――ごぉはあああああああ」

下級竜の尻尾に打たれた大剣使いが、血を吐きながら地面を転がっていく。その大剣使いに、後方から従軍神官が駆け寄った。

既に彼らは一〇分近く戦っているが、下級竜は軽い怪我《けが》を負った程度で、まだまだ元気溌剌《げんきはつらつ》とした顔で戦いを続けている。

「誰か穴を埋めろ！」

「ケルン殿もさっき後送されたままでござる。もはや我ら二人だけしかおらぬでござるよ」

大剣使いが減って余裕ができたのか、下級竜が息を吸い込むのが見えた。

「――マズい。《氷樹》」

ジェリルが魔剣「氷樹の牙」の聖句を使い、氷の樹木を作り出して「竜の吐息」を受け流す。

「軽い牽制《けんせい》のブレスでも、一度受け流すのがせいぜいか――」

そこに炎と氷の欠片《かけら》が散る残滓《ざんし》を割って、下級竜の首が飛び出てきた。

巨大な顎がジェリルを襲う。

「――《風刃》」

バウエンの放った風の刃《やいば》が下級竜の目を襲ったが、防御障壁に守られた目を傷付ける事もできず、一瞬だけ瞬《まばた》きさせるだけの効果しかなかった。

だが――。

「うぉらあああああああああああ！」

その一瞬の隙を、瞬動で駆け寄った影が生かす。

「――死極断頭台！」

大鎌《おおがま》の一撃がついに防御障壁を粉砕し、その先にあった鱗《うろこ》さえ打ち砕いてみせた。

――GYAAAAOOZZZ。

竜の悲鳴が木霊する。

その横顔には一筋の傷が生まれていた。

「リュオナ殿！」

「待たせたな！」

笑顔になったバウエンの姿が掻《か》き消える。

「――何?!」

続いて善戦していたジェリルまでが、背後に現れた下級竜に薙《な》ぎ払《はら》われてしまった。

「それが本気ってわけかい？」

――GYAOOOOOOSZ。

下級竜が勝ち誇る。

どうやら、今までの下級竜は瞬動や剛脚などのスキルを使わずに、彼らとの戦いを楽しんでいたようだ。

「こいつはマズいね。ヘイムやジュレバーグの旦那《だんな》がいても勝てるかどうか――」

レベル差がある上に、相手が自分達と同じスキルを使いこなすのだ。

何より、生物としての基礎能力が違いすぎた。

「だけど、最後の相手としちゃあ――最高だねっ！」

リュオナが死を覚悟して下級竜に挑む。

これまでに得た全《すべ》ての経験と技術を生かし、得意技の死極断頭台やその連携技をも駆使して下級竜と渡り合う。

だが――届かない。

リュオナが下級竜に小さな傷を一つ付ける間に、彼女の鎧《よろい》は砕かれ、自慢の筋肉に大きな傷を負っていく。

血塗《ちまみ》れになりながらも、後方からの支援魔法で彼女は辛うじて生きていた。

「あと一撃。瞬動――死極断罪旋《ジエノサイド・ギロチン》」

息を吸う下級竜の隙に、リュオナは相打ち覚悟で奥の手を放った。

赤い光に包まれて下級竜へと肉薄し、斬撃《ざんげき》の嵐《あらし》を炎溢《あふ》れる顎《あぎと》へと放つ。

皮膚が焼け、肉が焦げ、それでもリュオナは止まらない。

ただ、己の刃を相手に突き立てる事だけを念じて、最後の力を振り絞った。

――GYAAAAOOZZZ。

竜の悲鳴が戦場に響く。

ほとんど聞こえなくなった耳に届いたその叫びに、リュオナは満足して意識を手放した。

◆

「「「リュオナ殿ぉおおおおおおおおおおおお！」」」

紅蓮《ぐれん》の炎に包まれたリュオナの姿に、王国軍の将兵達が叫んだ。

「今だ！　全軍突撃！」

反乱軍が堰《せき》を切ったような勢いで、浮き足だった王国軍へと攻め込む。

最前線を走っていた一人が異変に気付いた。

「――あれは誰《だれ》だ！」

炭化したリュオナの傍らに、不吉な紫色の髪を持つ何者かが立っていた。

「勇者様？」

「勇者ナナシ様だ！」

誰かがその正体に気付いた。

――GYAOOOOOOSZ。

下級竜の威圧の声が聞こえないかのように、その何者か――勇者ナナシがリュオナの傍《そば》にしゃがむ。

――GYAOOOOOOSZ。

自分を無視する不逞《ふてい》の輩《やから》に天誅《てんちゅう》を落とそうと、下級竜が巨大な顎を開いて噛みつく。

「勇者様、危ない！」

だが、周りの心配を余所《よそ》に、勇者ナナシは「うるさい」と一言漏らして裏拳《うらけん》一発で下級竜を殴り飛ばしてしまった。

土煙を上げて転がる巨体も、思わず進軍の足を止めてしまった反乱軍も無視して、勇者ナナシはどこからともなく取り出した硝子《ガラス》瓶の蓋《ふた》を開ける。

「無茶をするね」

硝子瓶の液体――エリクサーをリュオナに振りかける。

青い光を帯びた液体がリュオナの身体《からだ》に触れると、彼女の身体を中心に幾重もの魔法陣が現れては、身体の表面をCTスキャンの光のように行き来する。

瞬く間に炭化した皮膚が再生してピンク色の艶《つや》やかな色を取り戻していき、彼女のトレードマークのように思われていた身体中の傷跡も綺麗《きれい》に消え去った。

鎧も服も「竜の吐息」で燃え尽きた為《ため》、今は下半身に消し炭のようになった残骸《ざんがい》が微《かす》かに残っているだけだ。

勇者ナナシはどこからともなく出したマントをリュオナに被《かぶ》せる。

「……う、ううん」

うめき声を上げたリュオナのまぶたが開いた。

「勇者、様？」

——GYAOOOOOOSZ。

下級竜が吼《ほ》える。

隙だらけの相手に、それでも攻めあぐねていた下級竜だったが、ついに意を決して攻勢に出た。

瞬間移動のような速さで、ナナシの背後へと回り込む。

その勢いのまま身体を捻《ひね》り、遠心力で恐るべき威力へと高まった尻尾を叩《たた》き付ける。

「勇者様、後ろ！」

リュオナが警告する。

「大丈夫」

軽く上げた手で尻尾攻撃を受け流し、あろうことか下級竜の巨体を投げ飛ばしてみせた。

「……うそ」

あまりに非現実的な光景に、リュオナはマントが落ちるのも忘れて呆気《あっけ》にとられた。

勇者ナナシが下級竜に歩み寄る。

日常の散歩みたいに無防備な勇者ナナシと対照的に、下級竜は勇者ナナシの一挙手一投足を見逃すまいと油断なく身構える。

もし、ここに竜の表情を見分ける事ができる者がいたなら、その瞳《ひとみ》に怯《おび》えがあるのを指摘しただろう。

「……勇者様」

リュオナが乙女の瞳で両者の戦いを見守る。

どんな戦いが起こるかと両陣営の人々が息を呑《の》んだ。

勇者ナナシが腕を軽く上に伸ばす。

「伏せ！」

腕を振り下ろして短く命じると、下級竜が腹を見せて寝そべった。

意味が分からない展開に人々が口をぽかんと開ける。

それが「黒竜の友」という称号によるものだと知る者はいない。

誰もが驚きにリアクションできずにいる中で、勇者ナナシだけが当然の事として目の前の出来事を受け入れていた。彼にとっては、かつて迷宮下層で邪竜親子を従えた時の再現をしたに過ぎないのだから。

「ちょっと失礼」

勇者ナナシが媚《こ》びた顔を見せる下級竜の帽子を剥ぎ取る。

「なるほど、ネジと死命針で操られていたのか」

彼が手を翳《かざ》すと、ネジが消える。さらに取り出した樽《たる》の液体——上級魔法薬を掛けると、下級竜の頭からネジが消える。外からは分からないが、死命針も下級竜の脳から消えている。

「これでお前は自由だ。人里には来るなよ」

竜に「行け」とジェスチャーすると、下級竜は空高く飛び去った。

「勇者殿は人の世の争いに干渉しないのではなかったのか！」

反乱軍の陣地から反乱軍の首謀者、ビスタール公爵長男のトーリエルが叫ぶ。

勇者ナナシが目視ユニット配置でトーリエルの眼前に現れた。

「今日は野暮用で寄っただけさ。これ、妹さんから預かってきたよ」

トーリエルに彼の末妹ソミエーナから預かった手紙を渡す。

「なんの為に父親を殺そうとしたのかは知らないけれど、最短距離を突っ走るばかりじゃ周りが悲しむだけだよ」

一言だけ忠告した後、勇者ナナシの姿が消える。


その姿はヨウォーク軍のただ中にあった。

「シガ王国の勇者がなんだ！　一人でここにいる軍勢と戦う気か！」

ヨウォーク王国軍の指揮官がシガ国語で叫ぶ。

「そんな面倒な事はしないよ。それに――」

勇者ナナシが手を振ると、彼の周りに黄金色の輝きをした鎧に身を包んだ騎士達が現れた。

「――ボクは一人じゃない」

勇者ナナシが合図をすると、黄金騎士達がヨウォーク王国軍の兵士達を次々と投げ飛ばしていく。

「子供？　いや、ドワーフやレプラコーンか！　妖精《ようせい》族まで従えるとは！」

「違うよ～？」

指揮官の後ろに現れたピンクマントの黄金騎士――タマが、指揮官を投げっぱなしバックブリーカーで排除する。

「格納庫、《展開》」

紫髪を兜《かぶと》から出した赤いマントの黄金騎士――アリサの前に、四角く切り取ったような黒い空間が現れた。

「皆《みんな》！　いいわよ！」

「らじゃなのです！」

黄色いマントの黄金騎士――ポチが、近くにいた奴隷兵を捕まえては黒い空間にぽいぽいと投げ込んでいく。

「クボォークの残党に頼まれたか！」

身を起こした指揮官が叫ぶ。

「火杖《ひづえ》兵！　奴隷ごとヤツらを焼き払え！」

指揮官に命じられた二〇人が、遅滞なく火杖から火弾を撃ちだした。

「やらせないよと告げます」

奴隷兵達の前に立《た》ち塞《ふさ》がった白いマントの黄金騎士――ナナが大盾を翳す。

「大盾一枚で防ぎきれるものか！」

「問題ないと告げます」

彼女の傍らに現れた透明な七枚の盾――自在盾《フレキシブル・シールド》が独りでに移動して、火弾を防いでみせた。

「――火弾を撃ち続けろ！　魔法使い！　出し惜しみをするな、全ての攻撃魔法を叩き込んでやれ！」

指揮官の悲鳴にも似た命令を受け、火杖使い達は魔力が尽きるまで火弾を撃ち続け、魔法使い達が「火球《ファイア・ボール》」や「火炎嵐《ファイア・ストーム》」、「刃嵐《ブレード・ストーム》」や「石筍《トス・ストーン》」などの攻撃魔法で畳みかける。

その攻撃はたった一人を撃ち倒すには大げさすぎるかに見えたが――。

「……馬鹿《ばか》なっ」

ナナの前に現れた十重二十重の防御障壁が、暴虐的な魔法攻撃から彼女やその背後に庇《かば》われた奴隷兵達を守っていた。

――城砦防御《フォートレス》。

それは「階層の主《フロア・マスター》」や上級魔族との戦いを想定して作られた。

田舎の軍隊が放った魔法くらい余裕で凌《しの》げて当然である。

「ご主――勇者様、回収完了いたしました」

「分かった」

クボォーク出身の奴隷兵達を回収し終わると、黒い空間が消え去る。

「お騒がせしました～」

アリサが場違いに朗らかな声でそう言うと、現れた時と同様に音もなくその場から消え去った。

「これが……」

反乱軍の司令部で、トーリエルが呻《うめ》くように言葉を紡ぐ。

「これが、今代の勇者か……無敵の竜を戦う事なく従え、万を超える軍勢のただ中で無人の野を歩むように行動し、誰一人犠牲を出す事なく目的を果たす。彼がいれば『大乱の世』すらシガ王国は乗り越えられるのかもしれん」

「トーリエル様！」

副官に声を掛けられて、自分が今さら後に引けない事を思い出した。

「分かっておる。死んでいった者達の為にも、今さらなかった事にはできん。ここは父上と雌雄を決するのみ」

全軍に戦闘再開を指示したトーリエルは、部下の消えた天幕に戻る。

「民の為、長引かせる事はするまい」

トーリエルは家紋の入った短剣の柄《つか》を握りしめる。

その視界に、一枚の手紙が落ちるのが見えた。

「……ソミエーナ」

トーリエルは妹からの手紙に目を通す。

「私はやり方を間違えたのかもしれぬな……」

自分にも生きてほしいと書かれた手紙を読んで、トーリエルは涙した。

その日の夕方に反乱は終結し、シガ八剣候補ジェリルに捕縛されたトーリエルがビスタール公爵の前に引き立てられた。

彼らがそこで何を語ったのかは記録に残っていない。

だが、戦いの全《すべ》てがこの会戦で終わり、泥沼の内戦に発展しなかっただけの何かが話し合われたのだろう。

こうして公爵領はビスタール公爵の手に戻り、人々は日常を取り戻す事ができた。

トーリエルは王都での裁判を受けたものの処刑される事なく、ビスタール公爵領の辺境にある邸宅で生涯を過ごす事になる。

それを甘いと糾弾する貴族もいたが、彼の命乞《いのちご》いをしたのが反乱鎮圧の立て役者である勇者ナナシだと聞くと、その矛を収めた。

こうして年末のビスタール公爵暗殺未遂事件から始まるビスタール公爵領の反乱は幕を閉じたのだ。

エピローグ

〝サトゥーです。経験のない事に挑戦するのは勇気がいります。失敗するのは誰《だれ》でも怖いものですが、その恐怖をねじ伏せて一歩を踏み出す事が、成功を掴《つか》み取るのに必要な条件だと思うのです。〟


「エルゥス兄様」

「──アリサ！」

アリサやルルと共に、クボォーク市の太守館にいるエルゥス君の下を訪れた。

「やっぱり、アリサだったんだね」

「なんの事かしら？」

確信を持った目で言うエルゥス君に、アリサがとぼける。

「昨日の晩、父上が夢枕《ゆめまくら》に立って教えてくれたんだ。迷宮に縛られていた父上達をアリサが解放してくれたって」

どうやら、アリサの願いをクボォーク王の霊は叶《かな》えてくれたようだ。

「そっか。ちゃんと会えたのね」

「うん、アリサのお陰だよ。王都奪還も陰から手伝ってくれていたんだろ？　勇者様の従者にまで頼んで、迷宮で改造されていた騎士や魔法使いを自由にしてくれて。おまけにヨウォーク王国の連中にこき使われていた数百人もの兵士達まで助け出してくれるなんて」

「わたしは頼んだだけよ。感謝するなら勇者様にして」

「でも、僕はアリサにお礼を言いたいんだ。ありがとう、アリサ」

エルゥス君がアリサの手を取って礼を言う。

――そろそろいいかな？

アリサを見ると頷《うなず》いて「兄様、今日来た本題に入りましょう」とエルゥス君に話を切り出した。

「本題？」

「兄様が王様になる為《ため》に必要な事よ」

アリサが「ご主人様」とオレを呼ぶ。

「これからエルゥス様達にかけられた『死ぬまで奴隷として生きろ』というギアスを解きます」

「解けるのか⁈」

オレは持っていた杖《つえ》に巻いてあった布を取り去る。

「はい、この杖に宮廷魔術師オルキデのギアスを閉じ込めてあるそうです」

「その杖でギアスを使えるのか？　だけど、本当にギアスが使えるとしても、それでどうやって僕やアリサのギアスを解けるんだ？」

「ギアスで相反する命令を強制した場合、より強い方が残り、弱い方が消滅するとオルキデの研究記録にありました。今回はそれを利用します。迷宮で活動していたオルキデは、エルゥス様達にギアスをかけた当初よりも、強い力を持っているはずですから」

それにオレがこの魔黄杖《まおうじょう》を使う事で、スキルレベル最大にした「強制《ギアス》」スキルが後押ししてくれるはずだからね。

オレが詠唱を使えたら、こんなまどろっこしい事をしなくて済むのだが、詠唱を使えるようになるまで、エルゥス君の即位を遅らせるわけにもいかない。

「そっちに並んで」

「兄様、ルル、来て」

アリサがエルゥス君やルルと腕を組む。

「いくよ。『君達が望む時に、いつでも奴隷を止《や》めていい』——」

最初にギアスで強制する内容を告げる。

「《黄昏《たそがれ》よ、来たれ》」

続いてオレは魔黄杖の発動句《コマンド・ワード》を唱えた。

杖にチャージされたギアスが発動し、不可視の波動がエルゥス君、アリサ、ルルを包む。

パキンッと何かが砕けるような感触がオレの脳裏に届く。それが三人を縛っていたオルキデのギアスが解けた証拠だと、オレの「強制」スキルが教えてくれた。

「これで解けた」

「ほ、本当に?」

「ええ、問題ありません。あと、クロ殿からエルゥス様に伝言があります」

「聞こう」

「『王城地下にある都市核《シテイ・コア》の間は押さえてある。王子にしか入れない結界で塞いであるから、好きな時に継承に行け』との事です」

都市核には魔力をたっぷりと再チャージしておいたので、「王になったのに魔力不足で何もできない」なんて事はないはずだ。

「それから、これを」

「クボォーク王国の王冠？」

「はい。レプリカですが、可能な限り似せました。これはアリサとルルからの即位祝いです」

国王の霊が身に着けていた王冠の映像を元に、オレがインゴットから作った品だ。

オリジナルとは嵌《は》まっている宝石が少し違うかもしれないけど、一級品を奮発したので違っていても大目に見てほしい。

「こちらは私から」

オレは一枚の紙と数本の鍵《かぎ》を彼に手渡す。

クボォーク市の外壁近くにあった空き地に、「家作製《クリエート・ハウス》」の魔法で作った倉庫群の住所と鍵だ。

「これは？」

「そこに物資や資金を入れておきました。王国再建にお役立てください」

保存食は五年分、それ以外も一、二年は問題ないくらい入れておいたから、エルゥス君の王国運営も無理ゲーにならないだろう。

「殿下！　大変です！　王城が！」

どたばたと廊下から老紳士の声が聞こえてきた。

ここに来る直前に、土魔法で王城の応急処置をしておいたので、それを見つけて報告に来たのだろう。

王国の防衛に使えるレベル四〇級の大型ゴーレムも八体ほど作っておいたので有効活用してほしい。

もっとも、当分の間、ヨウォーク王国が逆襲してくる事はない。

実は解放した下級竜がヨウォークの王城を急襲し、軍隊やゴーレム達を相手に大暴れしたのだ。

その時の騒動で国王がショックのあまりに没し、今は国王の息子達を擁立する不倫騎士団長と王妃ペア対大臣と魔女ミュデ――「幻桃園」という組織から派遣されていた精神魔法使いによる骨肉の争いが繰り広げられている。

両者の戦力は拮抗《きっこう》しているし、魔女ミュデの精神魔法はオレの暗躍でバレているので、そうそう天秤《てんびん》が傾く事はないだろう。ヨウォーク王国の内乱はしばらく続くに違いない。

ついでに、ヨウォーク王国が軍隊を送れるような街道は、全部攻撃魔法や土魔法でズタズタにしておいたので、内乱が収まっても数年は攻めてこないだろうけどさ。

「兄様、わたし達はそろそろ行くわ」

「え?!　一緒に王国を再建してくれるんじゃないの?」

「ダメよ。わたしがいたら、国が二つに割れてしまうわ。困った事があったら、いつでも力になるから」

アリサは迷宮都市の屋敷を連絡先に指定した。

念の為、空間魔法式の緊急報知用魔法道具《マジック・アイテム》をエルゥス君に手渡す。

「殿下、ここにおられましたか！」

老紳士が入ってくる寸前に、オレ達は透明マントを着込む。

「爺《じい》！　お前からもアリサを説得してくれ」

「アリサ様？　アリサ様がここにおられたのですか？」

「——え？　いない？」

オレはアリサとルルを抱き寄せて天駆で音もなく窓から出る。

エルゥス君には見えていないはずだが、その目は偶然にもアリサの方を向いていた。

「……アリサ」

「僕はいい王様になるよ。そして国を元のクボォーク王国以上に凄《すご》い国にする！　だから、アリサ！　いつかきっと帰ってきて。君の故郷はいつだってここなんだから」

アリサを抱きしめるオレの腕に、大粒の涙がポタポタと落ちる。

「……うん、エルゥス兄様。また、お土産話をいっぱい持って里帰りするわ」

呟《つぶや》いたアリサが腕で涙を拭《ぬぐ》う。

「行きましょう、ご主人様」

「いいのか？」

「うん、ここからは兄様のターンだから」

アリサがニカッと、お日様のような笑顔で言う。

オレは二人を連れユニット配置で仲間達の下へと戻った。

◆

「王都を出る前にお墓に寄りたいの」

そうアリサに乞《こ》われて、王城の裏手にある王様達の墓へとやってきた。

「……ニスナーク、あんたが好きだったお酒よ」

アリサが墓石の前に、蜂蜜酒《ミード》の瓶を供える。

「霧～？」

「さっきまで晴れていたのに不思議なのです」

タマとポチが言うように、いつの間にか城のあたりが見えないほど霧が出ていた。

「何者かの仕業かもしれません。注意なさい」

リザが警告すると、仲間達が周囲を油断なく見回す。

「アリサ、人影が現れたと告げます」

「瘴気《しょうき》」

ナナとミーアが霧の一角を指さす。

「ニスナークさん」

ルルが呟く。

霧の中に現れたのは、裏切りの重臣ニスナークだった。

「迷宮核《ダンジョン・コア》を破壊して、父様達を解放したわ」

『……アリサ様、感謝いたします』

アリサがそう言うと、ニスナークが深々と頭を下げた。

「それにエルゥス兄様がヨウォークの連中を追い出して、クボォーク王国を再興したわ」

アリサがそう言う途中で、王城から清涼な魔力が溢《あふ》れた。

「今のあんたなら分かるでしょ。エルゥス兄様が都市核を掌握し、王位を継承したわ」

『エルゥス様が……こんなに嬉《うれ》しい事はありません。ありがとうございます、アリサ様』

ニスナークが涙を流して喜びを噛《か》みしめる。

『これで心置きなく、世の終わりまで罪人として現世を彷徨《さまよ》う事ができます』

「相変わらず、あんたは軽薄な振りして、変なところで融通が利かないわね」

アリサが嘆息する。

「ニスナーク、悪いけどあんたの自虐に付き合ってあげるほどわたしは優しくないの」

『――アリサ様？』

「成仏なさい、ニスナーク。わたしがあんたの罪を許すわ」

『いいえ……私は許されざる罪を……』

「うっさいわね！　わたしが許すって言ったら許すのよ！　あんたは家来なんだから、頭《こうべ》を垂れて受け入れなさい」

『……御意』

ニスナークがアリサの不器用な優しさを噛みしめるように平伏した。

アリサが「ご主人様」と言って差し出す手に、聖碑を手渡す。

「成仏なさい、ニスナーク」

アリサが同じフレーズを繰り返して、聖碑に魔力を流す。

聖碑の出す青い光の塔が、ニスナークを包んだ。

「あんたの罪は許されたわ。だから、向こうに行ったら、遠慮なく父様達にもう一度仕えなさい」

ニスナークの身体《からだ》が浮かび、空に伸びる光の粒子に乗って薄れ消えていく。

彼は最後に不器用な笑みを浮かべて消えた。

「さよなら、ニスナーク。わたしの忠臣――」

アリサの声にならない小さな呟きを聞き耳スキルが拾ってきたが、オレは何も聞こえなかった振りをして、アリサや仲間達と一緒に空に昇る光の粒子を見上げ黙祷《もくとう》した。

◆

「アリサ様、おら達も一緒に連れていってくだせえ」

クボォーク王国を旅立つ直前、アリサの頼みでベン一族と密《ひそ》かに面会していた。

「お願い、ベン。あんた達はエルゥス兄様を助けてあげて。あんた達の力は国を再建しようとするエルゥス兄様にこそ必要なのよ」

「だども……」

「ベン、アリサ様の『お願い』だど」

言《い》い淀《よど》むベン氏を彼の従兄弟《いとこ》が窘《たしな》める。

「それに、アリサ様はおら達をお見捨てになったりしねぇだよ」

従兄弟に促されて、ベン氏がアリサを見る。

「うん、エルゥス兄様の治世が安定する頃《ころ》にまた顔を出すわ。何か困った時に相談するかもしれないけれど、いいかしら？」

「アリサ様、水くせえ事言わないでけろ」

「んだ！　アリサ様がお困りなら、フジサン山脈の天辺《てっぺん》だって駆けつけるだよ！」

アリサはベン一族に凄く慕われているようだ。

「ベン、あなたはどう？　エルゥス兄様の王国再建を手伝ってくれる？」

「分かっただ。アリサ様の『お願い』には逆らえないだよ」

王女時代のアリサがどんな「お願い」をしたのか興味がある。

そのうち、ルルにでも尋ねてみよう。

「それじゃ、わたし達は行くわ。旅先で手紙を出すから、気が向いたら返事を頂戴《ちょうだい》」

「もちろんだあ！　必ず返事を出すだよ」

オレ達はベン一族に見送られ、クボォーク市を旅立った。

いつまでも手を振るベン一族に、アリサとルルは何度も振り返っていた。

忠臣との別れだが、アリサの目に涙は浮かんでいない。

「だって、ベン達とはまたいつでも会えるもの」

アリサはそう言って、進行方向に顔を戻した。

「さあ！　次の目的地を目指すわよ！」

「あいあいさ〜？」

「ポチは肉の美味《おい》しい所がいいのです！」

「むう、茸《きのこ》の国」

アリサが元気良く号令すると、仲間達も元気良く次の目的地を口にし始める。

オレはパラパラと宰相から貰《もら》った観光省の資料をめくる。

今いるクボォーク王国を始めとする中央小国群には、家具で有名な国や奇岩で有名な国など観光地には事欠かない。迷宮都市で交流があったミーティア王女のノロォーク王国で、本場のチーズ作りを見物するのもいい。

中央小国群をぐるっと一周してから、パリオン神国やガルレオン同盟などがある大陸西方を目指すか、大陸南西にある砂海の中にあるサニア王国や海に面したレプラコーン達のブライブロガ王国、大陸東部にある東方小国群やマキワ王国、竜信仰のあるスィルガ王国なんかを巡るのも楽しそうだ。

もちろん、大陸北方に広がるサガ帝国にお邪魔するのはマストだ。しばらく帰る気はないけど、勇者召喚陣を調べて、元の世界に戻る方法がないか調査したいしね。

——そうだ。

旅の間に、キメラ化された人達を元に戻す情報集めもしておこう。

可能性は低いけれど、エルゥス君の王国再興で活躍した彼らに、人としての平和な未来を望むくらいの報酬はあってしかるべきだと思うんだよね。

行ってみたい場所が多いからか、次の目的地はなかなか決まらず、お昼を食べ終えても決定打は出なかった。

いっそ、セーリュー伯爵領からオーユゴック公爵領への旅路をもう一度やって、懐かしい人達に挨拶《あいさつ》してから遠出するのもいいかもしれない。

そんな事を考えていると、獣娘達がわいわいと話し合う横顔が視界に入った。

そういえば、リザの一族は鼬《イタチ》帝国に滅ぼされて一族離散したという話だったから、一族の生き残りを集めて、リザ達の奴隷仲間達と一緒に、亜人差別の少ないムーノ伯爵領に移住させるのも良さそうだ。

「リ——」

リザに声を掛けようとしたオレの視界がモノクロになった。

「——なんだ?」

音が消えている。匂《にお》いもだ。

オレは油断なく周囲を見回す。

いつの間にか、ＡＲ表示されるマップ名が「マップの存在しない空間」に変わっている。

『勇者』

オレの背後で幼い声がした。

「き、君は」

振り返った視界に映るのは、かつて絵の中でオレに手を振り、狗頭《くとう》の魔王と戦っていた時に現れた謎《なぞ》幼女だった。

いや、姿こそ同じだが、少し弱っているような希薄な感じがする。

『パリオン神国へ』

水色に近い青い髪を揺らして、謎幼女がオレに告げる。

『今代の勇者を助けて』

謎幼女はそれだけ告げると、青い光の粒子となって消えてしまった。

やがて、モノクロの視界が色を取り戻し、音や匂いが戻る。

「皆《みんな》、次の目的地が決まったよ」

謎幼女の思惑は分からないけれど、勇者ハヤトが助けを必要としているなら否はない。

友人が困っているなら助けに行かないとね。

「どこにするの？」

「パリオン神国。勇者ハヤト達がいるパリオン神国だ」

仲間達を代表して尋ねるアリサに、オレははっきりと答えた。

EX：カリナとゼナの大冒険

「あんな場所に村があるのですかと問います」

「村というよりは蜂《はち》の巣みたいだと報告します」

「そうっすよ。あっちにある吊《つ》り橋《ばし》を渡った先に村があるっす」

迷宮村がある大空洞に到着したナナの姉妹達に、同行していたムーノ伯爵家令嬢カリナの護衛メイド、エリーナが答える。

「探索者か？　今は取水制限があるから、水の補給はできんぞ？」

吊り橋前で立番する男達が開口一番そう告げた。

「私達はギルドで頼まれた補給物資を届けに来ただけです。物資を引き渡したらすぐに発《た》つので、水は必要ありません」

一行を代表して姉妹の長女アディーンが告げる。

「補給か、それは助かる。物資輸送の割り符を見せてくれ、それを確認したら入村税は免除だ」

『カリナ殿』

「はい、ラカさん。――これで宜《よろ》しいかしら？」

知性ある魔法道具《インテリジェンス・アイテム》のラカに促されて、カリナが胸元から取り出した割り符を見せる。

男は鼻の下を長くしながらも、きちんと割り符を確認し、一行の通行を許可する。

「本当に迷宮の中に町があると驚愕《きょうがく》します」

「トリアも！　トリアもびっくりです！」

驚きの声を上げるナナの姉妹達を、同行していたカリナ達が微笑《ほほえ》ましく見守る。

自分達も初めて来た時に、似たような反応をした事を思い出しているのだろう。

「なんだか村の人がピリピリしてるっすね」

「取水制限されているって言っていましたから、そのせいじゃないですか？」

いつもと違う雰囲気に、エリーナと彼女の同僚である新人ちゃんが小声で話す。

幸い、特にナンパや迷子といったトラブルもなく、村の中央にある目的地周辺へと到着した。

「あそこ！　あそこに人混《ひとご》みができていると報告します」

屋敷の前に人だかりができていた。

大きな声で喧々囂々《けんけんごうごう》と何かを議論している。

「発見！　トリアはゼナを見つけました！」

三女のトリアが言うように、議論する人の輪の中心に、セーリュー伯爵領軍迷宮選抜隊に所属する魔法兵ゼナがいた。

彼女の護衛兵であり親友でもある斥候のリリオ、美人大剣使いのイオナ、大盾使いのルウも一緒だ。

「なんだかゼナが困っているみたいだと告げます」

「皆はここにいなさい。私が話を聞いてきます」

六女シスの指摘を聞いたアディーンが人混みの方に向かう。

「すみません、通してください」

「なんだ？　余所《よそ》もんが出しゃば――盾姫だ！」

割り込もうとしたアディーンを邪険に払いのけようとした村人が、アディーンの顔を見て驚きの声を上げた。

「盾姫だって！　なら、若様も一緒じゃないか？」

「若様ならエルフの娘さんが一緒にいるだろ？　あの方なら村の水源が涸《か》れた原因が分かるかもしれないぞ！」

「盾姫！　若様はどこだ？　エルフのお嬢さんに繋《つな》ぎを取りたいんだ」

村人達が期待に満ちた顔でアディーンに詰め寄る。

「――盾姫？」

「頼むよ！　村の水源が涸れちまったんだ！」

戸惑うアディーンに説明する者もなく、村人達が懇願する。

「アディーンへの狼藉《ろうぜき》は許されないと告げます」

「トリアもプンプンです！」

姉妹達がアディーンと村人達の間に割って入った。

「た、盾姫が増えた?!」

「同じ顔？」

「盾姫はこんなにいたのか？」

「皆さん、待ってください。彼女達は盾姫――ナナさんではなく、彼女のお姉さん達です」

混乱する村人達に、ゼナが正解を告げる。

「え？　盾姫じゃないのか？　こんなにそっくりなのに？」

「私はユィットだと主張します」

「はい！　トリアはトリアです！」

自己主張の激しい二人に続いて他《ほか》の姉妹達も自己紹介し、それに応《こた》えて村長も名乗る。

カリナも同じ流れで自己紹介しようとしたが、彼女に気付いていない村長はすぐに本題に入った。

「それで若様はどこなんだ？」

「――若様？」

「ペンドラゴンの若様はいないのか？」

村長がサトゥーについて尋ねる。

「マスターはいないと告げます」

「ナナと一緒に諸国漫遊中だと報告します」

「い、いない？　それならエルフの姫様は――」

「ミーアも一緒だと告げます」

「そんな……」

「村長、若様や姫さんがいなくても、盾姫がこんなにいるんだ。魔法使いの嬢ちゃんと一緒に行ってもらえば、涸れた水源の調査はできるんじゃないか？」

落ち込む村長に、顔役の一人が声を掛ける。

「どうだ、嬢ちゃん。この子らが一緒なら行けるんじゃないか？」

「えっと……」

顔役の言葉にゼナが言葉を詰まらせた。

「ねぇねぇ、あんた達ってナナと同じくらい強い？」

「ノー・リリオ。今の私達では全員でもナナに勝てないと告げます。せいぜい、戦蟷螂《ウォー・マンティス》を倒せる程度だと戦力分析します」

リリオの問いにシスが答える。

「戦蟷螂って、どれくらいなんだ？」

「ドゾン様達と同じくらいだ」

「すっげー、それだけ強ければ十分だ！」

村人達が期待に満ちた目を向ける。

「改めて依頼をさせてくれ。村の水源が涸れた原因を調べてほしい。期限は貯水庫の水が尽きる半月以内だ。報酬は金貨三〇枚と村での水補給と宿泊を生涯タダにする」

それでどうだ、と村長がゼナやアディーンを見る。

ゼナは困り顔のまま答えない。彼女自身は協力したいようだが、軍務で迷宮都市に滞在している為《ため》、勝手に依頼を受ける事ができずにいるらしい。

「カリナ様、どうしますか？」

「やりますわ！　人の上に立つ者として、困っている人達を見捨てておけませんもの！」

アディーンに問われてカリナが即答する。

「ゼナ！　一緒に頑張りましょう！　あなたの風魔法が必要ですわ！」

カリナが手を差し伸べる。

それに応えようとしたゼナだったが、軍務を思い出して逡巡《しゅんじゅん》する。

「ゼナさん、休暇はまだ三日あります」

「そうだぜ、ゼナ」

「やろ、ゼナっち」

「はい！」

仲間達に促され、ゼナも依頼を承諾した。

ここにカリナ一行、ナナ姉妹、ゼナ分隊の臨時パーティーが結成されたのだ。

◆

「ぬるぬるしていると告げます」

「完全に涸れたのは二日前って言っていました」

ユィットがぼやき、ゼナが情報を共有する。

彼女達は今、迷宮村の周囲にある奈落《ならく》の底《そこ》、涸れた沼の下にあった涸れた水路を逆に辿《たど》っていた。

もちろん、水路は人が通れるほどの広さはなかったので、ゼナの風魔法で調査した後、別の場所から水脈のある場所へとやってきたのだ。

「ちょっと待って、水の音がする」

「はい！　トリアにも聞こえます！」

髪や顔が濡《ぬ》れるのも厭《いと》わずに地面に耳を付けて音を聞いていた斥候リリオと三女トリアが報告する。

「音の方に参りましょう！」

「はい、カリナ様」

斥候の二人を前に出し、カリナとゼナが後に続く。

足下に石や岩が多く、歩きにくい。

「この辺りは岩が脆《もろ》いようですね」

『うむ、落石に注意するのだ』

ラカが注意喚起する。

「ここの地面が虫食いだと報告します」

「壁もだと告げます」

脆い岩盤の奥。そこかしこに穴が開いている。

「深さは不明だと報告します」

好奇心旺盛《おうせい》なユィットが穴に小石を落としたが、いつまで経《た》っても底に落ちたような音がしない。

理術の「魔《マナ・》灯《ライト》」を付与した石を落としても底が見えないほどだ。

「ゼナ、風魔法で深さは分からないかしら？」

カリナが穴を覗《のぞ》き込みながら尋ねる。

「何か音がします。リリオ、分かりますかと問います」

「――音？」

済ました耳にビシビシという音が聞こえてくる。

「やべっ、ゼナっち、貴族様、下がれ！」

それが何か悟ったリリオが警告を発した。

しかし、その警告は少しばかり遅かったようだ。

カリナの足下が崩れた。

「きゃああああああああああああ」

「「カリナ様！」」

ゼナや護衛メイドが崩落してできた穴を覗き込む。

踏みとどまった護衛メイドと異なり、ゼナは躊躇《ちゅうちょ》なくカリナを追って漆黒の穴へと身を投げた。

「ゼナっち！」「ゼナさん！」「ゼナ！」

分隊の仲間が駆け寄り中を覗き込むが、ゼナの姿はすぐに暗闇《くらやみ》の奥へと消えてしまった。

それを追って飛び込もうとしたリリオをイオナとルウの二人が間一髪で引き留める。

「……■　■■■■」

ごうごうと流れる風の中、ゼナは目を凝らす。

空気抵抗のないように身体《からだ》を畳んで落ちていたゼナの目が、ラカの発する青い光を捉《とら》えた。

カリナに追いついたゼナがその身体に抱きつき、「落下速度軽減《レジスト・フォール》」の発動句を唱える。

急速に落下速度は減じ、二人は幅三メートルほどの垂直の洞窟《どうくつ》を落下していく。

やがて、二人の目にぼんやりと光る底面が見えてくる。

「ダメ、速度を殺しきれない」

二人分の落下エネルギーを相殺できるほど、「落下速度軽減」の魔法は万能ではなかったようだ。

「ラカさん！」

『うむ』

素早く決断したカリナがラカに指示を出す。

ラカがゼナごと白い鱗《うろこ》状の防御障壁で包むのと、二人が底面に辿り着くのはほぼ同時だった。

衝撃と同時に、凄《すさ》まじい水柱が上がる。幸いな事に、底には十分な量の水が溜《た》まっていたようだ。

水面へと浮かび上がった二人が、光苔《ひかりごけ》に照らされた岸に上がる。

濡れ鼠《ねずみ》になった二人の服が肌に張り付き、冷たい水と気化熱が彼女達から体温を奪う。

「大丈夫ですか、カリナ様」

「ええ、大丈夫ですわ」

くしゅん、と可愛《かわい》いくしゃみをしたカリナに、ゼナが気遣いの言葉を口にする。

『カリナ殿、サトゥー殿が持たせてくれた「七輪」を出して暖まった方がいい』

ラカの助言に従い、カリナが「七輪」のような形をした暖房用の魔法道具《マジック・アイテム》を取り出し、ゼナと二人で暖を取る。

「温もりますね」

「ええ、サトゥーが帰ってきたら、お礼を言わないといけませんわ」

七輪のもたらす暖かさに二人がほっこりと目を細める。

「カリナ様は……カリナ様はサトゥーさんとムーノ市で出会われたのですか？」

「いいえ、わたくしがサトゥーと出会ったのはムーノ領の森の中、道に迷って難儀していたところを助けられたのですわ」

「森の中、ですか？」

「ええ、領地を支配しようとする魔族の企《たくら》みを阻止する為に、巨人の里に協力を求める為に旅立ったのですわ」

カリナの話はムーノ侯爵家を嫌う巨人の里の人達にサトゥーが協力を取り付ける事ができたと続いた。

「サトゥーには何度も助けられましたわ。城門を襲うゴブリンの大群を相手に、サトゥーと一緒に奮闘いたしましたの」

「ロマンチックですね」

「……ええ」

ラカにはどこがロマンチックだったのかは分からなかったが、娘二人の思い出話に異を唱える事なく沈黙を守った。

「ゼナはどこでサトゥーと出会いましたの？」

「わたしはワイバーンに撥《は》ね飛ばされて、危ないところをサトゥーさんに助けていただきました」

「ゼナもサトゥーに助けられたんですわね。わたくしと一緒ですわ」

「はい、一緒です」

ゼナとカリナがどちらからともなく微笑《ほほえ》む。

「リザ達がゼナに助けられたと――」

カリナの言葉の途中で、風切り音がしたかと思い顔を上げた瞬間、巨大な水柱ができた。

『ロープが降ってきたようだ』

「リリオ達かしら？」

『落ち方からして、手を滑らせたのだろう』

一度沈んだロープだったが、まだ端の方が水面から見えている。

「上に戻るのに使えるかもしれません。回収しましょう！」

「わたくしが行きますわ」

飛び込もうとしたゼナをカリナが止め、水の上を跳ねていって回収する。

「カリナ様は水の上を歩けるんですね」

「ドラゴンフィッシュを捕まえに行く時に覚えたのですわ」

カリナが空中も歩けると、その技を披露する。

「それで上に戻る事はできますか？」

『不可能だ。魔力が保《も》たん』

「ゼナの魔法と組み合わせれば、どうかしら？」

『倍は保つかもしれぬが……』

「大丈夫です！　途中で休憩しながら登ればいいんですよ」

乗り気のゼナに促され、ゼナの風魔法に後押しされたカリナが障壁の足場で十数メートル先の足場に到着し、カリナが垂らしたロープを伝ってゼナが崖《がけ》を登る。

すぐに光苔の範囲から出たが、サトゥーに与えられた照明へアバンドが周囲を照らす。

「照明の魔法道具があって助かりましたわ」

「はい、『清泉の水袋《ピュア・ウォーター・バッグ》』のお陰で渇きも癒《い》やせますし、サトゥーさんには何かお礼をしないといけませんね」

「ええ、一緒にサトゥーが喜ぶモノを探しましょう」

「はい！」

二人は想い人の事を話題に上げ、漆黒の暗闇を登る恐怖に抗う。

「そろそろ次に参りましょう」

ロープを肩に担いだカリナが、ピョンピョンと足場を跳ね上がる。

魔力が尽きるまでそれを繰り返し、二〇〇メートルほど登ったところで中止を余儀なくされた。

「飛行型の魔物ですね」

『あそこに巣があるようだ』

「倒せば良いのではなくて？　あまり強そうに見えませんわ」

「数が多いですし、何より足場の悪いここでは難しいです」

『うむ、ゼナ殿の意見に賛成する。少し手前にあった横穴を調べた方がよかろう』

ラカの意見を採用し、二人は横穴へと移動した。

「……■■■　気鎚《エア・ハンマー》」

「はあっ！　ていっ！」

横穴の先には魔物がいたが、ゼナの風魔法とカリナの格闘技によって難なく排除される。

「分かれ道ですわ」

「ここに印があります。さっき通った道ですね」

『うむ、その右側の道は未探索だ。次はそちらを探索するといい』

「分かりました。ラカさんが道を覚えていてくれるから助かります」

「ゼナも目印を付けたり、先導したりしてくれていますわ。それに比べてわたくしは……」

「カリナ様は率先して魔物を倒してくださっていますし、労を厭わず調査してくださっているじゃないですか」

『うむ、それぞれができる事で最善を尽くせば良いのだ』

ゼナとラカに励まされながら、カリナは仲間達との合流を目指して探索を進めた。

◆
「止まってください」

通路の先にある広場に、巨大なモグラの魔物がいた。眠っているようだ。

広場と通路の接合点が高い為《ため》、ゼナ達からは見下ろす位置にいる。

「とっても大きいですわ」

『「区画の主《エリア・マスター》」や眷属《けんぞく》ではないと思うが、「戦蟷螂」以下という事はなかろう』

「ゼナの魔法なら倒せるかしら？」

「いいえ、最近覚えた一番威力のある『刃嵐《ブレード・ストーム》』でも、表皮を斬《き》り裂ける自信がありません。口の中に撃ち込めるならともかく、致命傷を与えるのは不可能だと思います。カリナ様はいかがですか？」

「わたくしも同じですわ。ラカさんの守りなら戦う事はできるでしょうけど、致命傷を与えるのはきっと無理ですわね」

サトゥー主催のブートキャンプで大幅なレベルアップを果たした二人だったが、それでもこのクラスの魔物を相手するのは命の危険が伴う。

「ラカさん、迂回《うかい》できる道はありますか？」

『残念ながらない。最初に落ちた垂直の洞窟まで戻るか——』

「あの眠っているモグラの横をこっそりと通り抜けるか、ですね」

「戻るのは性に合いませんわ」

「分かりました。では私の風魔法で足音を消していきましょう」

マンドラゴラの採取でも使った静音の魔法で音を消し、ゼナとカリナの二人がひっそりと進む。

幸いな事に、モグラの眠りは深いようだ。

覗き込んだカリナの足下が崩れる。

「——ひっ」

顔を青ざめさせるカリナがバランスを崩して落ちそうになるが、すかさず伸ばしたゼナの手が支える。

「ふう」

「助かりまし——危ない！」

ほっとする間もなく、ゼナの頭上に天井から落ちてきた落石が襲う。

咄嗟《とっさ》に張ったカリナの障壁が、ゼナを落石から守った。

「——あっ」

障壁で跳ねた石が二人の眼前を落ちていく。

ゼナが飛び出し、その岩を掴《つか》み、バランスを崩したゼナが通路から落ちるのを、今度はカリナが防いだ。

「危なかったですわ」

「ひやひやでしたね」

思わず細い通路に座り込んだ二人が目を合わせて微笑む。

そんな二人の視界の外、反対側の壁がボロッと崩れ、大きな崩落となってモグラの上に落ちた。

――ZMMMMMMOGYU。

気持ちの良い眠りを強制終了させられたモグラの魔物――黄鼻土竜《イエロー・モール》が怒りの咆哮《ほうこう》を上げる。

ゼナとカリナの二人は咄嗟に身を伏せるが、すでにモグラの視線は二人を捉えていた。

「見つかりました」

「先手必勝ですわ！」

ラカによって超強化されたカリナが、常人を遥《はる》かに超える速度で壁を駆け下り、モグラに怒濤《どとう》の連続攻撃を仕掛けた。

相手から攻めてくるとは思わなかったのか、モグラは防戦一方だ。

苦し紛れの反撃の爪《つめ》を、カリナは空中ステップで回避し、モグラの顎《あご》下へと潜り込む。

そして――。

「カリナ――アッパアアアアアアアアア！」

無防備なモグラの顎をカリナの拳《こぶし》が撃ち抜いた。技名の前に名前を付ける習慣はアリサかポチから吹き込まれたに違いない。

脳を揺らされたのか、モグラがその場にずしんと地響きを上げて倒れる。

「やりましたわ！」

『まだだ、カリナ殿！』

モグラが跳ね起き、急速に伸びた尻尾《しっぽ》でカリナを狙《ねら》う。

「気壁《エア・クッション》」

発動を保留していたゼナの魔法が、尻尾攻撃からカリナを守る。

だが、高速で身体《からだ》を旋回させたモグラの爪攻撃まで防ぎきる事はできなかった。

「きゃあああああああ」

カリナはラカの守りで有効打を受ける事はなかったものの、防御障壁ごと撥ね飛ばされ壁面へと叩《たた》き付けられる。

脆《もろ》い壁面が衝突の衝撃で崩れ、落石の雨が防御障壁ごとカリナを埋めた。

モグラはカリナに止《とど》めを刺そうと、ずしんずしんと歩み寄る。

「こっちに来なさい！」

ゼナは腰に下げていた火杖《ひづえ》でモグラの背を焼く。

モグラは足を止め、羽虫を見るような目でゼナを見下ろす。

先ほどとは一線を画す速さで駆け寄ったモグラが、ゼナに爪を振り下ろした。

「……■■　噴射風《エア・スラスト》」

眼前に迫るモグラの爪を、ゼナは風魔法による超加速で一気に回避した。

実戦では使った事のない動きに着地を失敗し、ゼナが地面を二転三転して止まる。

立ち上がるゼナの瞳《ひとみ》に、自らに喰《く》らいつこうとするモグラの顎が映る。

慌てて飛び退いて、噛《か》みつき攻撃から間一髪逃れたゼナだったが、マントがモグラの牙《きば》と地面の間に縫い付けられていた。

「ぬ、抜けない」

短いモグラの手がゼナを潰《つぶ》そうと振り上げられた。

ゼナはマントの留め金に手を伸ばすが、とても間に合いそうにない。

「カリナ――キィイイイイイイイイイイイイック！」

そこにカリナが割り込んだ。

必殺の蹴《け》りが無防備な側頭部を撃ち抜き、振り下ろした爪はゼナを逸《そ》れる。

「……■■■　絡気流《エンタングル・エア》」

マントが外れたゼナは素早く詠唱を済ませ、カリナを追うモグラの前足を風魔法で妨害する。

だが、巨大なモグラの動きを阻害するには少し弱い。

僅《わず》かに体勢を崩すのがやっとだ。

「■■■■……」

カリナが逃げながら反撃のタイミングを計っている。

ゼナはその隙《すき》を作るために、最大威力の風魔法を詠唱した。

「……■　刃嵐《ブレード・ストーム》」

真空の刃《やいば》をはらんだ暴風の渦をモグラに叩き込む。

血飛沫《ちしぶき》が散り、モグラが悲鳴を上げる。だが――。

「――効いていない」

ダメージは与えたものの、真空の刃は毛皮を刈るに止まり、表皮と脂肪層を僅《わず》かに斬り裂いたに過ぎなかった。肉や骨は無傷だ。

「サブミッション、ですわ！」

関節を狙ってカリナが飛びつくも、尻尾の一薙《ひとな》ぎで打ち払われてしまう。

クリーンヒットした拳も蹴りも通じなかった以上、他《ほか》に手段がなかったのだろう。

二人はめげることなく、魔法と格闘技を連携してモグラに挑んだが、その悉《ことごと》くが防がれるか大したダメージを与える事ができずに終わる。

二人はモグラ部屋の片隅にある亀裂《きれつ》に追い込まれた。

幸い、ここにはモグラは侵入できず、短いモグラの手は届かない。

ゼナとカリナは失った魔力と怪我《けが》を回復すべく、魔法薬を飲み干していた。

「ラカさん、何か手はありまして？」

『カリナ殿の格闘技もゼナ殿の魔法もヤツに痛打を与えられぬ。小さなダメージを蓄積する案も、ヤツの持つ自己回復スキルの前には無意味。そうなると逃走するのが最善だろう。だが――』

「逃げるのは無理ですね」

『うむ、ヤツは身体の大きさの割に機敏だ。我らが来た道は既にヤツに潰された。もう片方も半ば埋まっておる。通り抜けるまでに追いつかれるのは必至だ』

「逃げる必要なんてありませんわ。倒してしまえばいいのです」

「うふふ、カリナ様らしいです」

「諦《あきら》めなければ敗北はない――わたくしの友人が言っていました」

「良い言葉ですね」

カリナの言葉にゼナが励まされる。

それがサトゥーへの想《おも》いを諦めかけたカリナに発破を掛ける為に使われた言葉だったのは少し皮肉だ。

二人はモグラを倒す方法を再検討する。倒すには、モグラの口を開けさせて、そこにゼナの「刃嵐」を叩き込むしかない。

しかし、それは幸運が幾つも重ならない限りあり得ない。次善の策として、仲間達が援軍に駆けつけてくれるまで粘る事にし、逃げられるタイミングがあれば躊躇《ちゅうちょ》なく逃げる事で合意した。

「こんな時にサトゥーがいてくれたら……」

「大丈夫です！　リリオ達やハチ子ちゃん達がきっと来てくれます！　それまで二人で抵抗を続けましょう！」

「ええ、エリーナ達もきっと来るはずですわ！」

ゼナとカリナが顔を見合わせて頷《うなず》く。

二人の瞳に輝きが戻ったのを嘲笑《あざわら》うように、モグラの爪が亀裂を広げた。

「……■■■　気鎚《エア・ハンマー》」

ゼナの魔法が鼻先を打ち、モグラが悲鳴を上げる隙に胴体の下を駆け抜ける。

「アキレスハンターですわ！」

行きがけの駄賃とばかりに、カリナがモグラの踵《かかと》に回し蹴りを放つ。

——ZMMMMMMOGYU。

痛みに怒りの咆哮を上げたモグラの苦し紛れの尻尾攻撃が、運悪くゼナとカリナを纏《まと》めて撥《は》ね飛《と》ばした。

「きゃ」

「くぅううう」

ギリギリでラカの障壁が二人を守ったが、慣性までは殺せずに地面を転がる。

そんな二人の頭上に影が差した。

二人の視界にボディプレスを仕掛けたモグラの巨体が映る。

カリナだけなら逃げられただろう。だが、彼女は魔法障壁でゼナを守る事を選んだ。カリナの瞳に覚悟がある。たとえ衝撃を耐えられても、圧死する可能性が高いことは彼女も分かっているようだ。

「〔理槍《ジャベリン》〕」

聞き覚えのある声と共に、無数の透明な槍《やり》がモグラに殺到した。

カリナはゼナを抱えて地面を転がる。

その横ギリギリにモグラが落ちた。

「ゼナっちぃいいい！」「ゼナさん！」「「「ゼナ」」」

「「カリナ様ぁあああ！」」「「「カリナ！」」」

モグラの背に、大剣使いのイオナを先頭に護衛メイド達が斬《き》りかかる。

数の暴力にモグラが悲鳴を上げる。起き上がろうとする両手に「理槍」の雨が降り注ぎ、その掌《てのひら》を地面に縫い付けた。

「今しかありませんわ！」

カリナが大きく開いたモグラの咥内《こうない》に飛び込み、全身を使って口を押し広げる。

「ゼナ！」

「……■　刃嵐《ブレード・ストーム》」

詠唱を続けたままカリナの下に駆け寄り、魔法を発動する。

ゼナの使える最大威力の風魔法が、無防備なモグラの口の中に炸裂《さくれつ》した。

――ＺＺＺＺＺＺＭＯＯＯＯＧ。

真空の刃をはらんだ暴風の渦は、モグラの喉《のど》を通り肺や重要器官を悉く破壊し尽くす。

さすがのモグラも、この攻撃には耐えられず、生命活動を停止した。

余波で吹き飛ばされたゼナとカリナはラカの障壁で守られ、無事な姿を駆け寄る仲間達に見せる。

◆

「騒がしいのである」

再会を喜ぶ少女達の下に一人の男が現れた。

青白い肌に、ワカメのように縮れた紫色の髪をした美男子だ。

「――青い肌？　新手ですの？」

『カリナ殿！　油断するな！　ただ者ではないぞ！』

素早く立ち上がるカリナに、ラカが警告する。

「知性ある魔法道具？　――マースティルであるか！」

『その名を知る？　まさか、真祖《しんそ》？　真祖バン・ヘルシングか！』

美男子――吸血鬼《ヴァンパイア》の真祖バンが、ラカに向けて違う名で呼びかけた。

どうやら、マースティルというのはラカの別名らしい。

「ラカさん、知り合いですの？」

『う、うむ。何代か前の主人が幾度も挑み、一度も勝てなかった強者《つわもの》だ』

「あやつとの戦いは楽しかったのである。その娘が今代の主か――」

バンがカリナを見る。

「あ、あの！」

会話が途絶えたタイミングでゼナがバンに声を掛けた。

「見た顔である」

「その節は魔物から助けていただいてありがとうございました！」

「ああ、あの時の娘であるか。気にするな。礼はすでに受け取っているのである」

ゼナは迷宮攻略初期に大怪我を負い、「青い人」バンに助けられた過去があった。

「ゼナは青い人を知っているのですかと問います」

「はい、恩人さんです」

「青い人？　この方が探索者達が言っていた方ですのね」

ユィットの質問にゼナが答え、蚊帳の外だったカリナも自分の知る文言に納得顔になる。

「でも、どうしてリリオ達がバン様と一緒に？」

「偶然会ってさ、仲間が迷子だって言ったら捜すのを手伝ってくれたのよ」

「――我は迷宮での人捜しが得意であるゆえ」

バンが照れ隠しにそっぽを向く。

その視線の先で、ガランゴロンと落石が起こり、壁からワームが顔を出す。

「やはり、壁喰蟲《ウォール・イーター》であるか……」

バンが手元に出した赤い手裏剣をワームに撃ち出し、瞬く間に退治する。

「この蟲《むし》は湿った岩を好む。迷宮村の水源が涸《か》れたのは、この蟲が原因であろう。ボロボロになった水路が崩落し、下層まで水が落ちたのであるな」

「カリナ様の足下が崩落したのも、あの蟲のせいかもしれませんね」

バンの説明に、イオナも思い当たる。

「つまり、あの蟲を退治したら水路を崩す原因がなくなるのですかと問います」

「その通りだ」

「トリアは虫除《むしょ》けを持っています！」

はいはいとトリアが手を上げる。

「ほう？　これはずいぶん高品質な虫除けであるな」

バンが顎《あご》に手を当てて感心する。

サトゥーがアリサのリクエストで作った特別製の虫除けだ。

「これがあれば一番厄介な問題が解決する」

バンの指示でトリアが虫除けを焚《た》き、その煙をバンが血流魔法《ブラッド・マジック》で強化する。

「ゼナと言ったか？　風魔法でこの煙を壁や天井の孔《あな》に流し込むのである」

「はい！」

ゼナの風魔法でワームの穴に送り込むと、ほどなくして孔を崩してワームがボトボトと落ちてくる。

それをカリナを始めとした残りのメンバーが一匹残らず殲滅《せんめつ》していく。

「――そろそろ終わりみたいですね」

「イエス・ゼナ。素材の回収を始めると告げます」

全部で五〇匹近い壁喰蟲の死骸《しがい》が大広間に積み上がり、姉妹達が魔核《コア》を取り出して残りの死骸を運搬用の妖精鞄《ようせいかばん》に収納する。

「宝箱を発見したと告げます！　トリアに解錠を依頼します」

モグラの死骸を回収した時に、末妹のユィットが宝箱を発見した。

「トリアは頑張ります！」

トリアが解錠に苦戦した宝箱には、たくさんの貨幣や宝石類や古びた装飾品が入っており、その中から一本の杖《つえ》が見つかった。

「魔法の杖を発見しました！　フィーアに鑑定を依頼します」

「……判別不明。きっとスキルが足りてないと分析します」

「どれ、見せてみるのである」

バンが杖を手に取り鑑定してみせる。

「――土操杖《どそうじょう》であるな。丁度いい、これで水路の壁を補修するのである。後は任せた――」

バンはそう告げて杖をフィーアに手渡すと、霧に変じて姿を消した。

姉妹の案内で水路に戻ったゼナ達は、交代で土操杖を使って脆《もろ》くなった水路を修復する。

「便利な杖だと評価します」

「だけど、最初よりも先端の宝石が小さくなっているから、幾らでも使えるわけじゃないみたいよ？」

リリオが言うように、宝石――土晶珠は最初の半分ほどの直径まで小さくなっていた。

「水漏れもないみたいですし、このくらいで大丈夫みたいですね」

ちょろちょろとした流れだが、穴に流れ込んでいた水も水路を流れるようになった。

「おかしくないっすか？　村で使う水の量にしたら少なすぎるっすよ？」

「どっかで水路が詰まっているんじゃないか？」

護衛メイドのエリーナの問いに、大盾使いのルウが答える。

それはありそうだと、全員で上流へと調査に向かう。

「やっぱり詰まってたと報告します」

「見れば分かるって」

「トリアは知っています！　この石が要《かなめ》です！　これを崩せば堰《せき》が壊せると告げます！」

トリアが石の一つをビシッと指さす。

すぐに抜かないのは、抜いた場合に起こる事が分かっていたからだ。

だが、ここには分かっていない者もいた。

「ユィットがやると告げます！」

「待って――」

トリアが止める間もなく、理術で身体強化したユィットが要石を抜いた。

次の瞬間、堰は崩壊し、せき止められていた大量の水と土砂が濁流となって、少女達を呑《の》み込んだ。

◆

濁流が迷宮村の涸れ沼から噴き上がる。

調査の為《ため》に掛けられていた魔法の明かりが、その水柱を照らし、迷宮村から覗《のぞ》き込む人々にその存在を伝える。

「水だ！」

「水が帰ってきたぞ！」

「俺達は故郷を捨てずに済むんだ！」

「魔法使いの嬢ちゃんや盾姫達がやってくれたんだ！」

迷宮村の人々が歓声を上げ、我を忘れて喜びを分かち合う。

「――水が止まったぞ！」

「いや、まだ弱く噴き出ている」

「何かが詰まったんだ」

村人の言葉は正しい。

内圧に負けた土が崩れ、先ほどより勢いよく水柱が噴き上がった。

水柱の先端には、ボールのようになったラカの防御障壁に包まれた少女達の姿があった。人数が多い為、かなり窮屈そうだ。

「――光の珠？」

地上に落ち、ラカの障壁が解けると、全員が無事な姿を見せた。

「違うぞ！　巨乳の姉ちゃんだ！」

「魔法使いの嬢ちゃんや盾姫達もいるぞ！」

迷宮村の人達の歓声が更に大きくなる。

ゼナとカリナがずぶ濡《ぬ》れになりながら顔を見合わせる。

「任務達成ですね、カリナ様」

「ええ、諦《あきら》めなかった者の勝利ですわ」

ゼナとカリナは拳《こぶし》を打ち合わせ、どちらからともなく笑う。

共に苦難を乗り越えた二人の間には、今まで以上に確かな友情が築かれたようだ。

あとがき

こんにちは、愛七《あいなな》ひろです。

この度は「デスマーチからはじまる異世界狂想曲」の第一九巻をお手に取っていただき、ありがとうございます！　ＥＸ巻を含めるとついにシリーズ二〇冊目です！　読み続けてくださっている読者の皆様には感謝しかありません！　今後ともデスマをよろしくお願いいたします。

今回は久々にページが少ないので、本作の見所を手短に語りましょう。

前巻で祈願の指輪をヒカルに譲ったアリサとルル。本巻ではそんな心優しい二人の為に、サトゥーは彼女達を奴隷に縛るギアス解除の為《ため》に行動します。

ｗｅｂ版のクボォーク編をベースに、ｗｅｂ版ではスルーしたビスタール公爵領も混ぜ込んで、新たな物語として再構築しました。ほぼ書き下ろしとなっているので、ｗｅｂ版既読の方も楽しんでいただけると自負しています。

もちろん、仲間達とのほのぼのシーンも健在なのでご安心ください！

行数が尽きそうなので、恒例の謝辞を！　担当のI氏とS氏とAさん、そしてｓｈｒｉさん、その他この本の出版や流通、販売、宣伝、メディアミックスに関わる全ての方に感謝を！

そして読者の皆様。本作品を最後まで読んでくださって、ありがとうございます！

では次巻、パリオン神国編でお会いしましょう！

愛七ひろ

カドカワBOOKS

デスマーチからはじまる異世界狂想曲《いせかいきょうそうきょく》　19

2020年３月10日　初版発行
2020年６月20日　再版発行

著者／愛七《あいなな》ひろ

発行者／三坂泰二

発行／株式会社KADOKAWA

〒102-8177
東京都千代田区富士見2-13-3
電話／0570-002-301（ナビダイヤル）

編集／カドカワBOOKS編集部

印刷所／大日本印刷

製本所／大日本印刷

Printed in Japan
ISBN 978-4-04-073245-9 C0093